2023年
河南文学
作品选

冯杰 主编
刘海燕 编

评论卷

郑州大学出版社

图书在版编目(CIP)数据

2023 年河南文学作品选. 评论卷 / 冯杰主编；刘海燕编. -- 郑州：郑州大学出版社，2024.10
ISBN 978-7-5773-0368-0

Ⅰ.①2… Ⅱ.①冯… ②刘… Ⅲ.①中国文学-当代文学-作品综合集-河南②文学评论-中国-当代-文集 Ⅳ.①I218.61②I206.7-53

中国国家版本馆 CIP 数据核字(2024)第 105141 号

2023年河南文学作品选·评论卷
2023 NIAN HENAN WENXUE ZUOPINXUAN　PINGLUN JUAN

策　　划	李勇军	封面设计	小　花
责任编辑	刘晓晓	版式设计	小　花
责任校对	宋雪丽	责任监制	李瑞卿

出版发行	郑州大学出版社(http://www.zzup.cn)
地　　址	郑州市大学路40号(450052)
出 版 人	卢纪富
发行电话	0371-66966070
经　　销	全国新华书店
印　　刷	河南新华印刷集团有限公司
开　　本	890 mm×1 240 mm　1 / 32
总 印 张	65.625
总 字 数	1 440 千字
版　　次	2024 年 10 月第 1 版
印　　次	2024 年 10 月第 1 次印刷

| 书　　号 | ISBN 978-7-5773-0368-0　　总 定 价:198.00 元(共六册) |

本书如有印装质量问题,请与本社联系调换。

目录

第一辑　文学研究现场

第二辑 河南作家论坛

第三辑　对话、创作谈

第一辑　文学研究现场

文学语言的超越之路

——《超越语言》修订札记[①]

鲁枢元

《超越语言》这部书从酝酿到写成出版，正值中国社会改革开放的鼎盛时期，即被史学家高度赞誉的 20 世纪 80 年代。在这一时期，中国与世界各国的文化交流日益频繁，人文学者的独立思考、自由写作得到一定程度的宽容，中国思想界进入继"五四"时期后又一个难得的活跃期，正是时代的浪潮推动了这本书的面世。

文学性的核心是诗性，诗性是人性的底色。我写作这部书的初心，是要探究一下文学语言是如何在一位作家或诗人的心中产生并呈现出来的，文学语言如何超越日常语言升华为诗性语言，诗性语言如何在人性深处的潜意识中扎根生长。这些问题往往被以往的语言学家忽略，我自不量力地希望补充上这一课。

我的"胆大妄为"无意间惊动了国内语言学界某些权威人士，一时间几乎引发对我的"群殴"。京城一位权威语言学家竟写了数万言的文章痛批我的"胡言乱语"。

与此相对，这本书出版后却受到文学创作界的好评与鼓励。

该书的责任编辑，同时也是享有盛誉的文学评论家白烨先生在审稿的过程中就写信告诉我，说这是一部有创见的好书。

文化部原部长、著名作家王蒙先生在声誉显赫的《读书》杂志上发表专题文章，评价说这是"一本超拔的书"。

作家韩少功先生、文艺理论家南帆先生，以及陈力丹教授、刘士林教授，都曾在公开发表的文章中对《超越语言》写下许多赞赏的话。

让我难以忘怀的还有身世坎坷的唐浩明先生。当时他特意写信来告诉我此书"切中时弊，对文学大有功德"。

此书在 1988 年有一个"油印本"，供课堂教学使用；1990年由中国社会科学出版社初版印行，1994 年发行过一个增订版，后来还有出版社提出过再版，我答应说等我仔细修订后再说。我知道自己在撰写这本书时的学术准备严重不足，为了修订这本书，我曾经收集了一架子相关的书、刊。遗憾的是我发现，全面修订比最初的书写要困难得多，修订再版的计划也就搁置下来，一搁就是 20 年。当年写作此书时，我还是血气方刚的青壮年。如今已经须发尽白、年逾古稀，且不说"全面修订"已经心力不足，其实我还担心衰老之年的修订很可能会损伤原书的有机性，销蚀掉原书蕴含的情绪与直觉、生气与活力，事到如今也只有放弃。

30 多年过去，随着语言学研究领域的扩展，许多新的问题又展现在人们面前，如人类语言交流载体的数字化、电子化、网络化，如言语主体生态环境的变化。当诗意在现代人的生活中渐行渐远时，文学如何持守自己的本真天性再度完成对时代的超越，对于日常生活的超越，已经更加迫切地摆在我们面前。

这次修订，我能够做的只是结合多年来的一些知识积累，结合当下关于文学语言的一些感悟，在原书的每章后边添加一篇"补记"，共八篇，摘要如下。

一、语言学的回归之路

本书开头一节"古老的岔道"中写道：

> 古代希腊的一批智者，尤其是亚里士多德，以其超人的智慧对人类早年的语言作出了明晰的、连贯的、普遍的、统一的规范，为后世的"逻辑学"铺设下一块最初的坚固的基石。"概念""思维""推理""演绎""归纳""分析"开始为人类的语言活动立法，理性的原则、因果的原则、形式的原则开始在原始混沌的语言层面上游离出来。与此同时，语言中感性色彩、情绪张力、意向驱力、生命的活力开始缩减消退。语言，在它的发展前途上开始出现了第一次岔道：
>
> 一条岔道的路牌上铭刻着"心灵性""游移性""模糊性""直觉性"；
>
> 另一条岔道的路牌上则标写着"实证性""稳定性""确切性""逻辑性"。

人类之中大多数有才华的学者，都跟随在亚里士多德的身后选择了第二条道路。

西方人的哲学思考，在实证性道路上一直走了两千多年。到了 20 世纪初胡塞尔的出现，哲学开始回望人类心灵的那个"原点"，开始发掘生命中遗失了的"原乡"，并试图将分离已久的两股岔道整合起来。

胡塞尔面临的是第一次世界大战之后、第二次世界大战之前欧洲文明遭遇的危机，哲学隔断了与人的鲜活生命的联系，哲学面对现实世界表现出虚无感与无力感。现代人寄身的科学已经承担不起生活的真实目标，由实证科学制造的人类社会的繁荣景象消解了人生的意义、人性的需求。胡塞尔似乎找到了新的出发点，从科学的世界向"自然的""素朴的经验世界"回归，直接面对"生活世界"。按照尚杰教授的说法，这个"生活世界"犹如一片原生态的未经开垦的处女地，一种尚未开花的野生状态，没有精神污染的天真、纯洁状态；②是一种"前概念""前语言""前叙述"的经验。从胡塞尔到雅斯贝斯、海德格尔、梅洛-庞蒂、德里达都在朝着这一方向探求行进，这是一条哲学的"回归之路"，对于主流哲学界来说，"回归哲学"就很有些"倒行逆施"的味道了。

我在有意无意间走上了现象学哲学的这条林间小路，尚杰教授在他的书中坦言：现象学特别适合从来没有学习过哲学的人。我的《超越语言》追随杜夫海纳的现象学美学走上回归之路，实在有些懵懵懂懂。

二、索绪尔与巴赫金

如何看待索绪尔，是《超越语言》一书的逻辑起点。

惹起国内语言学专家怒火燃烧的，是我对待索绪尔语言学的态度。

时为北京师范大学教授、《国外语言学》（今为《当代语言学》）杂志主编的伍铁平先生批评我的错误之一就是"对索绪尔持轻蔑态度"，这实在是冤枉了我。

伍文的立足点是：语言学是一门严谨的科学，它竭力要捍卫的是语言的共同性、确定性、科学性、可分析性、可论证性，而这些都是由索绪尔的《普通语言学教程》一书奠定基础的。他认定：语言学根本不研究人生意义、心灵体验、个性创造等。这些内容分别是哲学、伦理学、社会学、心理学、文艺理论等学科的研究对象，同语言学很少相关，以此来指责索绪尔和其他结构主义语言学家，是牛头不对马嘴。[3]

而我却认为，主体内涵、心灵体验、个人风格、创造过程，也应该纳入语言学研究，结构主义语言学的研究范围应当有所突破，将言语主体活动的内涵与过程扩展进来，这就是"超越"的本义。

我还在书中清楚地说明：索绪尔本人并不拒绝这些研究，他希望在"语言的语言学"之后再创立一门"言语的语言学"。

伍铁平先生却认为"语言学"的科学地位不应该受到质疑。"情绪、冲动、意味、氛围、神韵不仅不是语言学研究的语言，也不是文学家认同的语言。"④

伍先生对语言学研究划出的严格的界限，即使文学、诗歌也是不可能超越的，这就是我们之间的分歧之所在。不是我轻视索绪尔，而是伍先生局限、固化了索绪尔。

如今再看一看我的书与伍先生的文章，会发现有一个共同的遗漏：我们在讨论"超越语言"时，都没有提到那位创立"超越语言学"的语言哲学大师米哈伊尔·巴赫金。

我没有提到巴赫金，应该说是出于"无知"。我的《超越语言》一书完稿于 1988 年，那时国内关注巴赫金的人很少，虽说钱中文先生在 1983 年就已经发表了关于巴赫金"复调小说理论"的研究文章，而国内关于巴赫金语言学研究的文章多是在 1990 年之后发表的，我在写作《超越语言》时对巴赫金尚且一无所知。

伍先生是语言学专家，懂多国语言，更是精通俄语，他的著作里可以时时征引列宁、斯大林的语言学思想，却绝口不提巴赫金，显然不是因为不知道，多半是因为不喜欢。因为在苏联，巴赫金的语言学说是长期受到主流语言学界反对与批判的。

国内巴赫金研究领域的学者指出："巴赫金着重批判了抽象客观主义流派把生动的语言概念化、使之变成了抽象的概念系统，即用静态的和抽象的观点看待语言，却忽视了语言的变异性和具体多样性。""巴赫金对语言的研究则是动态的、充满生机和活力的。在巴赫金看来，语言哲学研究的课题，只能是具有社会性的个人的言语行为——话语。"⑤

　　巴赫金语言哲学实质上是一种"超语言学"方法论。"超语言学"是巴赫金在20世纪20年代首先提出的一种独特的哲学—语言学研究方法。它不同于传统的语言学研究，不是把"死"的语言体系，而是把"活的语言中超出语言学范围的那些方面"作为自己的研究对象，走的完全是一条超越语言学规则和语言学体系的道路，因而具有十分重要的学术创新意义。⑥

　这里讲到的"死的""活的"，也正是我在《超越语言》一书中议及的"鱼的骨架"与"活鱼"。我主张将言语主体的"情绪""冲动""欲望""意向"及诗歌与文学写作过程中的"氛围""神韵""不言之言""言外之意"引进语言学中来，下意识希望为干涸的语言学研究的池塘里注入一股活水。

　我在回答伍铁平先生的质疑文章时曾经说"咱们不是一股道跑的车"，看来并非强词夺理。我的"车"竟然在浑然不知的情况下"跑到了巴赫金的轨道上"！至于为什么会这样，后来我才发现这可能与我对洪堡特、卡西尔的偏爱有关，因为他们二位的语言学观念也是巴赫金的"超越语言学"思想资源的重要组成部分。

三、语言与生态

《超越语言》1990 年出版之前，我的主要精力仍然是放在文艺心理学研究领域，"生态"观念有时也会闪现在某些场合，而这本书中几乎没有明确出现"生态"字眼。

然而，以现在的眼光来看，由于这本书中谈论的核心问题是"生命""个体生命"，是语言作为一种历史文化现象与生命、个体生命的关系，所以它注定将会与生态批评发生联系。我曾在书中写下：

> 在"语言的结构"的下边，是"人类祖先 200 万年中积累的艰辛经验"，是比语言古老得多的"记忆能力""回忆能力""联想能力""模仿能力"和"选择的压力"的产物。语言的深厚的淤积层下面是人类鲜活的生命，是言语者独特、完整的有机天性，是那烈火般的人类生命意志的冲动，是那生命的本真澄明之境。决定人类语言发生发展的更为基本的因素，是人类的生命意志和生命活力。从人类语言的发生史来看，这是语言起源的原始土壤；从个人言语的表达来看，这是言语生成的内涵和底蕴。

2003 年，在"首届中国修辞学多学科高级学术论坛"上我曾就当代语言学与生态批评的关系发表了自己的补充意见：

《剑桥语言百科全书》中指出："语言是什么"这个问题可以与"生存是什么"相比，在深奥的程度上，前者绝不低于后者，而生存的定义是界定和统一生物科学的先决条件。

语言，是地球上人类这一物种的显著标志之一，人正是因为有了语言，才清楚地与其他生物划清了界限。但人类毕竟仍然是地球生态系统中的一种生物，人类语言毕竟还是"自然选择"的产物，它不仅与人类清明的理性密切相关，还始终与人类的身体、情感、意志、意向密切相关，与人类种族进化史中全部生物性、心理性、文化性、社会性的积淀、记忆密切相关，甚至还与人类生活其中的地域、天候等自然环境密切相关。

为"人性"所规定的人类生存本来是具有两重性的：一方面人类是万物之灵，拥有认识、改造自然的理性和手段；另一方面，人类又是自然界众多物种中的一种，是地球生态系统中的一个有机组成部分，人类与自然依然骨肉相依、血脉相连。

但在工业社会持续发展的 300 多年中，人类被征服自然的节节胜利冲昏了头脑，人们只记住了第一点而忘记了第二点。于是，被人类当作万能工具的科学技术在为人类谋取众多福利的同时，也在人与自然的血肉关系中砍下深深的一刀，乃至酿下了今天的令人触目惊心的生态灾难。

第二次世界大战之后，在关于"现代性"的反思中，长期以来备受推崇的"理性""科学""技术"受到重新的审视和批判。20 世纪 60 年代以来迅速崛起的生态运动，进一步教会人们摆脱"二元对立"的思维方式，运用一种整体观的、有机论的眼光看待自然和世界以及自然、世界和人的关系。

这种时代的视野，无疑也会扩及语言学研究中来。一些敏感的语言学家开始面对人的整体生存，关注到"科学主义""技术理性"之外的语言学研究空间，人类语言再度与人类整体存在相提并论。

当代语言学向着艺术空间的开放，其意义也许还不仅在于语言学和文艺学，可能还会涉及后工业社会中精神生态的平衡与健全。

真正的艺术精神是工具理性极端化、人性异化、生态恶化的解毒剂。

新世纪的修辞学如果能够拓展到人类生态学的领域中来，那将有利于当代社会精神生态的平衡与健康发展。[7]

关于语言与自然的关系，海德格尔认为自然中有一种"无声的说"，人必须与之相符，把这无声的说变成有声的语言。"人的语言应该听从和符合自然的语言。""人的语言是从属于大地的。""感时花溅泪，恨别鸟惊心。"站在诗歌的立场上，我是更加相信自然有语言、自然能言说的。人类最初的语言产生于自然之中，是用来与自然的语言对话的，人与自然是亲人；后来，人类语言凌驾在自然之上，成为利用和剥削自然的工具，人与自然才成为对头。

西方科学之父亚里士多德的逻辑学著作又叫《工具论》，欧洲工业时代的思想先驱 F.培根把他的逻辑学著作命名为《新工具论》，在他们这里语言被逻辑化了、工具化了，科学成了征服自然、利用自然的工具，而语言则变成了工具的工具。语言的工具化，应该是现代工业社会生态灾难生成的原因之一。

四、莫言与裸语言

本书"袒露内部语言"一节，将莫言的小说《欢乐》中的一段文字作为"裸语言""潜修辞"即袒露内部语言的一个案例。

当时，莫言的不同寻常的小说语言受到评论界的热议，其中反对的声音有些刺耳。首先，出于我自己的话语理论，我对莫言的这种如同山洪暴发的言语发自内心地赞赏。其次，特意将其写进书中，也是在表示我对莫言文学创新的声援。

有趣的是，在我最后修订《超越语言》的书稿时，我和莫言有过一次意外的交集。下边的文字摘自我 1989 年 12 月 15 日的日记：

　　鲁迅文学院招待所房间修订《超》书稿。冬日阳光由窗外射至书桌上，屋内温暖如春。掩卷而坐，万念俱寂，不知日之西斜也。

黄昏陈丹晨率众人至朝阳门北小街 96 号访王蒙。此乃四合院，王蒙与夫人崔瑞芳热情款待。返鲁院，已近十一时。

得知莫言来访，遂回访之。谈及莫言语言，《超越语言》书中有一段将莫言与布勒东、闻一多、鲁迅相比较，莫言连称有愧。余曰，文学家中皆兄弟，无辈分。别，莫言赠书二册，一为《十三步》，一为《欢乐十三章》，余以《文艺心理阐释》回赠。夜深，招待所大门紧锁，无奈，借宿他处。

日记是简略的，所谈当然不止这些。这时的莫言正处于创作的亢奋状态，有时一天可以写下上万字，有时又踟蹰徘徊滞涩不前，语言的狂欢夹杂着语言的痛苦，与 19 世纪以来许多文学大师的话语经历相仿，也与我书中力挺的文学创作心态相吻合。文学家独自丰厚蕴藉的心灵，就是他在罕无人迹的原野里孤寂地守护着的那片黑夜。只有敢于潜入深渊并体验着深渊的人，才能够袒露那诗性的语言。

十多年过后，2005 年莫言在创作他的惊世名作《生死疲劳》时，仍然保持着这种饱满而又狂放的创作心态。43 天时间里写下 55 万字，写尽生生死死的六道轮回，写尽 50 年中国乡土的风云流变。可以想象，莫言内心的感觉、直觉、意识、情绪夹杂着电闪雷鸣般的灵光、顿悟，几如暴发的山洪直接由心头涌向笔端、漫灌到稿纸上。大气磅礴、荒诞怪异、不拘一格、非同凡响；或曰超验想象，或曰信口开河；或曰自由叙事，或曰口无遮拦；话语的激浪裹挟着倾诉的狂欢，此时诞生的便是从心灵的深潜处跃出水面的原生态语言，裸语言。

2010年，莫言的长篇小说《蛙》由上海文艺出版社出版，责任编辑曹元勇博士送我一册，扉页有莫言的题词：

　　枢元先生正我。
　　多年前在鲁院相见，当时情景犹如眼前。

　　　　　　　　　　　　　　庚寅9月，莫言于京

他竟然还记得20年前的那个漆黑的夜晚！这让我很感动。我读完他的《蛙》后，心情久久不能平静，便给元勇博士写了一封电子邮件：

　　元勇：
　　我离开北京在郑州逗留数日后，又到南京开会，方才回到苏州。
　　莫言送我的《蛙》，我已经读完，这是我多年来很少一字一句阅读的小说。我很喜欢这部小说，篇幅不大，内蕴却堪称浩瀚；说的是"计生"，却映照出中国近60年的历史缩影。我对这部小说的偏爱已经达到这种程度，在北京、南京我都曾对一些评论家讲：仅凭此书，当获诺贝尔奖无愧。我没有获得更多的响应，但人们也承认，莫言作为一个世界级小说家的形象已渐渐清晰。

我对这本书的偏爱，可能还由于我最近关于中国当代文化的思考，此前我已经写进我的一篇文章里：60 年的新中国文化，前半是"政治革命"，后半是"经济市场"……两种文化的无缝对接，便是种种怪相迭出的潜在推手。……你一定要代我谢谢莫言！

祝好！

枢元，2010.10.29，11:39:54

莫言当即就给了我回信，信中说："您对《蛙》的表扬让我汗颜，出版后，还是感觉到有很多缺憾。"就在《蛙》出版两年后，莫言踏上了斯德哥尔摩的红地毯。莫言的名字终于与福楼拜、司汤达、布勒东、马尔克斯、鲁迅、闻一多……排在了一起。

五、铜山西崩，洛钟东应

在"精神的升腾"这一章中涉及两个关键词：一是"三分法"，一是"超语言学"。

关于"三分法"，近年来受到学界关注的是我对地球生态系统划分的三个层面：自然生态、社会生态、精神生态。不久前有人发现，法国哲学家加塔利在 1989 年出版的《三重生态学》同样也是从自然生态、社会生态、精神生态的生态三重性立论的。但我并没有看过加塔利的书，甚至，当时并不知道他这个人。[8]我曾解释说，我之所以选择"三分法"，除扎根于本土传统文化之外，是受益于另一位法国人，即法国现象学美学创始人米盖尔·杜夫海纳，他的《美学与哲学》是我写作《超越语言》一书的"圣经"，就是凭他的一句话——"当语言在创造行为中被使用时，它已不再是语言或还不是语言，艺术似乎是超语言学的最佳代表"，启发我用"三分法"建构起全书的框架，也启发我以"超越语言"为此书命名。

有学者曾就"三分法"比较了我与加塔利的异同：

> 加塔利致力于打破结构主义的"是"，走向坚实的存在（con-sist）——知是守存；鲁枢元致力于打破结构主义的理性、清晰，走向海德格尔诗意化的存在——知白守黑。[9]

照此来看，我的关于生态批评的"三分法"，与现代语言学的嬗变还是密切相关的。拉康将弗洛伊德的无意识图像作了语言学的阐释，将人的心理内涵划分为"现实界""想象界""象征界"三个方面。罗兰·巴特将"结构"化为"构成"，突破传统语言学研究的桎梏，跨入"前语言""后语言""超语言"三个不同空间，将语言运作引进自由创造的领域。拉康、巴特、加塔利、杜夫海纳都是同时代的法国人，他们涉及语言研究时都不约而同地采用了"三分法"的思维模式。在欧洲，法国人的思维方式与中国人似乎更容易沟通。

在中国古代，一分为三的观念贯穿于中国传统文化的各种典籍中，《老子》中讲"道生一，一生二，二生三，三生万物"；《易经》视"天、地、人"为"三才"，法天象地，人居其中。多年来，无论是从事语言批评还是生态批评，我除了在中国古老的文化土壤里汲取营养，就是较多地接受了法国当代人文主义的哲学思想。

就是在这一章中，我提出了"超语言"的说法，我的立论是建立在杜夫海纳对于人类符号系统"三个领域"划分的基础之上的，并期望将这一分析运用到艺术作品语言属性的研究中。《超越语言》一书出版面世后，我甚至还雄心勃勃地试图筹划一门超越正统语言学樊篱的《文学言语学》，书的宗旨与大纲已经设计完毕，最终却没有实施。

现在学界使用的"超语言学"，其概念出自巴赫金的《陀思妥耶夫斯基诗学问题》。这本书在中国出版是 1988 年，那时我的《超越语言》一书的初稿（油印本）已经完成，那年 11 月我应王先霈先生邀请在华中师范大学中文系为研究生班讲授《超越语言》，用的就是这部初稿。彼时，我对巴赫金尚且浑然无知。我是从杜夫海纳的现象学美学中领悟到"超越语言"的旨趣的。

巴赫金自己认为，他的超语言学研究的是"活生生的具体的言语整体，而不是作为语言学专门研究对象的语言"。"这里的超语言学，研究的是活的语言中超出语言学范围的那些方面（说它超出了语言学范围，是完全恰当的），而这种研究尚未形成特定的独立学科。"⑩尽管我的语言学知识贫乏，尽管我对巴赫金如此隔膜，对照上述说法，读者或许不难看出我的"超越语言"与巴赫金的"超越语言学"总还是能够呼应起来的。

这再次印证"铜山西崩，洛钟东应"这句中国老话。无论是东方还是西方，我们毕竟是生活在同一个地球的生命共同体之中，面对的是同一些问题。

六、钱锺书论神韵

《超越语言》第六章中的部分文字曾以《"神韵说"与"文学格式塔"——关于文学本体论的思考》为题在《文学评论》1987 年第 3 期发表，获得读者好评。书出版后，我看到钱锺书先生《谈艺录》中专论神韵的文章，两相对照，既为我的千虑一得而侥幸，又深为锺书先生的博大精深、洞幽烛微所折服。兹摘录于下，以弥补我在论述中的不足。

神韵，为诗歌的基本属性，并非某种风格，一切好诗均应具备，"实无不该之所"，"神韵非诗品中之一品，而为各品之恰到好处，至善尽美"。

神韵，为诗性的最高境界："诗之极致有一：曰入神。诗而入神，至矣，尽矣，蔑以加矣。"

神韵，在有限无限之间，终归无限。"常留无尽，寄趣在有无之间。""有于高古浑朴见神韵者，有于风致见神韵者，有在实际见神韵者，亦有虚处见神韵者，神韵实无不该之所。"

神韵，在有形无形之间，终归无形，"譬如镜花水月：体格声调，水与镜也；兴象风神，月与花也"。

神韵，作为诗之"无形"的精魄，须凭借"有形"方能生成，"有形""无形"相辅相成："神理、气味者，文之精也；格律、声色者，文之粗也。然，苟舍其粗，则精者亦胡以寓焉？"⑪

钱锺书先生在历数《庄子》《论衡》《诗品》《沧浪诗话》《诗薮》《渔洋诗话》《复初斋文集》中关于"神韵"的论述后，写下自己的看法："诗者，艺之取资于文字者也。文字有声，诗得之为调为律；文字有义，诗得之以俦色揣称者，为象为藻；以写意宣志者，为意为情。及夫调有弦外之遗音，语有言表之余味，则神韵盎然出焉。"⑫在我看来，这就是说神韵乃有声有色的语言文字操作过程中的一种生成物，所谓"遗音""余味"，无外乎说神韵是文字、语汇之外，生成的一种形而上的诗的境界。这又是所有好诗都注定拥有的："自运谋篇，倘成佳构，无不格调、辞藻、情意、风神，兼具各备；虽轻重多寡，配比之分量不同，而缺一不可。"

在这一节文字的后半部分，博学多闻的钱锺书先生又援引西方哲学、心理学的知识，对"神韵"这一中国古代诗学范畴加以阐释：

> Boethius 于知觉（Sensus，imaginatio）、理智（Ratio）外，另举神识（Intelligentia）。见 *Consolationes philosophiae*，德国哲学家自 Wolff 以下，莫不以悟性（Verstand）别出于理性（Vernunft），谓所造尤超卓；Jacobi 之说，更隐于近人 Bergson 语相发。Bergson 亦于知觉与理智之外，别标直觉（Intuition）；其认识之简捷，与知觉相同，而境谛之深妙，则并在理智之表。……此皆以人之灵明，分而为三（trichotomy）。《文子·道德篇》云："上学以神听之，中学以心听之，下学以耳听之。"晁文元《法藏碎金录》卷三亦谓："觉有三说，随浅深而分。一者觉触之觉，谓一切含灵，凡有自身之所触，无不知也。按即文子所谓'下学'。二者觉悟之觉，谓一切明哲，凡有事之所悟，无不辨也。按即中学。三者觉照之觉，谓一切大圣，凡有性之所至，无不通也。按即上学。"皆与西说吻契。文子曰"耳"者，举闻根以概其他六识，即知觉是，亦即"养神"之"神"，神之第一义也。谈艺者所谓"神韵""诗成有神""神来之笔"，皆指上学之"神"，即神之第二义，Pater 与 Brémond 论文所谓神是也。⑬

在这里，钱锺书先生引证欧洲中世纪哲学家贝提乌斯关于

"知觉""理智""神识"三种不同层次的心理活动与中国春秋时期思想家文子的"三听说"、宋代学者晁迥的"三觉说"相比照，遂得出"神韵"乃 Boethius 所说"神识""悟性""直觉"；相当于文子所谓"上学之神听"、晁迥所谓"大圣之觉照"。钱锺书先生熔中西文化于一炉的治学风格，在对于"神韵"的阐述中华丽现身！

七、语言的诗性与诗的语言

这是当代哲学家张世英先生《新哲学讲演录》中第十八讲的标题。

语言，是当代世界哲学界逐鹿会战的原野，张世英先生的哲学无一例外地置身其中。关于语言的诗性，他在书中写道：

> 任何个别的、单一的东西，只要你把它当作离开了主体的客观认识对象，当作单纯的在场者，它就是僵死的，无意义的、不言不语的。但如果你把它放到主客融合的境界中，放到在场与不在场、显现与隐蔽相结合的宽广领域中，它就以它自己独特的方式诗意地言说着"道言""大言"。⑭

他很欣赏海德格尔的比喻：不在场的过往千百年的狂风暴雨通过在场的古庙建筑上的石块与木料而言说自身、显现自身；

凡·高作品中的农鞋同样也在言说着沉积在过往岁月中的艰难与沧桑。并由此得出：中国古典文论中强调的"言外之意"，也是通过在场的言说显现自身，通过说出的东西暗示出未说出的东西，这就是语言的诗性。

诗的语言不执着于当前在场的东西，诗的语言聆听"异乡"的声音，把隐蔽在心灵的旷野荒原的东西显现出来。诗的语言的特性就是超越在场的东西，抵达不在场的东西。

我曾经从语言学的意义为诗歌乃至文学确立这样的使命：用语言表述语言难以表述的东西。这也是在强调诗所追求的总是"言外之意"。

张世英先生强调：诗的语言是对"异乡"的召唤。所谓"道言""大言"，就是通过诗的语言，把来自所谓"存在""无""神秘"或所谓"无底深渊"的声音释放出来。这显然就是老子说的"无言之言""大音希声"，也是海德格尔说的"沉寂的钟声"。海德格尔的存在主义现象学与古代中国的显隐之道的确是有几分类似的，当其由哲学走向诗学的时候尤其如此。

诗的语言的另一个特点是诗具有独特性、一次性。海德格尔说：思想家言说存在，诗人给神圣的东西命名。所谓"命名"就是指独特性、一次性。只有诗才可以独特地、一次性地，也就是创造性地直接把握到真意。而思想家用逻辑的、推理的语言，只能把握到一些普遍性的、抽象的东西。

《文心雕龙·隐秀篇》中说："情在词外曰'隐'，状溢目前曰'秀'。"张世英先生的解释是：所谓词外之情，也就是言外之意，实际上就是暗示。诗的语言是以说出的东西暗示未说出的"无穷之意"。中国是一个诗的国度，特别重视发挥语言的诗性，重视用诗的语言表达、暗示无穷之意。中国古典诗的水平高下，不在于说出的东西，例如不在于辞藻华丽还是不华丽，而在于说出的言辞对未说出的东西所启发、所想象的空间有多广，有多深。

据说张世英先生的客厅中挂着他自撰自书的条幅："心游天地外，意在有无间。"这样一种"万有相通""天人合一"的审美境界，也是人"诗意地栖居在大地"上的人生境界。

本书第七章第四节还曾讲到"语言的狂欢"，这也是语言的诗性的展现，是诗的语言的临界超越状态。巴赫金的"超越语言学"中就曾提出"狂欢节理论"：在狂欢节世界中，现存的规矩和法令、权威和真理都成了相对性的，这对社会意识形态产生了一定的颠覆，使那种企图统辖一切，完全禁锢大众思想空间的教会的力量大大削弱。

我在书中写下的：语言不是宗教，但语言具有类似宗教的约束力，有时甚至比宗教的戒条和律令还有效力。语言的既定性将人们捆扎得结结实实，人们在毫无察觉中成了语言的奴隶。当每一个中国人都万口如一地说着相同语句时，每一个中国人同时也都失去了属于自己的语言。心灵之苗如果不挣扎着破土而出，就将在语言积垢的重压下死去。"狂欢"即对于"压抑"的反抗，狂欢是革命的情感动力和精神动力。如果说，教规严苛的天主教徒们每年之中还有那么一个恣意纵情、放荡不羁的

"狂欢节"，那么言语者的狂欢又在哪里呢？

狂欢精神可以是对中世纪教会威权的抗争、对社会压抑的宣泄。正如巴赫金的"狂欢化理论"所指出的：话语的方域与时代背景虽然不同，对"狂欢"颠覆性、解构性的强调却是一致的。

八、语言的沉沦

《超越语言》中呈现的民族主义的自信以及对语言超越现实的期待，显得有些尴尬。从这本书的出版到今天，已经过去30多年，世界与人心都发生了很大变化。

30多年前写作这部书时，我还没有用上电脑，每一个字都是手握钢笔（还是那种更原始一些的"蘸水笔"）在稿纸上一笔一画写下来的。遇到存有疑惑的语词不是在网络上查"百度"，而是在一部部厚重的《辞源》《辞海》《百科全书》中寻觅。与学界友人的联络交往主要依靠书信，至今我还存放有一大箱子粘贴着花花绿绿邮票的信函。

大约在1992年，王蒙先生在给我的一封来信中一半是在电脑上输入的，一半仍是手写，他还在信中感叹：不用手写的信简直就不像是信。这一年，大约就是中国作家普遍"换笔"的开始。

人世上的许多事是善良的人们始料不及的。

由技术与市场推动的人类社会快速进入所谓信息时代，语言文字的数字化通过人手一机在互联网上迅速普及，洪水般涌进人们日常生活的语言符号，不但改变了人们的话语方式，也改变了人类的思维方式、交往方式、生活方式、存在方式。与社会"发展进步"同步而来的，是频频上演的网络欺诈、网络施暴。套版式的陈词滥调、指鹿为马的诳语谵言、装腔作势的自慰自嗨充塞在各个传播渠道；愚妄的狂喷、欲望的宣泄、拙劣的欺诈、执拗的狡辩遍布网络空间。而这一切，都是通过语言文字操弄实施的。由于言语交流渠道的数字化、电子化，如今我们说的话、写的字比任何时代都多，也比任何时代都滥。让人担心的已经不再是本书开端所说的"语言的干涸"，而是"语言的败坏与腐烂"。

语言的溃败导致诗歌的沉沦。就我视野范围所及，20 世纪80 年代涌现的优秀诗人北岛、江河、多多、舒婷、梁小斌等走的走，伤的伤。海子、顾城则已经决绝地去了另一个世界。

我看到，进入 21 世纪以来，只有一位说话有些口齿不清的女子仍然活跃在寂寞的诗坛上：

> 我承认，我是那个住在虎口的女子
> 我也承认，我的肉体是一个幌子
> 我双手托举灵魂
> 你咬不咬下来都无法证明你的慈悲

汉语言在她的笔下踉踉跄跄、磕磕绊绊，看似白日梦中的呓语，又像德尔菲山谷里冒出的雾气。女诗人在虎口里挣扎，她解释说她是拿自己的性命在写诗，她写下的是她灵魂的自然流露。⑮

语言的沉沦，是人性的劫难，也是自然的灾难。

21世纪已经过去的22年，完全不是人们最初所期待的。瘟疫蔓延、战争频发、地球生态恶化、全球化进程熔断、经济危机的逼迫、世道人心的沦落，这个世界还会好起来吗？

生物考古学家德日进站在人类演化的宇宙坐标中，坚信人类终究是朝着那个光明、圣洁、雅善的顶点走去。但转机并不一定就是下一个10年、20年，或许要在200年、2000年之后。这就为我们的超越留下更开阔的空间，更久远的期待。

2023年3月2日，于独墅湖暮雨楼

注释：

①鲁枢元：《超越语言》，中国社会科学出版社，1990年版，1994年重印。修订版将由浙江文艺出版社于近期推出；还将由中美时报出版社（美国）推出英文版。

②参见尚杰：《归隐之路——20世纪法国哲学的踪迹》，江苏人民出版社，2002，第23页。

③伍铁平、孙逊：《评鲁枢元著〈超越语言〉中的若干语言学观点》，《外语学刊》1993年第2期。

④伍铁平：《要运用语言学理论必须首先掌握语言学理

论——答鲁枢元的反驳》，《北方论丛》1996 年第 5 期。

⑤⑥萧净宇：《超越语言学——巴赫金语言哲学研究》，上海人民出版社，2007，第 46—47 页、第 52 页。

⑦鲁枢元：《言语活动的空间——兼谈修辞学与人类生态观念》，《福建师范大学学报（哲学社会科学版）》2004 年第 3 期。

⑧此前，我一直认定"我没有看过加塔利的书，甚至当时并不知道他这个人"，现在要做一点修正了：日前翻检家里的藏书，发现一本苏联女学者波波娃（Попова）的《法国的后弗洛伊德主义》，从书中留下的笔迹来看我是读过的。该书第五章讲到加塔利，只是翻译成了"居塔里"，这么说那时我已经遇到过加塔利了，只是没有留下一点印象。波波娃的书俄文版是 1986 年，中文版是 1988 年，加塔利的《三重生态学》应该尚未面世。

⑨胡艳秋：《三重生态学及其精神之维——鲁枢元与菲利克斯·加塔利生态智慧比较》，《当代文坛》2021 年第 1 期。

⑩巴赫金：《陀思妥耶夫斯基诗学问题》，白春仁、顾亚铃译，生活·读书·新知三联书店，1988，第 250 页。

⑪⑫以上参见钱锺书：《谈艺录·六》，中华书局，1984，第 40—42 页、第 42 页。

⑬钱锺书：《谈艺录·六》，中华书局，1984，第 44 页。文中提到的 Boethius，应为罗马帝国著名哲学家贝提乌斯（Anicius Manlius Severinus Boëthius，约 480—524），又译波爱修斯，一位

罕见的百科全书式思想家，精通文学与音乐。有著作《哲学的慰藉》（*The Consolation of Philosophy*）存世。常被引用的名言：Si tacuisses，philosophus mansisses（你若能三缄其口，则不失为一位哲人）。

⑭参见张世英：《新哲学讲演录》，广西师范大学出版社，2004，第311—325页。

⑮2022年中国诗歌类书籍网店榜单前三名都是余秀华的作品。其中《月光落在左手上》销量为64908册。

（选自《文艺争鸣》2023年第6期）

新时代十年中国网络文学发展的基本成就和基本经验

何　弘

中国网络文学发端于 20 世纪 90 年代后期。不论是主张"平台起源说"把 1996 年"金庸客栈"或 1997 年"榕树下"等平台的创办作为起点，还是主张"代表作起源说"把 1997 年罗森创作《风姿物语》或 1998 年痞子蔡创作《第一次的亲密接触》作为起点，或者是主张"现象源说"把 1998 年《第一次的亲密接触》走红作为起点，以及主张综合多种因素考量的"多起源说"等，从哪种观点看，中国网络文学发展都经历了 20 多年的发展历程。

中国网络文学诞生之后，经过四五年的探索，到 2003 年开始形成 VIP 付费阅读模式，为商业化发展奠定了基础，至 2008 年"盛大文学"公司成立，网络文学进入资本主导的发展时期，以惊人速度爆发式增长。这个时期的网络文学基本处于自然生长状态，作品普遍呈现出"快""长""爽"的特点，这使网络文学在蓬勃发展的同时，"三俗"倾向、质量总体偏低成为长期存在的问题。因此，此一时期的网络文学总体上可以概括为

"野蛮生长、泥沙俱下、良莠不齐"。

党的十八大以后，网络文学受到党中央高度重视。2014年10月15日，习近平总书记主持文艺工作座谈会并发表重要讲话，专门就网络文学作出重要论述，为网络文学发展和网络文学工作开展指明了方向。党的十九大以后，中国作协、国家新闻出版署（国家新闻出版广电总局）等有关部门延长工作手臂、扩大覆盖范围，加强对网络作家的团结引导，使网络作家的责任感、使命意识不断增强，网络文学步入健康有序发展的轨道。

2022年10月，党的二十大胜利召开，大会报告对新时代十年的历史成就与宝贵经验进行了全面总结。与新时代十年伟大变革相呼应的网络文学，基本成就和经验同样需要总结。2022年，不少网络文学专家撰文盘点网络文学新时代十年取得的成就。中国作协网络文学中心也专门在《2022中国网络文学蓝皮书》（以下简称《蓝皮书》）①中设置了"新时代十年网络文学发展的基本成就和基本经验"部分。在主持《蓝皮书》起草工作的过程中，我对此一问题进行了较多的思考。《蓝皮书》受篇幅所限，只是对新时代十年网络文学发展的基本成就和基本经验做了极为简要的概括，下面我想结合个人的思考，对此做些更全面的阐述。

一、新时代十年中国网络文学发展的基本成就

新时代十年，中国网络文学发展最突出的特点是主流化、

精品化进程加快，网络作家积极传播正能量，现实题材创作不仅数量大幅增长，质量也稳步提高；行业发展从以文本阅读为主向建立全 IP 生态链转型，网络文学对文化产业的内容支撑作用进一步凸显；网文出海规模持续扩大，出海形式更加多样，路径更为丰富，网络文学成为中华文化海外传播的重要载体和亮丽名片；网络文学理论评论受到文化领导管理部门、高校、研究机构和网文行业的高度重视，引导创作的作用更加突出；网络作家队伍日益发展壮大，组织建设持续加强，对网络作家的吸引力、凝聚力显著增强。

（一）网络文学进入主流化、精品化发展新阶段

网络文学前期的发展，资本的推动发挥了重要作用，但也导致"三俗"问题突出，有些作品甚至存在价值观偏差，特别是历史虚无主义和不良亚文化等错误倾向时有出现，类型化发展使同质化、模式化严重，作品总体质量不高。新时代十年，特别是近五年来，经过正确引导，过去长期困扰网络文学发展的一些问题逐步得以纠正、改善，网络文学发展更趋健康有序。

资本主导下的网络文学，走的是类型化的发展路子，幻想、历史和言情是三种主要的大类型，在网络文学创作中占比较大。

幻想类作品包括玄幻、奇幻、武侠、仙侠、异能等，以想象力的张扬和创作手法的创新受到广泛关注。幻想类作品基本的故事模式是小人物的逆袭，通常是出身卑微的小人物因某种奇缘而功力爆长，从原本的废柴一跃成为修行天才，并在战斗中快速崛起，终至成"仙"成"神"。这样的故事模式，底层逻辑通常是强者为王的思想和丛林法则。这类以小人物逆袭为基本主题的作品，较好地满足了底层读者朴素的人生想象，因而广受喜爱。但也因此使作品过度追求"爽感"，人文关怀、理性思考、思想深度、情感表达不足，思想性和艺术性不高，故事发展的内在逻辑难以自洽，高度模式化。经过正确引导，新时代网络文学有了很大改观，幻想类作品在保持其自身特点的同时，自觉对中华优秀传统文化进行创造性转化、创新性发展，注重传播正能量，思想内涵、艺术品质都有大幅度提高。中华上古神话、民间传说等成为网络作家重要的创作资源和灵感来源，以网络文学独特的方式实现新的表达。

历史题材是网络文学创作的另一主要类型，过去主要采用戏说、穿越、架空等方式，存在的主要问题是以调侃的态度对待重大历史事件和历史人物、过分夸大个人在历史进程中的作用、随意改变历史走向及潜在的历史虚无主义倾向等。通过加强正确历史观、民族观、国家观、文化观的引导，网络作家逐渐树立起唯物史观，戏说的成分逐渐减少，正面描写历史的作品越来越多。

言情小说在网络文学创作中占比较大，尤其受女性读者的喜爱。言情小说大体分为现代言情即"现言"和古代言情即"古言"两大类。这类作品最大的问题是，爱情大于一切，所有人做的所有事似乎只有恋爱，别无他事。这类作品常常无视生活实际，按套路凭空编造，为博眼球虚构离奇故事情节，存在认知和道德伦理偏差，一些"古言"作品把重大历史事件的决定因素归结为爱情的作用，鼓吹"爱情决定论"，甚至以此为反面人物翻案、抹黑英雄人物，更有一些描写诸如"耽美""虐恋"等不良亚文化的作品对青少年读者产生较大负面影响。经过正确引导，言情类作品不再简单张扬爱情至上，而是把个人情感放在事业、社会、民族、国家的大背景下进行书写，表现时代与社会的变迁，讴歌女性的自立自强、事业奋斗、家国情怀、美好情感等，作品的广度和深度等都大大提高。

新时代十年网络文学发展的一个重要成就，是改变了过去远离现实、作品集中在幻想神怪和言情历史等领域的状况，越来越多的网络作家把目光投向社会现实，积极创作反映新时代的作品。目前网络文学已经累计有超过 150 万部现实题材作品，尽管与幻想、历史、言情等类型相比总体数量仍然偏低，但增速大有超越，作品主题和叙事视角也更加多元。结合党和国家重大事件和重要时间节点，网络作家积极创作重大现实题材作品，"工业强国流""大国重器流"成为创作热点，涌现了《大江大河》《大国重工》《复兴之路》《浩荡》《重卡雄风》《何日请长缨》等优秀作品。科技创新成为表现重点，如《北斗星辰》《南北通途》等都是此类作品的代表。《朝阳警事》《写给鼹鼠先生的情书》等则着重描写"基层英雄"，《全职妈妈向前冲》《糖婚》等则着重描写新时代人民群众的家庭日常生活，表达人民对美好生活的期盼等。

科幻题材新作频出，形成创作热潮，是近年来网络文学发展的另一成就。目前，网络文学现存科幻题材作品超过 150 万部，科幻设定成为流行元素，在多种类型的创作中形成潮流。当前科技发展异常迅速，向人们展现出全新的宇宙图景，人们对自身、宇宙内在秘密及可能性探究的愿望越发强烈。网络科幻作家直面世界科技前沿，进一步放飞想象力，把玄幻、奇幻、仙侠等向科幻拓展，极大丰富了网络文学的创作题材和类型。《我们生活在南京》《第九特区》《从红月开始》《黎明之剑》《保卫南山公园》《夜的命名术》等都是优秀科幻题材网络文学作品，或巧妙运用科幻元素，获得较大反响。

新时代十年，网络文学不仅持续进行类型融合创新，在类型文学创作方面取得了突出成就，更开创了全新的文学生态，网络文学作品打破静态文本的局限，在具有充分交互性的社区中通过跟帖、讨论、同人写作等方式不断进行再阐释、再创作，成为不断延展的文本网络。

（二）网络文学为文化产业发展提供了重要的内容支撑

网络文学不仅赢得海量读者，而且因对故事性的高度重视和想象力的恣意飞扬，为影视、游戏、动漫等文化产业提供了大量优秀的文学蓝本。同时因为网络文学的连载机制与连续剧播出机制的同在同构性，互动机制形成的读者反馈为影视拍摄提供的前期市场预判和试错机制，使网络文学的 IP 开发可以少走很多弯路，获得较好的市场表现。

具有广泛大众影响的热播影视剧，由网络文学作品改编的剧目达六成以上。《琅琊榜》《甄嬛传》《择天记》《花千骨》《庆余年》《全职高手》《知否知否应是绿肥红瘦》《司藤》《芈月传》《暗格里的秘密》《都挺好》《亲爱的，热爱的》《小欢喜》《少年的你》《赘婿》《雪中悍刀行》《风吹半夏》《相逢时节》《少年歌行》《苍兰诀》《长安十二时辰》等网文改编剧都广受好评。

国漫、动漫广受年轻人喜爱。国漫的主要内容来源是网络文学作品，超过半数的动漫也由网络文学作品改编，而且年度授权 IP 数量持续增长，《斗罗大陆》《斗破苍穹》《星辰变》《全职法师》《择天记》《仙王的日常生活》《大王饶命》等作品备受好评。

网络文学 IP 一直是网络游戏改编最重要的内容来源。早期的《飘邈之旅》《诛仙》《神墓》《星辰变》《仙剑神曲》《鬼吹灯》《搜神记》等改编为网络游戏后都吸引了大量玩家。前几年，有关部门对游戏行业的乱象进行整顿，网络游戏改编相对低迷。近两年，游戏改编向精品化方向发展。《庆余年》等改编手游营收出色，《隐秘的角落》游戏登录 Steam 平台，网络文学 IP 向单机游戏拓展。

近两年火爆的微短剧主要由网络文学 IP 改编，每年授权作品超 300 部，年增长率近 70%。《拜托了！别宠我》《重返1993》《今夜星辰似你》等剧以高播放量获得高额分账。有声改编规模增速极快，八成以上的 IP 授权来自网络文学。

（三）网络文学成为中华文化海外传播的重要载体

新时代十年，中国网络文学海外传播规模不断扩大，营收从当初的不足亿元增长到超 30 亿元，海外活跃用户超过 1.5 亿人，访问用户超 9 亿，翻译输出作品超过 16000 部，实现了对世界主要国家和地区的全覆盖。传播方式从爱好者自发翻译向实体书出版、线上传播和本土化传播发展，机制更加成熟，影响力进一步扩大。

对外输出作品中，实体书授权超 5000 部，传播更为广泛的是在线翻译传播。起点国际、掌阅国际版 iReader、纵横 TapRead 等海外网站、App 等，在线翻译出去的网络文学作品超过 9000 部。

文本输出之外，对外 IP 改编授权越来越多，大量由中国网络文学作品改编的影视、动漫、游戏作品向海外发行，有的则授权海外机构开发，使中国网络文学的影响力进一步扩大。《知否知否应是绿肥红瘦》《天盛长歌》等影视作品不仅受到亚洲观众的喜欢，在欧美、澳大利亚等地上线播出后同样大受欢迎。中国网文作品改编翻译的漫画海外传播规模也越来越大，起点国际有《修真聊天群》《元尊》等大约 500 部漫画作品上线，其他多家海外平台也都有大量改编翻译漫画上线。

中国网络文学日益受到西方主流文化重视，大英图书馆中文馆藏书目收录 16 部中国网络文学作品。作品输出之外，中国网络文学企业纷纷赴海外进行本土化运营，在海外建立网络文学网站，翻译传播中国网络文学作品，同时把中国网络文学商业模式移植到海外，搭建本土作者创作平台，吸引本土作者进行创作。目前中国网络文学企业的海外平台已培养海外本土作者 60 余万人，创作外语作品数十万部。海外作者创作的作品，很多不仅世界设定、故事框架借鉴中国网文，同时大量使用具有中国特色的文化元素、生活元素，带动了中华文化的海外流行，为塑造可信、可爱、可敬的中国形象发挥了积极作用。

（四）网络作家队伍迭代发展组织化程度不断提高

新时代十年，网络作家队伍进一步壮大。网络文学最大的特点是极大解放了文学生产力，任何人都可以在线创作发表作品，使无数青年作家梦的实现变得伸手可及，因而吸引超过2000 万人次在文学网站注册，参与网络文学写作；尽管大量注册作者因各种原因难以创作完本作品，但仍然有超过 200 万人有作品上架，成为文学网站的签约作者；签约作者中，大约有70 万人是持续写作的活跃作者；持续写作的作者中，有近 20 万人成为职业作者；网络文学作者中，有大约 1 万人加入了省级以上作协或网络作协，加入中国作协的网络作家有 465 人，其中有 16 位网络作家当选中国作协第十届全委会委员。

网络作家相对普遍年轻，加入省级网络作协的网络作家平均年龄为 35 岁。目前各平台新增签约作者，绝大多数为"Z 世代"（1995 年以后出生）作者。阅文及其他重要网站数据显示，目前活跃的头部作者中，90 后占比超过 80%。网络作家队伍的年轻化、专业化、多元化，带动行业文、二次元、轻小说等从小众题材演变为流行题材。

网络作家队伍的发展壮大，对组织化建设水平的提高和服务引导能力的提升提出了更高的要求。中国作协不断探索新的机制、办法，着力构建"全国网络文学一盘棋"的工作格局，推动成立 21 家省级网络作家协会，其中网络文学较发达的地区还进一步扩大覆盖面，成立了市级网络作协。中国作协网络文学中心通过线下办班和打造线上培训平台等方式，扩大培训覆盖，在加强思想和价值引领的同时，提升网络作家创作能力。经过正确引导，网络作家进一步坚定了正确的创作方向，同时积极参与社会公益事业，正面影响进一步扩大。

（五）网络文学评论研究不断加强

评论研究受到重视，导向作用得到发挥。中国作协加强评论人才培养、选题资助，每年举办中国网络文学论坛，发布《中国网络文学蓝皮书》，资助出版《中国网络文学年鉴》《中国网络文学理论评论年选》等，既关注网络文学的理论问题，又深入创作和行业现场，分析网络文学发展面临的新情况、新问题，研判网络文学发展新趋势。

新时代十年，从事网络文学理论评论的人数在不断增加。北京大学、中南大学等较早建立了网络文学研究团队，山东大学、安徽大学、南京师范大学等也相继组建起专业团队，汇聚起网络文学研究的年轻力量。中国作协网络文学中心指导下的扬子江网络文学评论中心开展网络文学阅评活动，及时推介优秀作品，评论的导向作用进一步发挥。

建立适应网络文学特点的理论体系和评价标准一直是网络文学理论评论界关注的首要问题。这个问题也得到了国家社科规划及教育部的重视，由多个团队立项开展研究。网络文学作为当代文学的重要组成部分和文学现象，已发展到了当代文学研究者无法忽视的地步。罗岗、吴俊、陈晓明等专家认为，网络文学是新的文学范式形成的标志，预示着文学进入了另一个时代，文学史进入了网络新媒体语境。

有关单位更加注重发挥表彰推介优秀网络文学作家作品的示范导向作用。中国作协每年发布的中国网络文学影响力榜，从推介原创小说，拓展增加表彰优秀 IP 改编作品及海外传播作品，进一步增设新人榜，加强青年人才培养。有关组织、单位和地方作协等设立了"茅盾新人奖·网络文学奖"、网络文学双年奖、金键盘奖、天马文学奖、"金桅杆"网络文学奖等或在原有文学奖项中设立网络文学子项，在表彰推介作家作品、提高网络文学社会关注度方面发挥了积极作用。

二、新时代十年中国网络文学发展的基本经验

新时代十年网络文学能取得如此成就，是在党的正确领导下，网络作家刻苦创作、网络文学工作者辛勤奋斗的结果。总结起来，有以下基本经验。

（一）坚持党的领导是网络文学繁荣发展的根本保证

党中央高度重视网络文学，习近平总书记掌舵领航，亲自擘画，在文艺工作座谈会及文代会、作代会等会议上多次就网络文学发表重要论述，使网络文学工作开展有了根本遵循。2014 年习近平总书记在文艺工作座谈会上发表重要讲话，特别就网络文学、"两新"进行了重要论述。习近平总书记明确指

出："要适应形势发展，抓好网络文艺创作生产，加强正面引导力度。近些年来，民营文化工作室、民营文化经纪机构、网络文艺社群等新的文艺组织大量涌现，网络作家、签约作家、自由撰稿人、独立制片人、独立演员歌手、自由美术工作者等新的文艺群体十分活跃。……我们要扩大工作覆盖面，延伸联系手臂，用全新的眼光看待他们，用全新的政策和方法团结、吸引他们，引导他们成为繁荣社会主义文艺的有生力量。"②在中国文联十大、中国作协九大开幕式上，习近平总书记再次强调："要加强联络，延伸工作手臂，加强对新文艺组织、新文艺群体的团结引导，把千千万万文艺从业者、爱好者凝聚起来，不断增强组织吸引力。"③《中共中央关于繁荣发展社会主义文艺的意见》和中共中央办公厅、国务院办公厅印发的《"十四五"文化发展规划》明确提出鼓励引导网络文艺创作生产。各级党委、政府制定多种措施，将网络文学纳入国家文化和产业发展规划，给予政策扶持，推动了网络文学的健康发展。正是有了习近平总书记的这些重要论述，才有了"两新"这个概念，网络文学发展、网络文学工作开展才有了根本遵循。延伸手臂、扩大覆盖、团结引导，这些网络文学工作的基本内容和基本方法都是习近平总书记亲自提出的。成立中国作协网络文学中心，正是中国作协落实习近平总书记关于文艺工作和群团工作重要论述的具体体现。

网络文学工作者深刻把握习近平总书记关于"两新"工作的重要论述精神，充分认识新时代文学使命所系、价值所向，充分认识新时代文学高质量发展必须借互联网之力、过互联网之关，充分认识网络文学作为新时代文学生力军的地位及其在文化强国建设中的作用，使得新时代网络文学不断繁荣发展。

（二）坚持以人民为中心确保了网络文学繁荣发展的正确方向

新时代十年，网络文学能够改变野蛮生长的状态，步入健康发展的轨道，根本原因是经过正确引导，开始坚持以人民为中心创作导向，坚持"二为"方向，贯彻"双百"方针，坚持创造性转化、创新性发展，自觉以建设民族的科学的大众的中华民族新文化为己任，源于人民，表现人民，服务人民，会聚起一支庞大的作者队伍，创作出类型众多、数量巨大的文学作品，使网络文学成为人民群众喜闻乐见的新文学样式。

坚持以人民为中心的创作导向，强化了网络作家的担当意识，有了传播正能量、弘扬社会主义核心价值观的自觉，从而不再只是以娱乐、游戏、消遣的心态看待网络文学，不再一味以低俗、庸俗、媚俗迎合读者，从而克服错误创作倾向，努力大力弘扬中华优秀传统文化，积极反映新时代。

（三）新时代十年的伟大变革奠定了网络文学繁荣发展的坚实基础

新时代十年，中国经济、政治、文化、社会、生态文明建设取得了伟大成就，实现了伟大变革。科技的巨大进步使互联网，特别是移动互联、移动支付广泛普及，网络文学有了繁荣发展的技术基础和现实可能；深化改革，破除体制机制弊端，社会主义市场经济高速发展，使网络文学有了繁荣发展的市场基础；新时代中国人民的伟大实践，为网络文学提供了取之不尽的生动素材，使创作有了坚实的生活基础；全面小康、富裕起来的中国人民有了对文化生活的更多需求，使以付费阅读为主要经营模式的网络文学有了坚实的读者基础；新发展理念的贯彻，使网络文学高质量发展有了良好的经营环境和理论基础；积极主动的开放战略、"一带一路"倡议、构建人类命运共同体的理念，使网络文学国际传播有了政策支撑和共同的价值基础。

（四）坚持守正创新是网络文学繁荣发展的活力源泉

新时代十年，网络文学界坚守以人民为中心的正道，大力推进主流化、精品化，基于互联网特性，不断推动类型创新、题材创新、表达创新，强化与下游文化产业的融合联动，使网络文学持续保持生机与活力。

因为守正，网络文学才明确了自身的价值和意义追求，不再把娱乐和消遣作为唯一的目标，得以明确自身的文化使命，努力表达社会的主流价值、主流文化。因为创新，网络文学得以在题材方面进行创新，开始对时代经验、时代精神作出表达，现实题材创作持续增长，在类型上进行创新，避免了类型的固化僵化，从而保持生生不息的发展动力。

（五）强化引导扶持是促进网络文学繁荣发展的关键举措

2014年文艺工作座谈会召开后，网络作家得到各方面的高度重视，从中央到地方，网络文学组织建设得到加强，中国作协网络文学中心及各级网络作协纷纷成立，在团结服务网络作家方面发挥了积极作用。多年来，各级作协组织准确掌握网络作家的基本信息和创作情况，建立网络作家跟踪管理机制，形成完备团结引导工作体系；完善联系网络作家机制，建立联系名单，广交、深交网络作家朋友，及时掌握作家队伍情况，协调解决他们创作、生活中的困难和问题，做好职称评定等工作；加强青年网络作家的发现和培养等，在行业建设中发挥主导作用。全国网络文学重点网站联席会议有近 50 家成员单位，在内容管理、行业自律、权益保护等方面发挥积极作用。作协组织和联席会议协同发力，形成了"全国网络文学一盘棋"的工作格局。

中国作协的重点作品扶持、理论评论扶持、中国网络影响力榜及各地作协的相关活动，国家新闻出版署（国家新闻出版广电总局）等组织的多项活动，有效推动网络文学把高产量提升到高质量，用大流量传播正能量，有力推动了网络文学的主流化、精品化。

（六）遵循发展规律营造了网络文学繁荣发展的良好环境

网络文学的发展有着和传统文学不一样的特点和规律，新时代十年，正是因为我们尊重遵循网络文学发展规律，才为网络文学的繁荣发展提供了良好的环境。尊重文学属性，始终以文学的标准看待网络文学、尊重网络文学，网络文学才能继承传统文学的优长，在新时代文学的宏大格局中创新发展，精神内涵和艺术品位不断提高。尊重产业属性，网络文学才能走出传统文学固有的发展模式，建立起自己的商业模式和产业生态，并构建起以网络文学 IP 为核心的文化产业链。尊重网络属性，网络文学才能充分发挥自身的优势，利用互联网特性形成即时性、伴随性、互动性等新特点并广泛传播，成为深受大众喜爱的新文学样式。网络属性是网络文学区别于传统文学的根本特性。随着对网络文学网络属性认识的不断深化，网络文学最终将冲破类型文学的局限，开创独属于网络文学的全新叙事手段、表现形式以及文学形态，迈上文学发展的新高峰。

新时代十年网络文学的繁荣发展，在中国当代文学史、中国新文学史、中国文学史以及世界文学史上都具有重要意义。网络文学的发展形成了新的文学范式，使文学史全面进入网络新媒体语境，文学进入一个全新时代。网络文学不仅极大满足了人民群众的精神文化需求，更为世界文学发展提供了新选择，贡献了中国智慧、中国方案，为人类文化发展进步作出了重要贡献。

当然，网络文学的发展目前也出现了一些新情况、新问题。比如，"三俗"和同质化现象仍一定程度存在、行业发展遇到瓶颈、竞争加剧影响到网络文学行业生态、行业监管缺乏统筹、评论评奖有待加强、海外传播各自为战、盗版侵权打击不力、应对人工智能等高新科技挑战不充分等。这都要求对网络文学的管理引导扶持要进一步加强。作为互联网时代新兴的文学样式，在党的正确领导和各有关部门的大力推动下，网络文学一定能更好地承担新时代的文化使命，在文化强国建设中发挥重要作用，为建设中华民族现代文明作出更大的贡献。

注释：

①中国作家协会网络文学中心：《2022中国网络文学蓝皮

书》,《文艺报》2023 年 4 月 12 日第 2 版。

②中共中央文献研究室编《习近平关于社会主义文化建设论述摘编》,中央文献出版社,2017,第 159 页。

③习近平:《在中国文联十大、中国作协九大开幕式上的讲话》,人民出版社,2016,第 20 页。

(选自《南方文坛》2023 年第 5 期)

关于莫言的看与被看

——在"莫言的这十年和四十年"学术研讨会上的发言

李 洱

关于莫言，人们已经谈论很多。我本人参加过三次关于莫言的研讨会，一次在鲁迅博物馆，时间是 2006 年 11 月，是林建法先生召集的会，那时候我还在河南工作。一次在北师大，是人文社和张清华教授召集的会，时间是 2020 年 10 月，那已是莫言获得诺奖多年之后的事了。最近的一次是在首师大，时间是 2022 年 1 月，是张志忠教授召集的会。加上这一次，算是第四次了。我相信，这样的研讨会不仅跟莫言有关，也会对中国文学的发展有某种启示。

在鲁博开会的时候，莫言诚恳地说了一句话，说在这里开会自己很不安，因为自己已到了鲁迅逝世的年龄了，好像才刚开始写作。当时莫言著名的短篇小说《拇指铐》已经发表，我个人认为那是莫言向鲁迅致敬之作，从阿 Q 到阿义，从有因有果的脑袋被砍，到无缘无故的拇指被铐，贯穿始终的，仿佛是一场接一场的历史儿戏。这个话题，我后面会讲到。在北师大开的是《晚熟的人》研讨会，我在会上提到，阅读《晚熟的人》的过程，就是感受莫言小说变化的过程。集子里的小说，单独发表的时候，变化可能还不大容易看清楚，我们甚至会纠缠于某篇小说在叙事上是否完整，留白是否过大，逻辑上是否有足够的说服力，等等。但是，当小说收到一个集子里，你从头到尾看下来，你的感觉可能有所不同。比如，你可能就不再计较单篇作品的完成度问题。此种情形在文学史上其实屡见不鲜，比如鲁迅的《野草》和《故事新编》，如果你单篇阅读，你也会觉得有些篇章不够完整，个别篇章甚至显得晦涩难解，语言风格也参差不齐，文体上也不统一。但是完整地看下来，你就会觉得那是一个整体，最终呈现出鲁迅在某个阶段的艺术特色、精神历险。乔伊斯著名的短篇集《都柏林人》也是如此，要想真正理解其中的名篇《阿拉比》《伊芙宁》和《死者》，就需要把它们与《都柏林人》中另外的篇章联系起来看。乔伊斯那时候还很年轻，二十岁出头。他和笔下的人物，两眼对着看，心中起哀怨。这哀怨其来有自，无远弗届，穷山距海，不能限也。这时候，你要再说，某篇细节不充分，节奏有问题，就是吹毛求疵了，你得把整部小说集当成一个整体。顺便说一下，在欧美国家，一部短篇小说集，往往有着统一的构思，是一部完整的小说。不像我们这边，中、短篇小说可以随意编辑出书。所以有一次，我就对李敬泽建议，我们这边的短篇评奖，其实应该评某部短篇集，而不是某个短篇，他也觉得有道理。

我先简单说一下我对《晚熟的人》的看法，然后再来谈我今天要谈的问题。莫言小说的叙述人，在《晚熟的人》中出现了明显的变化。高密东北乡的故事，以前是通过"我爷爷"的视角来讲述的。"我爷爷"的讲述，既是第一人称，又是第三人称；既是单数，又是复数；既是个体，又是类。这使得小说的讲述，获得了超越性自由。联系到这些小说出现的那个时代的语境，我们可以说，这是群体的声音，也是个体的声音，是"群"，也是"怨"。小说多次写到，神仙打架，凡人受难。当然，他也曾用第一人称写过很多小说，但那些小说，大多采用儿童视角。作者化身儿童，重新回到遥远的故乡，一个可以称为前现代的故乡。往事依稀，但却让人充满缅怀之情。现在，小说中的叙事人已年过五旬、六旬，面对的是现在进行时中的故乡，一个喧腾的、复杂的、不伦不类的故乡。它有别于生产队时期的高度热闹又极端贫困的那个故乡，也有别于李敬泽所说的祥林嫂们所生存的那个死寂的故乡。当小说的叙述人称，从复数变成具有独特身份的第一人称单数的时候，小说的一个直观的变化，就是从"虚构"变成了"非虚构"。它当然还是虚构，我说的其实是小说的高度写实性特征。这或许说明，莫言是以此在为活色生香的现实赋形立传。莫言以前的作品，无论是长篇还是中、短篇，都有一种强烈的倾诉色彩，主观性很强：抚节悲歌，声振林木，响遏行云，或可称为莫言式的呐喊。现在，他却罕见地具有了客观性，而这似乎与一般的第一人称小说的叙事效果不同，但事实就这么发生了。现在，感情的挥洒之中，多了一份理智的审视。不过，尽管多了一份审视，但在面对现实的时候，他依然有些手足无措。他独听独叹，又彷徨于无地。所以，从叙述腔调上看，可以说他是从呐喊到彷徨。

　　小说集《晚熟的人》的一个关键词，就是"晚熟"。我后来看到过莫言本人的一些访谈，他似乎倾向于认为，"晚熟"是一个正面的词，或者说他从"晚熟"中看到了积极的一面。我的看法则正好相反。读者与作者的看法正好相反，这问题是不是很严重？是不是因为没有看懂小说？我不这样看。说实话，我自己的小说，如果有批评家跟我的理解不一样，我反而会很高兴。一百个读者有一百个哈姆雷特，不是好事吗？不是相当于莎士比亚写了一百个哈姆雷特吗？布鲁姆甚至认为，作家的创造性就来自误读，无误读无作家。所以，如果我的理解与莫言不一样，我不会不高兴，我相信莫言也不会不高兴。我的看法是，"晚熟"与其说是对人物精神状态的一种判断，不如说是对人物拥有成熟的精神状态的一种期盼。顺便说一下，近年批评界热衷于讨论文学中的"新人"形象，塑造"新人"也被看成是"五四"新文学以来的重要任务。"新人"似乎既指尚未出现过的人物形象，又指亟待破镜而出的具有新时代精神面貌的人物形象。据说人们现在比较认可的旧的"新人"是梁生宝，而新的"新人"是谁好像暂时还没有公论。尽管不时地听到有人声称，最近又冒出来了一个"新人"，但好像还只是属于作者和某个批评家的个人偏爱。

　　我觉得，对"晚熟的人"的讨论，在此也具有实际意义。与"晚熟"相对应的词就是"早熟"。不过，如果换一种说法，在小说所提供的语境中，"早熟"很多时候就是"早衰"。事实上，在莫言小说人物所置身的乡村伦理中，"早熟"是一种普遍现象，正所谓穷人的孩子早当家，一个生龙活虎的生命，肉体在茁壮长成，精神却步步衰退，并迅速进入千年不变的轨道，其精神成长的可能性几乎被过早地扼杀在摇篮里了。你现在看我们的中小学教育，看看他们使用的课本，就会发现很大的问题，这个问题在我看来就是让他们永远不熟，永远不会独立地、个性地看待世界，去处理与世界的关系。不过，这是我的读后感，与莫言的看法可能不一致。按照我的阅读，我觉得莫言写了一群没长大的人，一群失去了精神成长可能性的人。他们不能够长大的原因是多方面的，其间有着种种参差，与传统文化、教育状况、历史嬗变、阶层演化等密切相关，这使得他们一次次丧失了正常的成熟机会。也正是在这个意义上，我觉得莫言的这本小说集，其实有一个潜文本，那个潜文本表达着他对真正的成熟的期盼。

最近的一次与莫言有关的研讨会，是张志忠教授主持的，因为张志忠先生主编了一套"莫言与当代中国文学创新经验研究"丛书。这套丛书收录了很多批评家对莫言的研究成果，包括海外汉学家的研究成果。这套丛书，对莫言本人和中国作家都有意义，有助于读者进一步了解莫言。或许有点不合时宜，我当时提出了一个小的建议，那其实也是我阅读之后的一个遗憾，就是这套丛书竟然没有收录作家同行对莫言的评价。对莫言的研究，不但有评论家，还有作家，比如徐怀中早年对莫言的评价。作家同行对莫言的解读，情绪或许复杂一点，既可能有羡慕嫉妒恨，也可能有极赏自惭爱啊。这些情绪既然形成了文字，也是一种文献资料，而且正好可以由此窥见当时的文学生态、文坛状况。最重要的是，可以看到他们之间的差异，他们的分野。其实国外类似的书，至少会给作家的评论留出一半篇幅。关于索尔·贝娄的研究文章，写得最好的是菲利普·罗斯。国内出版的索尔·贝娄文集，总序就是罗斯写的，单刀直入，纵横捭阖，不搞概念推演，懒得引经据典，有一说一甚至说二说三，有话或长或短总是言之有物，一句话，好看！罗斯好像不需要拍索尔·贝娄的马屁，他们更多的可能是惺惺相惜。其中最有意思的地方，是我们可以直观地看到不同的犹太作家如何理解犹太文学，如何理解现代主义之后对人物形象塑造的看法。托尔斯泰恶心屠格涅夫的文字，可以见到托尔斯泰的人品真的不敢恭维。屠格涅夫帮过托尔斯泰很多忙，托尔斯泰唯一的回报就是忘恩负义。托尔斯泰说，屠格涅夫赞美我的话，把我抬得这么高，我相信他是真诚的，但也请你们把我对他的真实看法忠实地转告给他，他是个无赖，应该痛打一顿。真正的无赖是谁？托尔斯泰嘛。但是这么一个人，却写出了那么伟大的、具有无与伦比的道德感的作品，这不是很值得分析吗？福克纳评论海明威《老人与海》的文章，曲里拐弯的，正话反说，反话正说，无论如何都算得上书评中的奇文，奇文就该共欣赏。

萨特对加缪《局外人》的评价，也是很耐人寻味的。虽然这是加缪最重要的小说，但加缪却说这部作品其实可以不存在，如同一块石头，一条河，一张脸，可以不存在。话是这么说，加缪还是非常看重这部作品的。萨特关于加缪写过两篇评论，一篇是评《局外人》的，一篇是在加缪死后写的。萨特说，怎么理解这个名叫默尔索的局外人呢？有人说，这是个傻蛋，是条可怜虫；另一些人说，这是个无辜者。然后，萨特用加缪《西绪福斯神话》中的观点来解释默尔索，说这个人不好不坏，既不道德也不伤风败俗，这些范畴对他没用，因为他属于一个特殊类型的人，就是荒诞。他不仅荒诞，而且知道自己荒诞。用我接下来要谈到的视角问题来看的话，就是他看见了荒诞，他本人也荒诞，而且他还看见了自己荒诞。那么什么是荒诞？萨特的说法与阿甘本对"同时代人"的说法有某种相通之处，那就是脱节：人对统一性的渴望与不可克服的自然和精神的脱节，人对永生的渴望与生命有限性的脱节，人的本质是关注但他的努力却是徒劳无功，这又是脱节。萨特又说，这些主题并不新鲜。从十七世纪开始，这种法国式的、干巴巴的、肤浅的主题，已经说得够多了，根本不差加缪这一嘴，它早已是古典悲观主义的老生常谈。加缪是出车祸死的，翻车了，车轮朝上。警察赶到的时候，车轮还在无风的空中转动。这个细节很有意味：与大地脱节的、惯性的、无效的、没有摩擦力的、悲剧性的转动，但却带着血丝，以及情人等待戈多式的对加缪的等待，那是个女演员，此时正在道路的尽头梳洗呢。萨特则是第一时间写了悼词，这个悼词与雨果在巴尔扎克墓前的悼词一样，非常值得阅读。雨果说，作家的梦想就是把世界写到一本书里，一本书就是一个世界，就是人间喜剧，它与作家刚好相等，不多也不少。萨特此时面对的就是加缪这本书。萨特说，我和加缪之间发生过争执，争执，这没有什么，即使人们再也不见面，而这恰恰是我们在这个狭小世界里互不忘却，共同生活的另一种方式。这就是我说的，需要在莫言的研究文丛中，收录作家批评的根本原因。他们曾在同一语境中写作，或者相互争执，或者相互欣赏，他们的作品和相关评议，共同呈现了我们的生活方式，共同构成了文学史的环节。

库切与纳丁·戈迪默的互评，那也是足可玩味的。戈迪默是现实主义作家，种族隔离与殖民主义给南非带来的动荡和破坏，是她永恒的主题，虽然她的多部小说也吸收了现代主义的手法，比如对福克纳的借鉴，但她依然是现实主义作家，她受制于良知，发端于愤怒，是政治式的抒情性写作，是以小说形式存在的二极管半导体。而库切的写作就复杂得多，你看了《耻》就知道，他解构了黑白的二元对立，他喜欢写狗咬狗一嘴毛，喜欢写拉康式的欲望的辩证法，他是一个典型的后现代作家，但比巴塞尔姆的拼贴与游戏性写作要深沉得多。他的小说必须放在小说史的意义上进行解读，必须在互文性的意义上进行解读，否则就显得空洞。我知道很多作家对库切不以为然。王安忆就对库切不屑一顾，说他的小说写不下去的时候就来一段床戏，没劲透了。她的这个理解，当然植根于她的小说观念，包括性别。库切的床戏，在我看来每一段都很必要啊。他的床戏，用他的一部小说题目来讲，就是内陆深处啊。《耻》获得了布克奖，而且那是库切第二次获奖，评奖委员会认为，那是评奖历史上最没有争议的一次评奖。对于这样一本书，戈迪默的看法却是，小说的故事都难以成立。她说在《耻》这部小说中，没有一个黑人是"真正的人"。她的生活经历使她很难相信，怎么可能会有黑人去保护强奸犯？不可能的，即便属于同一家庭成员也不会的。她是南非苏富比商人的阔太太，典型的上流社会成员，对于广大人间的那些具体的细致的困难，未免少见多怪。她有一篇小说叫《偶遇者》，写那种咖啡馆里的那些朋友拥有同等定额的情人，吃维生素的时候要配上一颗避孕丸。这种生活，这种出于不能承受之轻，吃完避孕丸之后再去反抗隔离政策，顺便将自己的行为拔高到人类解放事业高度，对于这些生活她是了解的，而库切笔下的生活，那种头脑风暴，那种弯弯绕，那种虚无主义，她其实不太了解。戈迪默还给菲利普·罗斯写信，说库切的小说优雅倒是挺优雅的，但却没有深厚的情感，没有爱，只是写到死去的流浪狗的时候才露出那么一点点感情。与加缪和萨特不同，库切与戈迪默的差异，是文学观的差异，是男作家与女作家的差异，是对历史局限性和小说叙事自由之间平衡关系的看法的差异。戈迪默喜欢用一个词：言语的美学探索。那么也就可以说，他们的差异，最终将表现为"言语的美学探索"方式的差异。但若套用鲁迅的话，就是人间的图，各省的图样实无不同，差异的只在所用的颜色。或者就像萨特所说的，这正是在一个狭小的世界里不能相忘、共同生活的一种形式。总之，有来头，有说头，有看头。

　　借着谈论对莫言小说的印象，我顺便涉及与此相关的一些问题，这也是为了说明讨论莫言和莫言研究，可以连带着讨论很多问题。莫言的写作还在持续，尚未金盆洗手，宝刀尚未入鞘，说明他还有很多变化的可能。奥登说，诗人是持续成熟到老的人。一个真正的作家，即便老了，也还会再成长、再成熟。同时我又觉得，根据莫言至今为止的创作，我们已经到了把莫言放在我们新文学史的传统中进行考察的时候了，需要看看他到底和我们的传统是什么关系。我们通常会说，一部小说写得好，因为它有新意。但评价一部小说，只看到了新意，未免有点单薄了。有新意，也要有旧意，即能够看到它与传统的关系。有旧意，也有新意，方有源头活水来，天光云影共徘徊；新意不脱旧意，方能意趣盎然。这就如同我们看书法作品，要有来历，要用古意，正所谓章草须有古意乃佳。这"旧意"与"古意"，当然不仅仅指我们的传统。新文学运动以来，我们的传统当中本来就包括西方文学的影响，甚至可以说，西方文学影响的成分还要更大一些。鲁迅的传统当然是我们最为有力的传统，但鲁迅本人的创作正是别求新声于异邦的结果。莫言的创作，当然也是曾别求新声于异邦。2012 年，诺奖评委会在评价中就提到，他的作品令人联想到福克纳和马尔克斯，是他们的融合，同时他又连接着中国传统文学和口头文学。这个评价是中肯的。需要说明的是，莫言与世界文学之间存在的激越对话关系：既受其影响，又抗拒着影响，这个抗拒随即促成了他与中国文学传统更深入的对话。于是，他与福克纳、马尔克斯的对话不仅没有让他变成福克纳和马尔克斯，反而让他回到了遥远的过去，使他变成了另一种意义上的施耐庵和蒲松龄，让他更深入地回到了英雄与狗熊、施虐者与受虐者、驴欢马叫、妖魔鬼怪的中国世界。换句话说，在这个过程中，莫言其实真正确立了汉语作家的身份，构建起了汉语作家的主体性。佛克马认为，要把"影响"与"相似性"分开来看，这个说法是很有道理的，我们可以看到莫言最后呈现的文本，只能说与福克纳等人有"相似性"，而不能说是他就是福克纳的汉语版。尤其重要的是，莫言受到的"影响"，绝不仅仅是从福克纳和马尔克斯们开始的。莫言从来就置身于我前面提到的鲁迅所开创的新文学传统之中，这个传统本来就是受世界文学的影响而产生和发展起来的。而且，这里所说的世界文学，不仅包括西方文学，也包括东欧文学、俄苏文学，包括周氏兄弟所说的"被压迫民族"的文学。

如果从小说的叙事模式上来看莫言与传统的关系，可能会看得比较清楚。所以，我想集中到一个问题上来，就是看看莫言与鲁迅开创的"看与被看"模式的关系。鲁迅小说中普遍存在的"看与被看"模式，按鲁迅的说法来自著名的幻灯片事件的刺激。不过，正如我们所知道的，具体的幻灯片事件，很可能来自鲁迅的虚构。鲁迅虽然提到，他是与很多人一起看的，但至今没有旁证。倒是有各种材料能够证明，鲁迅的这个叙事模式的建立，与他对《新约》故事的创造性解读有关，鲁迅甚至为此专门写了一篇小说式的散文诗，就是我们所知道的《复仇》。鲁迅在这篇小说中，重写了耶稣被钉十字架的故事，并真切地建构着"看与被看"的模式。在鲁迅的"看与被看"模式中，看者或是愚昧庸众，或是不幸的英雄，但"看者"有时候也是"被看者"，阿 Q 就既是看客，又是"被看者"。这令人想起耶稣被钉上十字架之后，与耶稣一同被钉上十字架的两个强盗，就既是"看者"又是"被看者"。那两个强盗即便已经钉了上去，还在骂耶稣呢，他们觉得自己跟耶稣一起被钉在这里是自己的耻辱。鲁迅让"看"者与"被看"者的视线，或者说角色，不停地调换。需要说明的是，在鲁迅的小说中，还有一个看客，这个看客就是鲁迅，鲁迅同时看着看者和被看者。这也是鲁迅的小说大量采用第一人称叙事的原因。顺便说一句，新文学和古典白话小说在叙事人称上的最大区别，就是大量使用了第一人称叙事。我们可以看到，在鲁迅小说中，除了《狂人日记》，"被看者"很少说话，他们要么"看"，要么"被看"。说话的人是鲁迅，是启蒙者鲁迅。这个传统，成为新文学的最重要的传统，就是启蒙者在说话，而被启蒙者在被鲁迅们言说。

在十七年或新时期小说中，鲁迅小说中隐含的那个启蒙者，变成了被启蒙者，当年的被启蒙者则变成了启蒙者，这是红色叙事传统对鲁迅所代表的新文化传统的最大改写。在新时期文学最早的文本当中，鲁迅的叙事模式部分地得到了恢复，知识分子或知青作为小说叙述人，再次充当了启蒙者的角色，当年的"庸众"回到他们原来的位置。但是，在随后的一些文本当中，随着早期的愤怒情绪的挥发殆尽，一些作家开始缅怀当年所受的苦难，悄悄调整了对于乡民的态度，即重新发现并且开始歌颂乡民们所置身的传统和他们的美德，一种在苦难中养成的美德。这其实也可以看成红色叙事的一部分：当革命没有能够成功地消除苦难的时候，叙事者们开始赋予苦难以积极的正面的意义。比如，我们甚至可以把王蒙的作品以及路遥的《人生》，纳入这个红色叙事传统。在我的印象中，能够对于此种叙事保持足够警觉的，韩少功先生是个重要例证。顺便说一下，其中很多至今被大量介绍给大中小学生，被列入他们的阅读书目，可能就是这个原因。

　　莫言的小说，则是对鲁迅开创的叙事模式、十七年叙事模式以及新时期以来小说中所隐含的"看与被看"模式的一个重大改造。在莫言的小说中，所有"被看者"开始说话，甚至英雄与狗熊也同时发声，人与动物相互转化并同时说话。这个时候，"看与被看"的模式在某种意义上就得到了重大改写。所以我倾向于认为，到了莫言这里，"被看者"才开始真正发声，这个"被看者"常常是从各种意识形态中解脱出来的，对莫言来说是面向生命本身，而对生命本身来说，它是自己发声。所以我们也就可以理解，莫言为何常常把主人公设置为儿童，也可以理解莫言为何提出"作为老百姓写作，不是为老百姓写作"的观点。当然，我知道这里有个问题可能会引起争议，即莫言写作的时候，他的身份其实并不是老百姓，因为任何一个人，工人也好，农民也好，保姆也好，只要他写作，他就不再是单纯的工人和农民。他有一个职业身份，同时还有一个写作者的文化身份。他的身份是双重的，换句话说，他既是"看者"，同时又是"被看者"。正因为如此，我们可以看到，莫言笔下不仅出现了"看与被看"的对话，不仅"被看"的人在说话，而且"被看"的驴子、郎猪也在说话。在这里，"看见"一词既是动词也是名词，既是谓语也是宾语。套用阿甘本的说法，就是看的眼睛变成了被看的眼睛，并且视觉变成了看见"看见"的状态。什么意思？就是"我看见了看见"，"看者"看见了"看见"，"被看者"也看见了"看见"。莫言作为作者、我们作为读者，当然也都看见了"看见"。关于"被看者"的开始说话，如果套用庄子的话来说就是，天地有大美而不言，莫言让它们发言；四时有明法而不议，莫言让它们议论；万物有成理而不说，莫言让它们说话。莫言虽然对知识分子时有嘲讽，但他此时的身份当然就是知识分子，只是他不是一般意义上的知识分子，而是庄子意义上的知识分子。显然，我们有足够的理由，把莫言放在中国文学传统、新文学传统中，做进一步的研究，并把他看作传统链条中的一个关键节点。

最后再多说一句，我本人确实倾向于认为，现代小说就是在看与被看的多重对话关系中展开的。在当代小说的多重的对话关系中，当然会有一些不兼容的时刻，一些逸出作品主题的时刻，一些沉默的时刻，学生或者说听众或者说读者会有一些走神的灵魂出窍的时刻。但这不要紧，这反而是有效阅读的标志。这就像《圣经》里提到的"沙上写字"，它在当时或日后会让你进入省思状态。诗人臧棣说，要在睁大眼睛里闭上眼睛。这话说得好，不过话也可以反过来说，在你闭上的眼睛里，会有另一双眼睛正在张开，看见并且重构文本内外的关联。不过，这已经是另外的话题了。

（选自《当代文坛》2023 年第 2 期）

《创业史》：经济学视野与美学的统一

武新军

20 世纪 80 年代文艺新潮崛起，《创业史》的文学史地位曾一度急剧下降：许多学者采用二元对立的阐释方式，批评作品过多受制于主流话语；或采用主流/异质二元的阐释方式，从作品中寻找异质性因素。两种阐释方式都预设了如何看待文学与主流话语的关系、如何评价"十七年文学"等重大问题，难免会出现脱离作品而结论先行的偏差。路遥认为柳青是"一个深刻的思想家和不同凡响的小说艺术家"[①]，他依据的是其作品所显示的思想与艺术才能，而不是某些固定的标准。如果能够从观念层面向物质、实践的层面下移，从经济学角度出发，有可能找到重新理解《创业史》的可能性。

既有的《创业史》研究对柳青的经济学素养重视不够。譬如柳青认为工具改革并非提高劳动效率的唯一途径，农村最繁重的劳动是往地里运粪、往村内运庄稼，因此他们创立并极力推广田间生产点，把饲养室、打粮场和粮仓都放在耕作区中心，可节省三分之一以上劳力、八倍左右畜力。[②] 1955 年，他查阅大量中外资料撰写经济学论文，呈送陕西省委书记，主张根据陕北具体条件，种植苹果、蚕桑和牧草。1972年，他又通过胡耀邦、王震把论文寄给周总理③，该文显示出其整合地理、气候、生物、交通、工业与城市发展的思想能力。

柳青的经济学素养也呈现于《创业史》当中：中国农村为什么及怎样发生社会主义革命的小说主题，活跃借贷、买稻种、进山割竹、科学育苗、粮食统购、耕畜合槽等情节，人物形象塑造、人物关系及其变化等，都是紧紧围绕土地、劳动力、耕畜、粮食、农具、分配、交换等生产要素与生产关系的关系及其变化展开的，都共同指向生产方式与人的革命，从而全面深刻揭示出农村历史变革的原因、动力与方向，形成作品的史诗性品格。

一

相关的历史学研究都注意到，互助合作运动是在工业与农业的矛盾、农村各阶层的矛盾斗争中向前发展的。当时的决策者对这些矛盾的认识是存在分歧的。柳青在《创业史》中对上述问题作出属于自己的回答，提供了很多政策文件、历史论著中所缺乏的历史细节与深入思考。

首先，工业化和合作化的矛盾，是小说历史叙事的大背景。对这一问题，当时存在两种对立的观点：有的主张先工业化后农业合作化，有的主张尽快推进农业合作化，为工业化提供支持。这个分歧深刻地影响并制约着《创业史》的历史叙述。柳青深知工农业协调发展最重要，但这要受制于严峻的现实。当时农业极端落后，耕畜和大农具严重稀缺，农民甚至连小农具都买不起，粮食产量极低。只有农业合作化，开荒、改良土地、兴修水利、科学种田、机械耕作等增产措施才易见效。而当时工业基础也极为薄弱，需要农村提供大量粮食、原料、市场和资金。工业支持农业的力量很有限，国家通过农业贷款推广七寸步犁、水车、化肥和农药，但更多的生产资料还需要农业自力更生。

农业合作化运动也面临着巨大的困难：干部队伍跟不上，郭振山从个人利益出发，相信先搞工业化的理论，埋头发家致富，对领导合作化不积极，天天高谈阔论工业化。他的追随者杨加喜、孙水嘴等，都是私心极重专擅溜须拍马之人，很难胜任领导合作社的工作。韩培生、魏奋等是来自县城的驻社干部，不了解农村错综复杂的社会关系，极可能好心办坏事，他们需要不断地改造思想，才能摆脱教条主义，真正融入农村并推动农业发展。多数农民的思想也跟不上，梁生宝、韩培生的农业机械化动员，很难说服讲究实际、看重实利的农民：富裕中农对合作化不积极，郭世富坚持单干，想要与合作社一比高低，梁大认为互助合作是啃中农的骨头；贫农也有太多的顾虑，如王瞎子不相信集体化能增产，梁三认为农业机械化是空谈，希望先拿来种地的机器再说；等等。

工业化与合作化的矛盾，还表现在城乡人口流动方面：1950 年工厂来招工，响应者很少，1953 年则成为时尚，参加招考者非常多，她们已经知道工人挣得多，吃穿住用都比农村好，多数农村闺女不安心农业生产，不愿嫁给农村人。郭振山安排弟弟当工人，因为能往家捎钱，职工家属的房子都换成瓦顶，家家有雨伞、暖水瓶和花布被子。工业发展需要农村青年参与，当然更希望优先录用团员，而卢支书、王亚梅等农村干部则非常担忧优秀青年被抽空，严重影响农村建设，为此县委规定了录用团员的最高比例，国家也发出教育农村青年不要盲目流入城市的指示。正是在这个背景下，徐改霞一直在纠结应该进工厂还是留在农村，搞不清哪一个是"进步"的，离开农村是否"光荣"。这和上山下乡运动一样，都是工农业发展不够协调的症候。

各种现实条件的制约，决定农业合作化不能急于求成。韩培生认为把老牛和毛驴换成拖拉机需要二三十年，牛刚认为只需二十年。而杨国华（或柳青）则强调其艰巨性："在整个农村用机器代替牲口，这可是改变社会结构的大事啊！在中国这样一个农业大国，起这个变化，这是人类历史的大事！""需要我们大胆而又谨慎，做几十年实际工作，来改变中国的整个政治、经济结构。"[④]柳青认为农业机械化需要几十年，过急地推进合作化或工业化，都会导致经济结构失衡，这是《创业史》写作所面临的现实生活本身的难题。

其次，贫农和富裕中农的矛盾，是小说历史叙事的核心问题。土改后地主被消灭，富农被削弱，农村合作化"是通过贫农和下中农同富裕中农实行和平竞赛表现出来的"[⑤]。柳青对毛泽东的这个基本判断是认同的，小说聚焦于各级干部对"依靠贫农，团结中农"政策理解的分歧展开叙事：县委书记陶宽从文件出发，认为贫雇农缺乏耕畜和农具，没有中农参加，互助合作化运动搞不好，他指责杨国华对中农团结不够，认为梁生宝依靠贫农办社条件不成熟，并想让郭振山挂帅办社，重点争取中农入社。乡长樊富泰则批判贫农互助组，强行要求贫农与中农合作。县委书记杨国华、区委书记王佐民、乡支书卢明昌等都主张从实际出发，认为依靠贫农劳动的劲头和团结的优势，也可以增产粮食，带动中农走合作化道路。硬拉扯富裕中农，难免会出现春组织、夏垮台的现象。富裕中农不愿与贫农互助合作，对集体劳动不积极，以致小说结尾全县试办的第一批农业社：穷、户多、人多、劳力多，土地少、牲口少、车辆更少。绝大多数是贫雇农，中农占少数，只有个别富裕中农因不得已而入社。

柳青更多是从经济学视域思考互助合作运动的，他认为走私有制道路很难创业，大多数农民仅靠勤俭很难促成经济地位上升。土地和粮食交易混乱无序，必然会产生贫富分化。农民能否创业也取决于自身是否擅长经营：杨加喜熟悉《朱子家训》，靠经营三亩桃园而家业兴旺；梁三创业失败既因命运不济，更因他不如哥哥"心眼灵巧"；世运老二太老实，若非郭世富照应很快会成为贫农，"光有力气，没有心眼，在这你争我夺的世界上，只有吃苦头的份儿"⑥。少数人的发家并非劳动的结果：姚士杰父亲发了横财，靠放账和买地起家；郭世富善于送礼巴结，靠转租韩师长的土地慢慢买地致富；梁大替地主偷运大烟打下创业根基，依靠买地成为富裕户。因此，柳青认同只有走合作化道路，才能实现共同富裕。

从经济学的视域出发，柳青在《创业史》中敏锐地呈现出国家政策对不同身份的人及其家产的影响，揭示由此产生的聚散离合与喜怒哀乐：在土改风暴中，贫农与中农为了自身利益，团结一致斗地主，而富农和富裕中农则胆战心惊相互疏远，姚士杰担心被划为地主，郭世富害怕被划为富农，对郭振山服服帖帖，并主动借粮给贫雇农。土改结束后，国家不再限制土地和粮食买卖，富农和富裕中农都抬起头有说有笑，姚士杰、郭世富不再对郭振山卑躬屈膝，他们共同抵制活跃借贷，联合买稻种，某些贫雇农为借粮而向他们靠拢。在粮食统购运动中，郭振山再次盛气凌人，富农和富裕中农再次相互疏远，而一般中农则发生剧烈分化。柳青认为党建和干部政策有助于巩固集体经济。各地大力整顿富农党员，并重点发展贫雇农党员。郭振山受到党内批评而失去领导权；贫农高增福、冯有万入党，成为推动互助合作的中坚力量。合作社选干部坚持贫雇农路线：任老四成为饲养员，欢喜被培养为会计和农技员，廖树芬成为妇女队长，因为他们是贫农、爱劳动。富裕中农梁生禄则抱怨贫农把持灯塔社，他和郭庆喜会计划会料理，却当不成干部和社务委员。贫农白占魁品行不端，期盼年年土改分浮财，官迷心窍却怎么也当不成干部。

最后，与经济学家和政治家不同，面对不同阶级、不同阶层的人，柳青更重视个性与人性的开掘。《创业史》并没有将阶级观念抽象化，并以此来塑造人物形象。富农姚士杰敌视互助合作并非阶级本质使然，而是有其生活和心理逻辑的：土改使他失去土地、权力和地位，形成巨大的心理落差，在被孤立和斗争的恐惧中，他与家人互相谅解，家庭和睦。互助合作不断威胁其家业，他的报复心理与日俱增。互助合作受挫他兴高采烈，发展顺利则痛苦绝望。这种歇斯底里的精神状态，是阶级性也是人性。

小说里的中农亦非简单的经济决定论，而是富有人性温度的：郭世富投机奸猾，孙兴发、郭振云坚持单干却喜欢梁生宝，冯有义认同梁生宝的奉献精神，郭庆喜慷慨孝顺好说话，这些人都是个性鲜明的。他们拼命劳动，狠心节约，动物般自私，比泥鳅还滑，你很难断定他们是好人还是坏人。柳青还从民间角度表现中农的优势："小农经济的汪洋大海里头，富裕中农是受人敬重的人物。"⑦郭世富是中农们尊敬的长者，他认为自己几十年时间建立的威信，谁都动摇不了。梁生禄觉得官渠岸的中农比贫雇农务实、稳重、厚道。王瞎子则觉得富户比穷户的德行高，允许素芳到梁大家却不允许她到生宝家串门。柳青也没有按照阶级本质来塑造贫农形象，而是注意书写人性的丰富性与复杂性。许多贫农迫切要求互助合作，并非出于理想信念，而是利益权衡的结果，王瞎子加入互助组是为了挣工钱，郭锁儿赚钱后就退出互助组。贫农也不全是思想先进的，王瞎子以和剥削者拉交情为荣，高增荣卑躬屈膝，他们都被姚士杰拉拢，给互助合作带来危机。这类贫雇农典型是当时别的作家绝不敢写的。

柳青不赞成以斗争的方式解决贫农与中农的矛盾，他反复强调要抓住农民"愿意多打粮食、愿意增加收入"[8]的共同点推动互助合作，通过搞好集体增产、搞好副业等方式增加收入，化解中农的不满情绪，带动他们走共同富裕道路。柳青的底线是不伤害中农利益，他反对白占魁"土改吃地主，活跃借贷吃富农和中农"[9]。伤害中农利益会同时影响中农与贫农的积极性。也正因为此，许多读者指责梁生宝不敢与郭振山、郭世富正面交锋。柳青注意到郭振山等富裕中农不愿与灯塔社办联社，想自己办社唱对台戏，如果强行将两个初级社合并，势必会出现剧烈冲突，伤害中农利益，这会带来影响生产发展等种种不利因素。

二

劳动力与耕畜的矛盾，粮食与市场的矛盾，土地、劳动力与分配的矛盾等，也深刻影响着互助合作运动开展。这些经济学问题，也被纳入《创业史》的历史叙事中，成为推动小说故事情节发展的重要动力，以及塑造人物形象的重要手段。

首先，劳动力与耕畜的矛盾，是小说历史叙事中的重要矛盾。在农业社会，耕畜是重要生产力，人畜配合方能提高劳动效率，农民没有耕畜很难创业。梁三的创业史也是饲养耕畜的历史：由于死了两回牛，他对创业失去信心，生宝买的小牛长大，激发起一家人的创业热情，梁生宝被抓丁老汉忍痛卖牛，再次放弃创业的想法……梁三诉说一家三代人养牲口的伤心史，竟得出让杨书记佩服的结论：耕畜几乎决定着农民的生存地位，"谁没牛没马，谁就得给人家当牛当马"⑩。

柳青紧紧围绕耕畜问题展开叙事。贫雇农缺少耕畜，是互助合作的原因，也严重制约着互助合作的发展。高增福为埋葬妻子，卖掉用耕畜贷款买的小牛，四户贫农共用一头牛种地，想吸收两户有耕畜的中农却未能如愿。困难户纷纷要求加入互助组，梁生宝苦于耕畜不足而不敢接受。耕畜问题是贯穿《创业史》第二部的主要矛盾：柳青没有写平整土地、兴修水利，而是集中写耕畜入社问题。耕畜决定着农业社的成败，因此成为舆论斗争的焦点：灯塔社的耕畜大多是瘦驴弱牛，中农指责饲养室太小，耕畜争食变瘦，认为合作社很难办成。白占魁赶车不爱惜大黑马，其旧主人梁大经过一夜心理斗争，在与饲养员交涉时情绪失控，牵着大黑马到街上去卖，给初级社带来巨大风险。社外群众纷纷传言灯塔社要解体而拒绝入社。富农姚士杰则谋划毒死耕畜破坏合作社。

中华人民共和国成立初期，为推动农业生产，党尊重民间传统，允许以畜力换人力。困难户无法耕种，中农在临时互助组里"用畜力换他们的劳力，得到他们的好处"⑪。梁大加入梁生宝互助组，姚士杰拉拢高增荣、栓栓互助合作，目的都是以畜力换别人的劳力，规避花钱雇人种地的风险。为解决耕畜稀缺问题，国家曾发放贷款，支持困难户买耕畜。由于多数贫农入社交不起耕畜投资，社长们希望国家给合作社耕畜贷款，杨书记想出变通的办法，才满足了他们的需求。

柳青深知耕畜的经济学价值，他一直关注国家耕畜政策：当时全国一直存在合槽喂养还是分散喂养的争议，相关政策时有摇摆。灯塔社初建时，曾出现分户喂养的呼声，梁生宝等人都力主耕畜合槽。小说围绕修建饲养室、耕畜入社，展示出高增福、冯有万入党前后的思想变化，表现梁三、梁大、欢喜妈、任老四对耕畜的浓厚情感，使人物形象更为立体丰满，尤其是饲养员任老四的思想境界发生巨大变化。三年困难时期，各地耕畜大规模死亡，分散喂养渐成主流，柳青曾编写《耕畜饲养管理三字经》揭示耕畜饲养和使用的诸多弊端，宣传改善耕畜管理。后来写作《创业史》第二部时，他还通过卢支书之口来肯定郭振山"公共牛私人养"是个好办法。

其次，粮食与市场的矛盾，也是小说历史叙事的聚焦点。小说通过买稻种、活跃借贷、粮市交易、粮食统购等章节，展示出不同力量之间的角逐，刻画了梁生宝、郭振山、高增福、姚士杰等人物形象，而郭世富的形象主要是在粮食问题中鲜活起来的。柳青还敏锐地发现粮食在历史变革中的作用：1953年工业人口和粮食需求剧增，粮商抢购囤粮，货币贬值，农民惜售余粮，从一家一户收购粮食非常困难，而通过互助组来做则相对容易。这就是小说初版本中错综复杂的历史辩证法："好多历史事件，都是逼出来的：譬如，不搞五年计划，不一定会有粮食市场紧张；粮食商人不捣我们的乱，不一定在一九五三年实行统购统销；不实行统购统销，互助合作不一定会一下子结束逆水行舟的阶段而快马加鞭。"⑫柳青对历史偶然性的思考，立足于经济基础的变革，揭示出偶然性因素对历史变革的影响。

不少学者认为强制性统购粮食，摧毁了农村集市贸易，有违市场规律，未考虑到当时国家经济脆弱与市场混乱状况。柳青是从国情出发来思考问题的：国家力量不能解决所有困难，春荒时贫雇农食不果腹，郭世富粮市投机，姚士杰偷放粮贷，郭振山用合理价格购买木料，梁三借钱想收取利息。这似乎都符合市场逻辑，但都关联着投机猖獗、物价飞涨与贫富分化，不利于国家稳定和实施工业化战略。靠市场无法解决粮食供求矛盾，实施粮食统购，目的是保证多数人的生存权，并把有限资源集中于重点建设。强制性调剂余粮、倡导互助性粮食借贷、梁生宝分稻种不计算盘费工费等，都未遵循等价交换原则，而是被赋予扶贫济困、支持国家建设的意义。欢喜痛恨郭世富拒绝借粮，郭世富不敢向任老四要欠粮，这在市场经济的逻辑中很难被理解，而在民生第一的环境中则不难被理解。

为解决民生问题，国家大力发展供销合作社，使农民不再受高利贷和商人盘剥。小说中多次出现供销社，这一交换空间承担着取代自由市场的重任，通过建立推销、订购和贷款合同帮助互助组合作社"克服生产方面（资金不足）和交换方面（市场隔离）的困难"⑬。供销社收购农产品价格高、付款方式灵活，与梁生宝签订扫帚结合合同、生猪产销合同，提前付钱给困难户买粮，买修建饲养室的材料。供销社商品价格低可以稳定物价：郭振山互联组杀猪卖肉，和供销社价钱一样，比私人卖得便宜。黄堡镇很多杂货铺的商品价钱一样，但农民宁愿在供销社排队，他们相信公营商业而不信任商人。供销社因此迅速成为城乡物资交流的主渠道，切断了城市资本与农民的联系，推动了城市工商业的社会主义改造。

柳青是支持粮食统购政策的，因为若没有国家强制性干预，将很难解决民生问题。政府活跃借贷的政策并非强制性法令，全乡富裕户都不借粮给困难户。国营粮食公司拼命对粮户、粮商、经纪人进行宣传，但他们还是我行我素哄抬粮价，一般的思想教育很难解决私商谋利所造成的流通不畅，柳青认为在饥荒时期，粮食交易充满罪恶，是对工人和贫农的剥削。在《延河》1959 年第 11 期初刊本中，他在叙述粮食统购时说：假定一万个人里有一个人肚里憋气，"他如果始终想不开，让他气死好了。这无碍历史前进！"或许认为这样不合适，后来有的版本删除了这句话。柳青对强迫卖粮之风也有所反思：在沸腾的群众运动中，郭世富、梁生禄等富裕中农都很听话地多卖余粮；几百个人拥进姚士杰家，强迫他多卖了余粮。此后，郭世富整天在街上喝茶吸烟，不再狠劲干活儿；姚士杰懒得干活儿，并准备卖掉大红马。这些情节都隐含着柳青想要讨论的问题。

最后，土地、劳动力与分配之间的矛盾，也是小说历史叙事的焦点。在中国历史上土地一直是稀缺资源，土地兼并使劳动力和土地分离，阻碍生产发展，引发社会动荡。历代农民起义追求耕者有其田，但都未能走出土地兼并的历史循环。土改满足了贫雇农对土地的渴望，激发出创业热情，并增强了他们对国家的认同感。梁三把"土地证往墙上一钉，就跪下给毛主席像磕头"[14]，这是合作化运动能够顺利推进的情感基础。

在对《创业史》的评价中，土地买卖问题时有争议。小说中土地交易的确很少：郭振山买了鞋匠王㧟子的二亩桃园，梁大买了瘫子李三家的一亩多地，福蛋租种铁匠张师的二亩地，卖方都是残疾人或另有营生，土地都距离卖方很远，都在买方家门口，实现了劳动力与土地的优化配置。但这不等于不存在土地兼并风险：小说中的富农、中农和贫农，都渴望买地和建房。想卖地的人也很多，许多贫雇农缺乏耕畜农具口粮，只因怕被批评不爱劳动，才没有把土地证抵押给富户借粮。土地买卖还影响到干部队伍，郭振山按自己的规划买地，受批评后改为建房。梁生宝的原型王家斌粮食丰产后也想买地，这在小说中被改为：好像有人要试验梁生宝德行深浅，他"屁股上每天跟着几个卖地的人"，全村人盯着看他那么多粮食"不买地做什么用呀"，梁生宝说粮食要"准备着做来年互助组的生产投资"[15]。

当时农村投资渠道只有买地建房，为避免闲散资金和粮食集中流向土地买卖，使付出巨大代价的土改成果付诸东流，党中央严禁党员买地，并在整党中批评郭振山等"退坡"干部。国家号召互助生产也有效抑制了土地买卖。合作化运动旨在土地国有，根除土地私有制。土地来源不同决定着农民对合作化

的态度：姚士杰、郭世富所积土地存在剥削之嫌，但也付出了
艰辛，他们抵制合作化，希望中国永远停留在新民主主义阶段。
梁生禄、郭庆喜等中农不愿上交土地证，他们的土地源于勤俭，
对合作化有戒心，担心这是巧取富裕户的田地。而贫雇农的土
地多是革命赋予的，他们抢着上交土地证，希望立即进入社会
主义，否则"几年工夫，贫雇农翻身户十有九家要倒回土改以
前的穷光景去"[36]。

分散的小农经济孕育了中华文明，近代以降却成为中国落
后的主要原因。国家要富强必须实现土地集中化走农业机械化
道路。地主圈地亦可实现土地集中化，穆财东为了土地毗连，
仗势强买刘淑良家的地，过程当中充满暴力和血腥。土改消灭
了大地主，使土地更零散。而灯塔社则全力化零为整，规定社
员退社不退还已连成片的土地。后来农业集体化出现波折，柳
青坚持认为不是这条路不对，而是没有把路走对。事实上，一
直到20世纪90年代以后，土地零散、水利荒废等仍然是制约农
业现代化的障碍。为解决人多地少的矛盾：灯塔社通过改良土
地、兴修水利、增加化肥、科学种田、合理密植，增加单位面
积产量；梁生宝充分发掘剩余劳动力的潜能，带领贫农进山搞
副业，开办油坊豆腐坊，合理组织男女老弱劳力，女社员种田
锄草，男社员打井整地修渠，巩固并推动了农业集体化。

在分配上如何处理个人、集体与国家的关系，也是柳青面
临的难题。他认为不能合理地解决经济利益问题，光靠思想教
育无法巩固和推动互助合作。柳青一直在算经济账，小说中多

次写"四评"（评土地、评劳力、评耕畜、评农具）问题，担心对社员有失公道。梁生宝坚持增加社员收入重于公共积累，杨国华费尽心血制定出联社章程，规定劳动力分配比例大于土地，产量越高劳动力分配比例越高，以确保户户都能增收。提升劳动力价值有利于贫农，而土地分红高有利于富裕中农。后来降低并取消分红，导致中农不满和退社风波。柳青为此而苦恼，他不可能简单地把分红视为资本主义的复辟。

三

柳青是一位兼具思想、史学、诗学才能的大作家，他善于把政治经济学思考转化为美学性书写，开创了从经济学角度书写历史变革的文学传统。20 世纪 80 年代文学新潮兴起后，文学界过分强调文学的纯粹性，过分强调人物形象的复杂性，过分看重虚构、想象与叙事技巧，导致文学与时代生活脱节。不少学者期待重建文学与重大社会问题的联系，而柳青探索出来的融合经济学与美学的方法，无疑对这个重建工作具有重要启示性意义。

其一，典型性与真实性的统一。20 世纪 80 年代重写文学史，许多人指责《创业史》的人物形象缺乏人物主体性，是作者按照阶级论随意摆弄的类型人物。这显然低估了柳青紧密结合经济社会发展创作典型人物的写作探索。柳青认为典型形象深受经济社会条件制约，他反对夸大作家的权力，"把作者的感觉，强加给他的人物"[17]，这样才能避免损害人物形象的真实性与主体性。柳青不懂叙事学理论，却有很强的叙事能力，他主张把人物和作者的观点区分开来，让人物以自己的状态说话、活动和思想，此即叙事学中的视角人物。梁三、冯有万讨厌徐改霞，杨加喜、孙水嘴赞美郭振山，徐寡妇、王瞎子厌恶梁生宝，徐改霞、欢喜诅咒郭世富，梁生宝、冯有万讨厌素芳等，这些人物的感受与判断都符合艺术真实性原则，但都不是柳青本人的视点。两者之间的张力，使作品闪耀出深邃的思想光芒，显示出柳青观照历史的能力与强烈的人道主义情怀，并产生了特殊艺术效果。

梁三老汉既是视角人物，也是位思想者：他整夜替儿子担忧，时刻在观察周围的人与事，"成天琢磨，脑子想得更深"[18]。互助合作的风险大多通过他的思考呈现出来：如贫雇农对互助组是否实心，中国共产党与庄稼人心思是否一致，干部言行、对上对下的态度是否一致，富裕中农不愿交土地证、耕畜入社等。对不认同的人，柳青也尊重其发言权：富农姚士杰认为他和高增荣是互助关系；郭振山认为土地在残疾人手里浪费地力，买地是响应增产号召，投资砖窑是支持国家建设；姚士杰、郭世富抱怨困难户吃他们的粮，却记着共产党员郭振山的人情。这些都是视角人物的叙事声音。

典型形象的真实性受到各方面制约，并非越复杂越好，有人认为由于作家对于阶级性的强调而把小说中人物削减到苍白的程度，这也不符合作品实际。善良的生宝妈、憨厚的栓栓、执拗的高增福、顽固的王瞎子，这些单纯、卑微而善良的人，都有其经济地位、生活经历、心理生理状况的基础，柳青对他们充满悲悯与理解，他们产生的情感冲击力，其实远远超过凭空虚构的所谓的复杂人物。

典型性和真实性的统一，还需要"人物的语言与人物的阶级特征、职业特征和个性特征相贴切"[19]。柳青反对滥用作家语言，他重视作者叙述的文学语言与人物内心独白的群众语言相协调，重视主流话语和农民语言的区别及其相互渗透的过程。《创业史》中不同身份的农民具有不同的语言处境和能力。梁生宝杂糅主流话语与农民语言，高增福反复练习才讲出主流话语，这是政治教育的结果，也是农村新人的语言特征，他们做干部必须会说主流话语，而外来干部必须用农民语言讲话才能被群众欢迎。梁三没有讲主流话语的能力，对自己的语言很自卑，他羡慕任老四当饲养员后很快就学会说有思想觉悟的话。郭世富则摇摆于两者之间，用主流话语保护自己，习惯于言不由衷乃至口是心非。

其二，经济变革与人的发展相结合。20 世纪 80 年代以来，"文学是人学"被突出强调，许多作家把人从社会关系中剥离出来，导致文学与时代的关联性降低。许多学者认为需要加强文学与经济社会的联系。柳青对此进行过卓有成效的探索，他高度肯定文学是人学，坚持小说不是故事、事件的发展过程，而是"人物思想感情的变化过程"[20]。柳青重视人却从不轻视社会关系，他致力于在经济变革中书写人的变化。各生产要素决定故事情节与人物性格的发展，承担着塑造人物形象的功能。严家炎认为"梁三老汉是全书中最成功的形象""写得深厚丰满",[20]这是因为柳青揭示出土地、粮食、牲畜、房子等在梁三内心掀起的巨大波澜,概括出个体农民的精神负担。而推动历史变革的梁生宝,彻底摆脱了既有生产关系的羁绊,因此更为信念化和理想化,并以此打动历代读者。郭振山、郭世富、姚士杰等典型人物也是紧扣经济基础创造出来的,忠实于生活和性格的逻辑,他们的精神状态与各生产要素的变革密切相关,皆能反映出社会生活的深度和广度,具有强烈的现实性与感染力。

小说的题叙把农村社会主义革命与过去的历史衔接起来,确立了合作化运动的历史必然性,也增强了人物性格的历史感。作者围绕生产关系变革,回溯每个人物性格形成的历史根源,揭示其发展方向,呈现出人物性格发展与经济变革的深层联系。合作化运动是生产方式的革命,也是改造人的革命。每个人都随着经济变革而变化:梁三老汉逐渐放弃小农心理,从庄稼人变成社员;梁生宝彻底告别自私自利的观念,形成大公无私、为人公道的道德品质;高增福放弃狭隘和执拗,从贫农立场转移到党的立场上来;冯有万克服性情急躁的毛病,韩培生摆脱教条主义的影响,都成长为社会主义建设的推动者。妇女们也在不断成长:任老四的妻子、生宝妈、改霞妈、欢喜妈等小脚女人,在清朝度过少女时代。她们带着封建伤痕进入新生活,生宝妈全力支持儿子的事业,她无比快活、容光焕发,更显贤惠慈祥。欢喜妈任郭氏改名郭秋霞,被选举为妇女队长。徐改霞解除包办婚姻,积极投身国家建设。离婚女人刘淑良与梁生宝成为志同道合的伴侣。被侮辱的素芳摆脱了封建压迫，成为独立自尊的劳动者，柳青还表示会让她成长为妇女队长。

农民过去是迷信的，如姚富成敬拜财神爷，梁大拜神求签，任老四见庙磕头，郭振山母亲插香叩头给儿子治病，农民要求黄道吉日给牲口合槽等。随着互助合作的开展，他们逐渐从迷信中解放出来。财东与雇工的不平等关系也逐渐消失：王瞎子对地主最讲信用，但最终还是放弃了自己曾经的信条。任老四、铁蛋娘等贫雇农，耕田、拉磨、推碾子都要借中农的耕畜和农具，因此自卑感严重。合作社使他们有了依靠，梁三老汉的自卑感逐渐消失，获得尊严和被人尊重。饲养员任老四在姚士杰和郭世富面前挺直了腰杆，他的小脚婆娘见到梁大，也不再像老鼠遇猫一样害怕。

《创业史》未能完成，许多人物也未完成。柳青在第二部中埋下许多伏笔，如县委副书记杨国华的实事求是与书记陶宽的教条主义的分歧，郭振山联组与灯塔社的较量等。小说中人物如何变化，这对柳青是个重大难题。在反复变化的形势中，县委书记陶宽与乡长樊富泰是否会主导农村变革？富有心机的郭振山、诡计多端的杨加喜、官迷心窍的白占魁、阿谀逢迎的孙水嘴等，是否会成为乡村领导者？梁三因党与庄稼人心思一致认可合作化，当两者出现矛盾他会怎么变化？这些复杂的问题，也是造成《创业史》写作缓慢的部分原因，由此可见柳青思想的真诚度与他"续写"《创业史》的诸多可能性。柳青为防范流氓白占魁设置了层层伏笔，这个人物在未完成的历史叙事中或许会占有重要位置。

其三，社会学、心理学与生理学的融合。在20世纪80年代文学向内转的潮流中，不少学者期待"向内"与"向外"的平衡，《创业史》正是一个成功的典范。柳青一直在探索如何把社会生活的广阔性与人物心理的丰富性结合起来，为此他曾系统研读过大量的心理学著作。小说中的人物都是在激烈的心理斗争中成长的：梁生宝在买稻种的路上，谋划如何搞好互助组；他带领贫农进山，思考贫农和中农的关系；他推车买化肥，思索是否接纳白占魁；他进城开会，思考改善社里的耕畜……每次沉思都令他对革命道理有新发现新收获。徐改霞进城考工人，内心在去与留之间博弈。素芳在姚家干活儿和入社教育中，也时时在思考自己的人生和命运。柳青善于结合经济变革书写人物的精神困境：郭世富担心被划为富农，几个月不吃不睡，瘦得只剩下一把骨头，夜里听不得任何声音，担心被民兵监视，被划为中农后，魂灵又回到枯瘦的躯体。统购粮食后，他半月没出门，十八石余粮卖得老汉体重至少减了十斤！郭振山受批评后病倒了，分裂为两个郭振山，在小家与大业、庄稼人与共产党员、远大理想与个人利益之间激烈博弈。两个人的"病"都是心理搏斗的结果。任老四因是否参加水稻密植几夜睡不着，"我身上有两个任老四，吵得我睡不着觉"[22]。这些描写充分揭示出经济变革引发的激烈的心灵震荡。

柳青具有高超的整合社会、心理和生理的能力，非常重视"行动、言语、景色、音响等等客观事物在人的生理上和心理上反映的描写"^㉓。他喜欢捕捉人物内心被折磨到极限后瞬间身体失控的状态，呈现经济变革对人的深刻影响：梁三长期对儿子的不满终于失控，他同妻子吵闹，进入半癫狂状态。他在童养媳坟前控制不住情感的冲击，不顾体统地哭出声来。素芳哭公公更是长期被压抑的不满情绪的集中爆发，该经典情节曾被反复阐释^㉔。生宝妈、改霞妈、秀兰的哭泣，也都是内心激荡的结果。柳青善于表现人物言行、心理与生理相互激发的关系：韩培生批评梁生禄对合作化不积极，"好像身体里头什么地方有一个秘密的开关似的，生禄的脸唰地红了"，话题转移后，"涌到生禄脸上的血，渐渐退回他身体的各部分去了"。^㉕郭振山听说组织上不让他做社长很委屈，脸像红布一样红，满眼是泪，他坚持不眨眼，让泪水从鼻泪管流进咽喉。力气虽是生理的反应，有时却是心理反应：改霞满怀建设工业的理想，有力地步行四十里路进城，当意识到考工人不光荣后，在回家路上反倒变得精疲力竭。这些精湛的艺术描写，都关联着当时的社会现实，展现出人物性格及心理状态。

在发掘社会、心理与生理关系时，柳青并没有回避本能欲求。今人指责他表现人性的能力不丰赡，不敢让生宝和改霞拥抱亲嘴是禁欲主义，这是脱离时代与实际的空谈。柳青主张以崇高精神节制本能欲求，他深知本能欲求的破坏性，对姚士杰怂恿素芳引诱梁生宝、翠娥引诱高增福充满警惕。在柳青笔下，人的本能欲求被转化为审美化的男女情愫，显示出不凡的笔力：翠娥喜欢姚士杰健康的体魄，这使她脸上出现灿烂的笑容；素芳在梁生宝面前做出各种姿态，企图打动他的心；素芳被姚士杰抱住后，脸红得好像要从毛孔里渗出鲜血来；改霞去与梁生宝约会，"她心里喜盈盈、乐洋洋，如同路旁盛开的蒲公英和猫眼眼花"^㉖，等不到生宝她委屈地哭了，突然发现生宝迎面走来，"整个西边峪口区和渭边区的天地，一下子明光灿烂，使人心胸舒畅"^㉗。这些情愫书写的审美性都很强。姚士杰三妹子故意诱惑高增福，许多男人钻翠娥的草棚屋，郭锁与彩霞的复杂情感，在柳青笔下也分寸拿捏适度，显现出作家的笔力、格局与趣味。

四

20 世纪 80 年代文艺界反思文学与政治的关系，强调审美是直觉的、文学是情感的，并由此否定《创业史》的审美性。这显然忽略了柳青对思想、直觉与情感的协调能力，他善于把思想转化为情感与感觉。《创业史》对经济问题的理性分析，不但没有压抑作家对生活的感觉和情感体验，反而时时在激发感觉与情感，从而形成强大的艺术感染力。

首先，柳青高度重视感觉的重要性："作家有必要依靠自己的全部直觉，包括眼睛、耳朵和声音，深入统计学和逻辑学难以深入的群众生活里头。"^㉘他的文学之笔，对声色光影极为敏感，《创业史》中的声音是迷人的：风声、雨声、流水声，鸡啼、蛙鸣和犬吠，敲打街门声、卖豆腐声、猫咬老鼠声、马嚼草料声、锣鼓声、水壶煮水声、砍柴声。梁三的美梦中也充满耕畜、家禽与孩子们的吵闹声，"这是庄稼院最令人陶醉的音乐"㉙。作品中的光线与颜色，也让人心动，如旭日染红的雪峰、青绿的汤河、白茫茫的春雨、黄灿灿的迎春花、红腾腾的对联等。在文学大众化潮流中，柳青反复书写日出日落、云起云飞，阴晴雨雪，书写蛤蟆滩里的白鹤、青鹳与黄鸭以及终南山里的野猪虎豹熊等，表现出浓厚的文人趣味。

柳青善于把对历史变革的思考与人物敏锐的感觉力结合起来。互助合作必须有正确的理论指导，聆听杨书记、王书记的高论后，梁生宝表现为："觉得生活多么有意思啊！太阳多红啊！天多蓝啊！庄稼人们多么可亲啊！"㉚四个感叹号喊出他内心的喜悦。徐改霞解除婚约后，感觉"天也比解放前蓝，日头也比解放前红，大地也比解放前清亮，她内心投向社会事业的欲望越来越强烈"㉛。入社教育是巩固合作社的必要条件，素芳在入社教育中看到前途，望着蓝天和白雪覆盖的终南山、冬小麦点缀的绿色平原，"她感到精神上立刻轻松了"㉜。土改结束后，姚士杰摆脱了罪犯心理，也感觉"天高云淡、风和日丽的春天特别畅快"。㉝

柳青在理性与感觉的自由转换中，试图通过人心与自然的融合，创造动人的审美瞬间。《创业史》大量使用抒情性议论，梁生宝在思想上每有收获，作者都会加入一两个充满感性的句子，把他喜悦的心情投射到外部景物中去。作者还大量采用拟人手法，与终南山、阳光、流水、青稞直接对话。如在上交统购粮的热烈场面后作者发问："终南山啊！你不受感动吗？……"[34]有时作者有意把美好的外景与内心的愁苦并置：如韩培生为互助组的危机焦虑，扁蒲秧却不管不顾，只按照自然界的规律生长："秧苗出息得一片翠绿、葱茂、可爱……"[35]与姚世杰欺辱素芳的罪恶相伴的是："母马继续曳着磨子，很认真很严肃地在走着。榆树、椿树和楸树枝头的小鸟们，继续在歌唱着。"[36]环境描写与人的处境形成反差，衬托出罪恶的隐蔽与深重。这些出色的艺术描写，具有很强的情感冲击力。

其次，柳青高度重视情感的真实性及其历史性衍变。小说所表达的情感具有高度历史真实性，不是凭空虚构的复杂情感。他致力于发掘中国农民勤劳、朴实、善良、孝顺等美德，发掘民间习俗背后代代相传的民族情感：梁大关心弟弟再娶与生宝的婚姻，在意侄儿是否来给自己拜年，他有意把家业均分为二，想无偏无向地传给两个儿子。梁三很看重生宝清明节是否给童养媳烧纸，看重与女儿婆家的来访与回礼。小脚老太太们最关心生宝的婚事，关心媳妇会不会针线活儿……这些情节所传达的情感，都是从民族生活土壤中生长出来的，都被作者巧妙地穿插于经济变革的历史叙事当中。

柳青紧贴着经济基础变革，写出国人情感状态的变化。在私有制下，农民因地界而打官司，亲兄弟为争夺家产而头破血流。合作化打破以家庭为单位的生产方式，以家庭为疆域的父子、兄弟、夫妻情感被重塑，并被导向国家建设事业中。社员们确立以社为家的观念，超越血缘的崇高情感"把毫无亲属关系的人们，如胶似漆地贴在一块"[37]。为了共同的事业，生宝与高增福产生夫妻般的亲密情感；生宝妈对高增福的儿子像对亲孙子一样；欢喜亲近梁生宝而疏远舅爷王瞎子。梁三认为在党的是一家人，生宝与上级领导纯洁的同志情感，超越了他们父子的情感。徐改霞感觉土地房屋等私有财产，如同丸石和杂草一般没有意义。[38]梁大老汉入社后不再操心种地，也进入毫无挂碍的自由状态。这些非功利的审美情感，具有强大的艺术感染力。

人与耕畜的深厚情感，是特定生产方式的产物，也随着经济变革而发生变化。当时人畜共居是普遍现象，梁三睡在马棚里方便给马添夜草，任老四一家人和小牛犊挤在草棚里。郭振山开会，隔壁传来弟弟的鼾声与牛嚼草料声。梁大夏天在水渠里给黑马洗澡，成夜给黑马扇扇子、赶蚊子。合作社建立后，对集体牲畜的感情成为检验是否拥护合作化的一项标准：梁三老汉、欢喜妈像送别亲人一样，隆重而又依依不舍地将老白马和小黄牛送到它们开始新生活的地方。社员们对刚刚归集体所有的牲口充满感情，饲养室成为其聚集之地。牲口合槽后，有万丈母娘、杨大海的女人很不适应，思念耕牛而深夜睡不着。梁三白天不到饲养室看看则黑夜睡不着，常从家里拿玉米喂老白马，对其他牲畜也很关心。而富农和中农很难摆脱耕畜私有心理：姚士杰觉得母马肚皮里跳动的，不是骡驹而是人民币；梁大把黑马视为能给自己创造财富的财神爷，他装病不送黑马入社，把皮缰绳皮笼头换成旧麻绳旧笼头；梁生禄偷拿公家饲料给黑马吃偏食，不管其他耕畜死活。他们对耕畜的情感掺杂私利而不够纯粹。

最后，柳青对推动经济发展的劳动投入大量情感。作者多次书写被农具磨硬的双手，小农具的木把竟被双手磨细了，并把是否爱劳动与阶级思想相关联。劳动创造财富，也给人带来尊严：梁生宝和有万干活儿很少有人比得上，因此被推选为干部；白占魁、孙水嘴、李翠娥不爱劳动，很难被农民认可。中农们因热爱劳动而彼此欣赏。郭士富与合作社暗中较量，想维护优秀庄稼人的尊严。郭振山为了把二亩荒地变成稻田而挥汗如雨，柳青反对其个人发家思想，却由衷地赞美："劳动是人类最永恒的崇高行为！人，不论思想有什么错，拼命劳动这件事，总是惹人喜爱，令人心疼，给人希望。"[39]

个体劳动与贫富分化相连，集体劳动与国家发展相关。为了把好庄稼人变成好社员，柳青极力彰显集体劳动的价值与美：集体劳动并不仅为了粮食增产，且为了要建立新的道德品质。集体劳动可消除仇恨，曾因地界发生争执的王生茂和王三，在相互协作中彼此感到惬意。集体劳动可改善干群关系，杨书记帮梁三掰玉米粒，"共同劳动使老汉在大干部面前的拘束，也一下子减去了多一半"[40]，韩培生与农民共同劳动，逐渐摆脱教条主义的影响。集体劳动可以真正地解放人，素芳从被压迫的悲剧中解放了出来。集体劳动可以改造农民，割竹子的农民在集体劳动中亲密无间，表现出工人阶级才具有的合作劳动的美德。在冬小麦施肥、修建饲养室、扫雪归田、平整土地等集体劳动中，共同利益和共同理想把社员们的精神凝结在一起，形成新的人与人的关系，他们齐心协力而且异常快乐。

在曾经兴盛一时的文艺新潮的裹挟之下，柳青杰出的艺术才能显然一度被忽视了。就语言艺术而论，柳青是当代同时期取得最卓越成就的作家之一，仅有极个别作家能够同他相比。路遥因柳青"艺术家巨大的诗情"[41]而倾心仰慕，刘纳认为当代作家"能在艺术描写、艺术表现能力上与柳青一比高低的并不多"[42]。通过反复阅读《创业史》，我们很容易对这些判断产生强烈的心灵共鸣。结合经济学视域的考察，更加能够洞悉柳青开创的书写历史变革的文学传统，其中所蕴含的思想力量与艺术表现力，在当下仍然富有启示性价值与意义。柳青《创业史》式的文学书写，仍然需要我们认真学习，继承其成功的文学经验并加以不断地赓续与发展。

注释：

①[41]路遥：《柳青的遗产》，《延河》1983 年第 6 期。

②参见柳青《长安县王曲人民公社的田间生产点》，《思想战线》1959 年第 12 期；柳青《建议改革夏收办法》，《人民日报》1959 年 5 月 20 日第 3 版。

③柳青：《建议改变陕北的土地经营方针》，《人民日报》1979 年 2 月 1 日第 5 版。

④[10][32][40]柳青：《创业史》（第二部），载《柳青文集》第 3 卷，人民文学出版社，2005，第 134—135 页、第 111 页、第 55 页、第 112 页。

⑤毛泽东：《中国农村的社会主义高潮》，人民出版社，1956，第 777 页。

⑥⑦⑧⑨⑪⑭⑮⑯⑱㉒㉕㉖㉗㉙㉚㉛㉝㉞㉟㊱㊲㊳㊳柳青：《创业史》（第一部），载《柳青文集》第 2 卷，人民文学出版社，2005，第 349 页、第 300 页、第 95 页、第 122 页、第 126 页、第 209 页、第 420—421 页、第 150 页、第 224 页、第 395 页、第 369 页、第 187 页、第 191—192 页、第 18 页、第 213 页、第 42 页、第 138 页、第 427 页、第 375 页、第 284 页、第 392 页、第 159 页、第 404 页。

⑫柳青：《创业史》（第一部），中国青年出版社，1960，第 492 页。

⑬《中国共产党中央委员会关于农业生产互助合作的决议》，《人民日报》1953 年 3 月 26 日第 1 版。

⑰⑲⑳㉓㉘柳青：《柳青文集》第 4 卷，人民文学出版社，2005，第 331 页、第 295 页、第 321 页、第 277 页、第 275 页。

㉑严家炎：《关于梁生宝形象》，《文学评论》1963 年第 3 期。

㉔郜元宝：《千古一哭有素芳——读〈创业史〉札记》，《文艺争鸣》2018 年第 8 期。

㊷刘纳：《写得怎样：关于作品的文学评价——重读〈创业史〉并以其为例》，《文学评论》2005 年第 4 期。

（选自《文学评论》2023 年第 1 期）

散文的抵近观察

刘　军

　　进入新世纪，散文大热的程度有所下沉，但并非降落，而是愈加平顶化。平顶化意味着更多的边线和边角以某种轮廓呈现出来。就近几年的散文发展态势而言，首先无法绕过自然生态写作这一正鼎力突破、四面延展的新生散文思潮。在这里，暂且搁置自然写作与生态散文是相切还是隶属的关系，搁置自然生态写作作为散文思潮得以成立的各项必要条件。

自然写作与生态散文

　　之所以没有将自然写作与生态散文加以合并，当然与散文现场的声音凸显有着密切的关系。从文学刊物的栏目设置来看，《人民文学》《草原》《西部》等刊物明确了自然写作的主题，包括《文学报》今年开办的"自然主义文学讨论"专栏亦如此；而《广西文学》《黄河文学》等刊物，则突出了"生态散文"的主题。从选本的角度看，近几年与自然生态相关的选本也有着各自的主旨和方向。从批评的协同层面，也清晰地表明了不同的对象选取。

综合来看，近几年的自然主义写作与生态散文写作存在着分野，因此需要分开阐述。

自然写作层面，近几年无论是在数量还是在质量上，江西傅菲的持续发力尤其值得关注。2020年出版的散文集《深山已晚》是他在闽赣交界处荣华山一年生活体验的结晶体。正所谓"入乎其内，出乎其外"，傅菲通过这本散文集成功地搭建了一种山地美学的范式。这本集子之后，傅菲调远了视距，鄱阳湖、南方的河谷与丘陵、树木山林、鸟类等在其笔下如同夕照，缓缓打入林地的深处，并相继结集了《鸟的盟约》《元灯长歌》两本散文作品。如果说《深山已晚》趋于体验的凝结，那么，后面的两本散文集则更突出自然客体的生命线条，如同维特根斯坦的判断：神秘的不是世界是怎样的，而是这样的！作为耕耘多年的散文作家，傅菲是一位已经找到了自己笔调的写作者，他的作品完成度皆非常高。

江西的另外一个作家安然，则立身于家乡吉安的羊狮慕峡谷。七年来断断续续的居留，使她进入别一种体验自然的通道。在《独坐羊狮慕》中，她翔实地记录了"我"与峡谷植物、动物各种相遇的过程。在不受人打扰的静谧自然环境里，它们如"瓦雷里的贝壳"般有着自在之美，作者越过观看融入了自然之境。

山东作家高维生近年来回到其出生之地——长白山下，像前辈胡冬林一样，深入长白山南麓，在林间捕捉鸟类的踪迹，倾听它们发出的各种鸣叫，并以文字为载体，记录长白山各种鸟类的生活习性和演化的历程。其中《激情的飞翔》一文堪称力作。这篇散文重点刻画了几种本地猛禽，扎实的野外经验为作品平添了身临其境式的体验。近日，他的"长白三部曲"即将推出。

现居昆明的作家半夏，得益于其专业背景，多年来致力于在野外亲近各类虫子。在她看来，看花是一种世界观，看虫亦然。虫类的交配繁殖、隐身与复活、色彩线条等等，皆是自然选择的结果，也符合天道自然。她对虫类的观察结集为《与虫在野》。在自然写作的题材选择上，半夏的写作有一种旁枝逸出的特色。

除以上四位作家以外，自然写作者甚多，但在系统性上还是有所欠缺。另外，作家梁衡继政治人物主题书写之后，转入到以古树大木为对象的散文式处理中。对于他的这一系列，我个人持审慎的态度。因为，自然写作除了体验的深入及情感的投射之外，还需要具体的区域性生活经验的支撑，如同内华达山之于缪尔、科德角之于贝斯顿一般，如果处理的对象跨度太大，那么，人文的思考很容易压过自然的观察，使得自然写作名实脱离。

盘点生态散文写作，当然要首推李青松。这位任职于国家林草局的作家，前期以报告文学为主打，近年来转入生态散文写作的轨道后，厚积薄发，进入一种集束性写作的状态。所谓厚积，一方面来自多年来对各处森林、草场、河流、自然保护区的实地勘察，另一方面来自其系统性的阅读。他的《哈拉哈河》《大麻哈鱼》是近几年生态散文最重要的收获之一。此外，由生态散文结集的《北京的山》也于 2022 年年初面世。

李青松的生态写作开阔大度，自由翻飞，能够调和各种手法，使得具体的生态图景以动态的方式呈现出来。在生态写作成为热潮的情况下，生态散文的作品集也纷纷面世，除上面提及的《北京的山》之外，近几年出版的还有沈念的《大湖消息》（第八届鲁迅文学奖获奖作品）、叶梅的《福道》、祁云枝的《植物，不说话的邻居》、王小忠的《黄河源笔记》等。

在单篇作品方面，能够鲜明传达生态观念且笔力上佳的有沈念的《黑杨在野》，以处理外来入侵植物为主题；祁云枝的《红豆杉——灾祸与福祉》以濒危植物为观照对象；艾平的《你见过猞猁吗？》以东北森林的稀有动物为处理对象；陈应松的《森林沉默》则以鄂西北森林为根基。另有杨文丰的《真实而迷幻的蒲公英》，虽然比起他早几年写就的《雾霾批判书》《海殇后的沉思》，在介入性、科普性上有所弱化，但多年的生态写作积累起来的明确的生态观念依然在这一作品中得到充分呈现。

在这里，想着重谈一谈旅居瑞士的女作家朱颂瑜的《来自阿尔卑斯山的报告》。这篇散文在笔力、感染力方面虽然不及上述的几篇，但在生态散文的典范性上，可以作为近些年生态散文写作的一个典型案例加以看待，代表着生态散文的正则。这篇作品的素材来自她亲历性的调查，所反映出的问题是全球性的，即以原产地的畜牧业代表的农业、种植业、畜牧业等，在全球化的浪潮中如何守护,并使得上下游的生态链条得以有效保护。这篇作品内蕴行动主义的内容,而这一因素恰恰是当下的生态写作非常欠缺的。

乡土散文的守故如新

新世纪以来,乡土散文一直作为一个大类而存在。作为一种经验性文体,散文倚重于记忆的反刍,因此,在叙述步调上,错后对于散文写作来说是一种常态。近几年的乡土散文,在综合性指标上,华北平原所在地的作家明显强过江南或者西南的作家。而华北平原覆盖的省份,山东与河南两个省份的乡土散文创作分外引人注目。

自打周同宾先生过世之后,冯杰的乡土散文继续担负着扛鼎之角色。本身,就新时期乡土散文来说,冯杰和他笔下精工绘制而成的"北中原"无人出其右。冯杰的调性和"北中原"一道,皆拥有极高的辨识度。大俗与大雅的统一,烟火气与文人气的高度融合,使得冯杰的散文创作自成高格。最近几年,他连续推出《北中原》《怼画录》《鲤鱼拐弯儿》三本散文集,内中佳作迭出。若是定要从中单独挑选的话,那么,我首推《北中原》一书。冯杰始终保持在极高的水平线上创作,这方面与其类似的也只有周晓枫等寥寥几人。他的作品虽然短小,但有独特的气味和幽默感。尤其是后者,差不多硕果仅存。使用乡土散文框定冯杰当然有点小,但冯杰的散文确实是当代乡土散文的正宗所在。

曹濮平原的深处，是作家耿立的故乡。近些年，耿立以强烈的感情光束，以主体性浓郁的叙事色调，钩沉其故土以及岁月奄忽中的故旧亲人。如果说冯杰的乡土散文追求的是轻盈的话，那么，耿立的乡土散文则以力度为高悬之灯。新近出版的散文集《暗夜里的灯盏烛光》中，有三篇散文重而不滞，它们分别是《父亲拔了输液器》《遍地都是棉花》《这暗伤，无处可达》。关于父辈，关于北方女性的拟像，关于自我的内心，在三篇乡土散文中得到透彻的表达。

除冯杰的"北中原"系列书写及耿立的故土回望之外，江子的《回乡记》、陈仓的《拯救父亲》、刘星元的《散落在乡间的诗人》、杨献平的散文集《南太行纪事》等等，在开掘的力度和地域性要素上，皆为近几年涌现出的乡土散文精品。

女性散文的绽放

女性散文自产生以来，这个概念一直存在着含混的情况，必要的剥离和审定是今后散文研究界的题中之义。女性散文的关键词有如下几个：独立、性别自觉、平等意识。

新世纪以来，女性散文进入茁壮成长的阶段，周晓枫、格致、塞壬三位作家的散文所带来的冲击力是惊人的。在阅读现场和微信朋友圈里，会发现周晓枫或者塞壬的铁粉，对她们作品的推崇甚至达到唯一性的程度。这是女性散文所具备的异质性真正生根的标志。

对于以上三位作家而言，她们还具备另外一个共性，即生长性的问题。当下的散文写作能够超越自我的重复，进入生长性的通道，这是写作能力、审美视野、思维打开等因素综合作用的结果。2021 年，周晓枫的最新散文集《幻兽之吻》出版，其中收录的《野猫记》《男左女右》，其叙事脉络由大纵深转向支流分岔的蛛网状结构。源于作家杰出的驾驭能力，即使是草籽落地，也能够演绎出一番惊心动魄的内容。经营蛛网式叙事方式，既需要作家细部的洞察能力，也需要具备厚度的思辨能力。

居广东的作家塞壬近几年也是佳作迭出，《无尘车间》与《日结工》在读者群体中产生的影响都较大。这两部作品聚焦边缘群体，在现实性层面爆发出巨大的能量。如果以女性散文的视角加以观照的话，那么她的《缓缓归途》与《镜中颜尚朱》则是典型的女性散文范本。而对于我个人而言，更看重《镜中颜尚朱》，因为这篇作品触及了仓皇、逃离的时代里女性的自我捍卫和自我保存的艰难话题；在个人性的呈现上，这一篇也最为深入。

作家格致，近几年虽也有作品面世，但大体上处于隐身状态，但我相信，她的散文写作依然值得期待。

历史散文与文化散文

历史散文与文化散文在题材选取上存在着叠加现象，两者的主要区别在于精神旨趣的不同：文化散文倾向于抽象的文化精神的开掘，群体性的特征较为明显；而历史散文侧重于使用新的方法论和认识论去观照历史细节、历史人物，进而洞见历史的幽微之处，确立一种新的价值观。

最近几年，历史散文相对沉寂，夏坚勇、夏立君、王开岭等人推陈出新的作品并不多。寓居岭南的赣籍作家詹谷丰继民国人物系列开笔之后，转入岭南地方人物的书写通道之中。《哑琴》一篇以两具名琴在近现代的流离为线索，凸显士人气节在时代转折中的悲怆，继续他对悲壮与慷慨的精神品格的开掘之路。2021年，詹谷丰又推出了《山河故人：广东左联人物志》一书，聚焦广东"左联"人物，竭力再现七位历史人物真正获得成长的契机。这一契机是时代环境、人物关系、主体选择相互激发的一种必然结果。作家以历史的必然性揭示在血与火的时代里作家们的大时代选择、信念的形成和牺牲精神。

除詹谷丰外，聂作平的《遗民泪：汪元量见证的宋室北迁》《孤忠者最后的大地：文天祥和他的北上之路》，浙江永康郑骁锋的一些作品以及赣籍作家六神磊磊书写杜甫的篇章，皆是较为出色的历史散文作品。

提及近些年的文化散文，需要关注的是李敬泽的入场和他惊人的创造力。继《会饮记》《咏而归》之后，2021 年，他又推出了《跑步集》。他的一系列散文随笔，展现了作为散文作家的博学、宽大视野和惊人才华。而就单篇作品而言，他的《〈黍离〉——它的作者，这伟大的正典诗人》是表现华夏文化自觉的雅正之作。

祝勇的《故宫的隐秘角落》《故宫的风花雪月》等散文集采用的是个人的、民间的视角。他更痴迷于在被人忽视的隐秘角落或历史的缝隙，以非历史的方式抵达历史的纵深，并以此来构筑散文的丰厚。

穆涛的文化散文写作，近些年有着较大的后劲，并结集为《中国人的大局观》一书，将自我的美学趣味和哲学见解融入中国古典精神和文化精神的再发现中去。

除上述关于不同体式的散文成果的阐发之外，王剑冰、陆春祥、蒋蓝、胡竹峰、汗漫等作家，皆保持了较高的水准和旺盛的创作能力。尤其是王剑冰的散文集《塬上》与陆春祥的散文集《云中锦》，让人读后大有杜甫"晚节渐于诗律细"之感。

（选自《创作评谭》2023 年第 2 期）

第二辑　河南作家论坛

第二辑　河南作家论

从"故事"到"寓言"

——邵丽长篇小说《黄河故事》的叙事与修辞分析

孙先科

《黄河故事》（河南文艺出版社 2020 年 12 月版）在篇幅与规模上不是一部鸿篇巨制，但就其内涵与蕴意而言却有鸿篇巨制的气象，实现了以小见大的美学效果。从小说美学的一般规律而言，小说的叙述规制虽然并不一定与叙述效果成正比关系，但要以较小的规制实现气象万千的美学效果实非易事，除非小说具有别具匠心的构思与体制安排。《黄河故事》之所以能够实现以小见大的效果就完全仰赖作者独具匠心的构思及在叙事和修辞上的独特安排。第一，"我"同时作为叙述人、主人公、隐含作者、作者的复合身份在叙事和修辞两个层面起到了榫接故事因素与作者话语，架通经验写实和隐喻体系的作用，让"故事"具有了超越故事的深邃寓意。第二，将"农民进城"和"知识者返乡"两个故事模式有机结合，扩展了小说的社会与文化空间。第三，小说的"代序"与"代后记"作为"副文本"，与"正文本"构成的互文关系，加强了小说的隐喻功能，黄河形象得以建构起来（正文本中的隐喻形象是"河南人"）。

小说的叙述机制

第一人称"我"在小说中被赋予多种功能。首先,"我"是一个叙述人,故事是从"我"的视角来讲述的。但是为了避免第一人称小说叙事的视界过分狭窄、叙述口吻过分单调的弊端,作者并没有将叙述人作为唯一的"视点人物",没有将叙述胶柱鼓瑟地局限于"我"这一唯一的"视点"与第一人称讲述,而是灵活地使用了"我"的叙述功能,把"我讲的故事"变成"我知道的故事"。比如有关姚水芹的"深圳故事"是赵本人转述给"我"的,但小说并未采用第一人称"我"(姚水芹)的直接引语,而是使用了第三人称叙述,人称与口吻不着痕迹地进行了转换。有时故事的内容似乎超出了"我"的视域,"我"并不与某个人物同时出现在一个时空,文本中也没有告诉读者谁是故事的信息提供者,比如有关泥鳅的故事,比如有关父母、表哥、姐弟等人的故事等,但由于所有这些人物都与"我"有关联,在一个大的共享的信息场域中,"我"可以以不同的方式与渠道"知晓"这些信息,但在如何讲故事上却并不一定局限于第一人称和固定视点。之所以选取这种开放式的第一人称叙述,我认为有两个原因。一是,作者想讲一个"真实"的故事,而第一人称"我"的亲力亲为能够在美学上保证故事的真实性。二是,作者想要的不是一个有关爱情或心灵成长的微叙事,甚至都不是一个仅仅与家族相关的中型家族故事,而是一个与个人、家族和地域文化关联在一起的"宏大叙事"，一个过分内倾的、狭窄的视角设计是无法担当这一使命的，从叙事类型上来说，它是"成长小说""家族小说"与"寻根小说"（文化小说）的复合体。

其次，"我"是小说的主人公。在这部篇幅不大的小说中，存在两个故事原型，一是"农民进城"，二是"知识者返乡"（后文详细论及）。在第一个故事中，"我"是三个进城创业的农民形象之一，是作品塑造的成长型人物中的主要角色，此时，"我"是一个构建型的主体。在第二个原型故事中，"我"已经在城市中建构定型，身份已经转换为成功的企业家、城市的主人、思想成熟的认知主体。在"返乡"叙事中，"我"是一个重要的线索人物，把家族中的主要人物串联起来，同时又是一个重要的审视与认知主体，是一个思考者、思想者，非常类似于鲁迅《故乡》中"我"的角色功能。正是因为"我"是这样一个具有双重主体身份的主人公，才让不同类型的两个故事有机连接在一起，才让南方与北方、城市与乡村联袂进入一个宏大的叙述空间，才让有关文化地理的思考成为可能。

再次，在《黄河故事》中，除"故事"以外，还存在由隐含作者建构的附着于故事、勾连起故事的一套"作者话语"、一套隐喻体系。这套隐喻体系主要围绕"吃"展开。传说中父亲神秘的菜谱，在南方城市凝聚河南人的"河南小吃"，因为"吃"父亲遭受的母亲的鄙视和屈辱以至于死亡，"我"在返乡后做出的最后决定"我要回到郑州来，我想研究开发豫菜体系。

我还想把地道的粤菜搬回来，甚至想搞一个菜系融合工程"等，都是围绕"吃"展开的。但"吃"是民生的隐喻，围绕"吃"写出了河南人生存的艰难，以及河南人顽强、包容、阔大的文化性格，而这种性格又和黄河所孕育的文化品格息息相关。

最后，纵观整部《黄河故事》，它由两个大的板块构成，一是虚构的"故事"，二是"非虚构"的"代序"《当你懂得了一条大河》与"代后记"《看见最卑微之人的梦想之光》。如果我们把"故事"的部分读作"正文本"，"代序"与"代后记"就可以读作"副文本"，二者构成了有趣的"互文"。在"代序"与"代后记"中，作者讲述了一个自己认知的"黄河形象"，在"代后记"中则讲述了自己心中隐蔽的"父亲"形象，这两个形象与小说"故事"中塑造的家族形象系列以及"隐含作者"把黄河形象寓言化的努力，都是同质同构的，对符号赋值的努力也是同心同向的。在整部作品中，作者、隐含作者、主人公与叙述人达成了高度的重合、叠加，形成了对个人、家族和地域的文化关系，及其历史、现实和未来命运进行想象、整合的一个超级讲述人。

"农民进城"与"知识者返乡"

在故事层面上，《黄河故事》由两个故事段，或者说由两个故事原型组成，一是"农民进城"，即河南农民（"我"、姚水芹、赵伟峰等）在深圳的创业故事；二是"我"的返乡故事。

从故事类型上来看，与大多数的"农民进城"故事类似，艰辛的历险及融入城市的成功与苦涩构成了故事的主型，但略有不同的是，小说的"宏大叙事"机制（个人的成长要链入地域文化，即黄河形象的塑造的整体想象）又使这一"农民进城"的故事出现了有趣的偏离。同样，"知识者返乡"的故事让我们想到鲁迅的《故乡》等似曾相识的"启蒙"主题，但同样是服膺于正向的"黄河形象"的宏大叙事意图，"知识者返乡"故事原型中的对农民劣根性进行审视的"国民性"批判主题很大程度上让位于认同与和解的新命题。

在"农民进城"故事中塑造的主要人物形象有三个："我"、"我"的表嫂姚水芹、外号叫泥鳅的信阳人赵伟峰。

"我"在小说中的身份与功能十分复杂，像上文已经提到的，"我"作为叙事人就已经被赋予多重角色与功能，而作为一个被叙述的对象，一个在故事中被建构的主体、一个主人公，"我"的主要美学特征在于"我"的"思想者"气质。表现在：第一，在"农民进城"这一故事段中，"我"的成长主要表现为认知能力的成长与思想的成熟。刚刚进城时的"我"是一个十三岁的黄毛丫头，在工地搬砖时被大多数人轻视，在年龄与性别上处于劣势地位。但这并不是"我"认识自己的方式，相反，这是"我"要反叛和颠覆的认知惯性。所以"我"不仅以比赛搬砖速度在身体上来挑战男性的霸权，更是以"我不属于这里"的一种本能的意识，以"我"的高智商，在波诡云谲的城市拓荒过程中发现机遇、抓住机遇，迅速从自己的阶层中超离出来。除了"超人"似的拼搏意志和高智商，"我"的成功还得益于对新型城市品格的认知和对地域文化的自觉体认，这一点几乎是"我"这一形象天赋的思想者品质的体现。通过对母亲狭隘的思想观念的自觉批判，"我"找到了"吃"（开饭店，母亲认为是不体面的，是父亲带给家庭的原罪）的路径，使自己摆脱了贫困，在城市站住了脚跟；深圳作为新移民城市，聚集了来自四面八方的创业者，"我"大胆创新经营模式，让自己的生意做得风生水起；"我"将河南人的诚实、耐苦与南方人的精明灵活相结合，构置了一个良性的生意场与新的人际关系生态，让自己的生意立于不败之地的同时，收获了爱情，重建了自己在家庭中的伦理地位（母亲同意为父亲建墓地并接受了"我"儿女共同尽孝的意见，是"我"的成长在伦理上的重要标志）。"我习惯于看着一个超人般的自己，习惯于用自己的生命舞蹈。"（《黄河故事》第 15 页）"我"的"超人"的品质与其说表现在行动力上，还不如说表现在"我"审时度势的判断力与决断力上；"我"与其说是一个行动的主体，还不如说是一个分析的主体和思考的主体。第二，"我"的思想者气质，更突出地表现在"返乡"故事中（后文论及）。

"农民进城"故事中另一个值得解读的人物形象是姚水芹，这个人物具有成长型人物更为自洽的成长逻辑。进城伊始的姚水芹和千千万万的进城大军中的其他人一样，挣钱养家几乎是唯一和全部的人生目标。但姚水芹在城市中的复杂经历激活了她作为一个女人的身体欲望、情感需求、自尊自爱自主的主体性内涵。在当家庭用人期间，与男主人之间的性关系让她发现了身体的快乐和自主性，从仅仅作为一个生育工具和性客体的地位中挣扎出来；在与扬州女人同居一屋期间，扬州女人在城市生活中自由自在、主动征服的姿态，让姚水芹意识到挣钱养家不是唯一的生活目的，成为城市的主人、成为自己的主人才是人生更重要的目标；与前夫离婚、再嫁"泥鳅"赵伟峰的过程也正是她展示自尊、自爱、自主的过程，是她作为一个女性主体成长的命名式与完成式。在《黄河故事》的"代序"中，作者曾提及河南作家李準的长篇小说《黄河东流去》对自己的影响，沿着这一线索，我们会发现，姚水芹与前夫这组人物关系与《黄河东流去》中的春义和凤英的形象组合存在有趣的"互文"关系。在这对关系中，男性表现出固守乡土的守成倾向，而女性无论是在灾难面前还是在被裹挟进全新的生存境遇和伦理环境中，都表现出更顽强的生命力和吐故纳新、蝶变重生的崭新气质。像《黄河东流去》负载着李準的宏观思考"如何从苦难里挖掘出中华民族百折不挠的文化根脉，在生死攸关的历史事件中寻找民族的精神内核，以此寻找激活中国人民蓬勃旺盛生命力的动力之源，并为当下提供精神图腾和栖息之地"一样，邵丽的《黄河故事》同样也寄托着作者的宏大思考。姚水芹这一形象除性格上的自洽外，显然她身上也寄托了作者对性别及地域文化的深刻思考。

需要指出的是，一种强烈的"宏大叙事"动机给小说艺术上的自洽留下了裂痕与空白。比如关于"我"的创业与成长依赖过多的"概述"而不是更丰满的情景化的"呈现",以及对"河南人"性格的集体化、类型化的叙述,弱化了"我"成长情景的艰难性、复杂性,造成"我"成长的根脉性不足。姚水芹作为性别和地域文化隐喻功能的代表性形象,她所处伦理情景的复杂性带给她成长过程的艰巨性,某种程度上也存在描写强度的不足。从这种意义上来说,《黄河故事》还存在相当程度的可写性。

在"知识者返乡"故事中,"我"的身份和功能发生了明显的变化。当"我"说服母亲接受为父亲购买墓地,重新安置父亲的骨灰,经历返乡后与亲人的矛盾龃龉,到返回深圳并在内心与包括母亲在内的亲人和解,"我"在主体性上发生了根本性的变化。"我"不再是一个被审视、被叙述、被建构的准主体,而是一个以城市文明者的身份、启蒙者的身份、外来者的身份审视乡村与乡村城市化过程中的种种"劣根"的知识主体、文化主体,大姐的自私蛮横、小弟的软弱、表哥的萎靡不振等次第纳入"我"的审视视野。这样的叙述模式和小说氛围,能让我们清晰地回忆起"五四"新文学时期的"乡土小说"和20世纪"寻根小说"中"知识者"与乡土关系的熟悉场景。

小说两次写到"我"与表哥的见面与交往。第一次是"我"在童年时被姨妈收养,表哥待"我"亲如手足,尤其是在大雪中背"我"前行的情景是烙在"我"脑海里的美好记忆。"他只穿一件单褂子,却大汗蒸腾,头顶上都冒出烟来。"(《黄河故事》第 87 页)第二次即"返乡"再见时的情景。"现在他明显变老了，不但头发白了很多，眉毛胡子也星星点点地白着，背也有点驼了。"（《黄河故事》第 86 页）"他要是笑的时候，模样仍是周正好看。而他却闷着，无端地露出几分悲苦。"（《黄河故事》第 87 页）这不是鲁迅《故乡》中的场景吗？表哥难道不是活脱脱又一个闰土？

　　但是，如果认为这篇小说就是对"五四"新文学"国民性"批判的启蒙叙事，或者就是 20 世纪 80 年代"寻根小说"中文化劣根性批判的一种简单重复的话，当是一种不小的误解。这篇小说在模拟"知识者返乡"故事模式时，它的新意突出地表现在：小说不是在一种静态的时空环境中反思文化，而是以动态的眼光观察现实，以发展的视野理解乡村城市化过程中的现象，以辩证的、历史的思维辨识人性与现实的关系。母亲的刁钻古怪、大姐的自私蛮横、弟弟的胆小懦弱，随着历史的发展、岁月的流逝，都在变，都呈现出另一种可能性。母亲在内心接纳了"我"和"我"的婚姻，某种程度上也宽容理解了父亲，大姐献出了父亲珍藏的家族菜谱，小弟在发给"我"的信息中表达了承担责任的勇气。小说尤其通过"寻父"（将父亲之死作为一个"谜"、一个小说叙述的内驱力来设置）的过程，揭示出父亲卑微一生的原因是历史没有提供像"我"一样的历史机遇，人性狭隘、刻薄、相互攻讦的原因是饥饿、贫困和导致饥饿与贫困的社会经济环境，这显然是富于历史感的一种判断。故事通过任小瑜、燕子、李子昂等更年轻的生活于城市富裕环境中的孩子们的宽容、开放、大气的品性表达出一种乐观的唯物主义的人性观。

还有不同的是，小说"返乡故事"的终点不是"离乡"，或者说只是暂时的"离乡"。小说结尾告诉读者，"我"最终还要回来，回到已经城市化的家乡郑州，"我要回到郑州来，我想研究开发豫菜体系，我还想把地道的粤菜搬回来，甚至想搞一个菜系融合工程"（《黄河故事》第 229 页）。这种包容南北的文化思考，是对黄河精神思考的一个重要补充，展示了作者更宏大也更乐观的气魄。

"副文本"：从"故事"到"寓言"

《黄河故事》原发于《人民文学》2020 年第 6 期，发表时的体例是"中篇小说"。2020 年 12 月河南文艺出版社出版单行本《黄河故事》，在体例上已明确标明为"长篇小说"。对比发现，出版单行本时，作者增加了两部分内容："代序"——《当你懂得了一条大河》和"代后记"——《看见最卑微之人的梦想之光》。增加这两部分出于何种考虑？仅仅是增加文字的数量以达到长篇小说的分量要求，还是作者真的对"黄河"与"父亲"有话要说，借助"代序""代后记"这样的学术化手段来阐发小说的微言大义？我的看法是，以上两个因素或许均构成了作者在出版单行本时考量的具体问题，但最重要的是，单行本的出版实际上是作者对中篇小说《黄河故事》的一次改写，是在原有基础上的一次再创作，"代序"与"代后记"的加入使长篇小说《黄河故事》变成了一个新文本，它是由中篇故事与"代序"和"代后记"共同构成的复合文本，我把"代序"和"代后记"一同称作长篇小说《黄河故事》的"副文本"。将这一"副文本"与中篇"黄河故事（文本）"作为"互文"进行阅读和阐释让我们看到，《黄河故事》不仅仅是"故事"，还是一部关于"黄河形象"和地域文化的"寓言"，这恐怕是长篇小说《黄河故事》对"前文本"（中篇小说《黄河故事》）进行改写的重要价值。

中篇小说《黄河故事》涉及的主要空间有两个：一是深圳，二是郑州（"我"的故乡是郑州市郊的乡村，城市化过程中成为郑州市区的一部分）。尽管小说中说"我"的村庄靠近黄河，父亲投黄河而死等内容中提到黄河的地方不一而足，但"黄河"作为意义编码的分量并不充分，因此用"黄河故事"命名小说，看起来多少有些虚张声势、沐猴而冠的嫌疑。但"代序"与"代后记"这一"副文本"的加入很大程度上改变、扩大了意义阐释的格局。

在中篇"黄河故事"这一文本中，无论是"农民进城"的创业故事，还是"知识者返乡"的启蒙故事，其实有一个共同的意义链支撑，即"寻根"。前者是现象学，告诉读者"我"成功了，后者是阐释学，解释"我"为什么成功——特殊时期造成的家庭关系的扭曲、爱恨交加的情感，以及河南人特有的忍耐、宽厚的精神品性等。但这里的"寻根"寻到的是"河南人""北方人"，"黄河"作为一个文化形象并没有在文本中建构起来。"代序"与"代后记"共同的意义链也是"寻根"。"代后记"是在家族的意义上"寻父",通过父亲卑微、屈辱的生活,发现了父亲精神上所蕴藏的梦想之光,正是这种精神的"遗赠"(父亲留下的《关于做菜的几种方法》是个隐喻),让"我"有底气在深圳这样的新都市中拼搏。"代序"则是在中国的现代地理版图上寻找文化之根,即黄河文化精神。作者通过自己的所见所闻思接千载,所读所想视通万里,为读者提供了不拒细流、不惧险滩、浩浩汤汤、海纳百川、气象万千、东流入海的"大河"形象;作者还同时感悟到,黄河不仅是一条物质的大河,既带来了无数的馈赠,也带来了无数的灾难,更是一条文化的大河和精神的大河,她的包容、厚重、不屈不挠,孕育一切、生生不息的性格构成了民族精神的根脉。至此,我们发现,故事中的"寻根"、"代后记"中的"寻父"都是在寻一种文化、寻一种精神,而这种文化和精神实实在在就是"黄河"所代表的、所孕育的,而河南这片被黄河孕育的土地虽饱经苦难,但终将以其黄河一样的海纳百川的胸襟而新生。有了"代序"和"代后记"的加持,《黄河故事》不仅是"故事",而且具有了"寓言"的品质;有了黄河形象和黄河精神的登场,《黄河故事》不仅是讲一个有关个人的成长故事,而且是一个寻找民族文化之根的宏大叙事。

(选自《名作欣赏》2023 年第 7 期)

张一弓小说的"跨文体"传播

——以《流泪的红蜡烛》为例

李勇军

1980 年代，张一弓能够迅速成为国内屈指可数的"当红"作家和"文学豫军"的领军人物，一方面得之于当时极具影响力的大型文学期刊《收获》，另一方面得之于其作品被反复改编为电影、电视剧以及多种地方戏之后的"跨文体"传播。

张一弓与《收获》杂志的渊源，始于作为"自由投稿"的《犯人李铜钟的故事》。这部中篇小说在该刊 1980 年第 1 期发表后，可谓一鸣惊人，不但被当时如日中天的《小说月报》（1980年第 11 期）等刊物转载，还被收入《中篇小说选》（云南人民出版社，1980 年 10 月版）等多种选本，并先后被改编为电影、电视剧。

一年后，张一弓的又一部中篇《赵镢头的遗嘱》在《收获》刊出，再次引起读者关注，又很快被改编成电影。

随着时间的推移，作家张一弓与《收获》杂志的关系也实现了由"自由投稿"到"重点作者"的角色转换。有这样一个细节：《流泪的红蜡烛》文末的写作时间、地点为"一九八二年五月写于郑州，六月改于上海"，同名小说集的《后记》署的是

"1982 年 6 月 12 日于上海"。显然，按照当时文学大刊的惯例，重点作者能够享受被"邀请"来改稿的"待遇"。

1983 年 8 月，张一弓的中篇小说集《流泪的红蜡烛》（"收获丛书"）由四川人民出版社出版发行，该集收入《犯人李铜钟的故事》《赵锨头的遗嘱》《流泪的红蜡烛》三部中篇，也是按照当初在《收获》杂志发表的先后（1980 年第 1 期、1981 年第 2 期、1982 年第 4 期）进行排序的。

据张一弓的女儿张婷婷的文章，这一时期，"《赵锨头的遗嘱》（1981 年）、《流泪的红蜡烛》（1982 年）、《考验》（1982 年）、《山村理发店纪事》（1983 年）、《火神》（1983 年）等 8 部作品被改编为电影、电视"[①]。

其中，《流泪的红蜡烛》除被改编为电影在全国上映之外，还被改编为话剧以及梨园现代戏、河北梆子、花灯剧、楚剧等多种地方戏剧目，此外根据小说原著以及同名电影改编的连环画，至少就有四个不同的版本。

一、改编为同名电影《流泪的红蜡烛》

在电视远未普及的 1980 年代，电影这门艺术的巨大影响力和深厚的群众（观众）基础是今天无法想象的。《大众电影》杂志最高期发行量达到 947 万册就是一个旁证（当时一个乡镇区域发行上千册并不鲜见）。同时，电影文学剧本即便最终没有被"搬上银幕"，它也同样会拥有广泛的受众、具有独立的阅读价值而存在。

由张婷婷、刘灵改编的同名电影文学剧本，至少有两个版本，其标注时间分别为 1982 年 11 月、1982 年 12 月，其中后者明确标注为"修订本"——后来发表在长春电影制片厂《电影文学》杂志 1983 年第 11 期的应该就是这个版本。

这次改编基本上是忠实于原著的，比如故事发生背景"中岳嵩山"地区"山洼里的山村"，在"五脊六兽"青砖瓦房为主的村街上"一座钢筋水泥预制板盖起的三间平顶房"，"三洋牌"的收录机，"种烟状元"，当上新郎官的李麦收"28 岁"，他的那件"裁绒领子小大衣""从去年冬天到今年开春，咱金岗娶进七个媳妇"，甚至一些人物语言如"才过门的新媳妇，哪有不哭的？人家从今儿起就不是娘家的人啦""孩子你可不敢这样口满，不能让人家说咱张狂""娘，你为咱'没有'愁了一辈子。如今'有'了，咱总算愁到头了""一公一母，是个活物就得成对成双"等，也都是直接来自原著。

但是根据电影艺术的表现形式，原著的"荒谬的新婚之夜"等十三个小标题，改编为九十四个"场景"，情节结构、叙述顺序做了调整，加入了"'黄金万两''日进斗金'的喜联""新房内，新床、新式写字台、塑料条编的新式藤椅""新娘肩头抖动着抽泣"等极具画面感的文字；原著没有提到李麦收母亲的年龄，改编后确定为"五十多岁"；白雪花的爸爸，原著是作为故事的背景叙述的，在电影剧本中则走到了"前台"，正面表现了他挨批斗、自杀、安葬等场景；增加了一个"练石锁的李大牛"（三十多岁的农民）；白雪花的心上人有了正式的名字柳新春；麦收的心上人、后来殉情的不幸女子取名小翠……

正如我们所知道的，电影剧本属于独立的文学作品，即便最终未被摄制成电影上映，亦可独立出版发行，以文字形式体现其文学价值，拥有它不同于电影观众的受众群。前述《电影文学》1983 年第 11 期《编后记》专门提到："电影剧作一向是文学青年们纵横驰骋的广阔天地。电影文学青年一直是我们电影创作源源不断的生力军和后备军。"其中还特别提到，电影文学剧本《流泪的红蜡烛》作者之一张婷婷"是河南的一位女大学生"。②

同样，最终上映的电影成品，与原电影文学剧本之间总会存在着一定的差异（甚至可能还比较大）。道理很简单：这期间要经历导演、演员、摄影、剪辑等多个环节的"二度创作"，就必定会有调整、修改。比如，剧本中李麦收的年龄是 28 岁（同原著），而电影中是"三十多岁"；当白雪花说出"我心里有人"之后，剧本中是"麦收耳边响起内燃机车雷鸣般的轰隆声，他艰难地轻轻走出新房门，木然地不知不觉地走进小厨房……"。电影里，这一场景却更具有戏剧效果：李麦收"噌"地蹿起来，狠狠地扇了白雪花两个耳光；白雪花被打得跌坐在门边；这姿势和神情，使麦收猛地联想到一个人，她就是那颗"红纽扣"的主人小翠（按：当年小翠父亲因为不同意他俩的关系，他亲眼看到小翠被打得坐在地上）。

"红纽扣"也是电影中被进一步强化、突出的一条线索或者说"道具"：婚礼当天，麦收娘嫌把钱和粮食一块儿撒太铺张，麦收抱起攒钱的扑满说，如今咱富了，就浪费这一回，听这一回响吧！扑满碎了，随着明晃晃的硬币滚出一颗红色的扣子，李麦收当即脸色大变——当年，他与小翠青梅竹马，小翠买不起两毛钱一粒的扣子，他花一元钱为她买了五颗，她缝在了自己最好看的衬衣上；但是因为贫穷，小翠被迫嫁到山下，在娶亲的路上，小翠悲愤地奔向飞驰的火车……等悲痛欲绝的麦收赶到时，只在现场捡到了一颗红纽扣。

实际上，在电影文学剧本与完成电影拍摄之间，应该还有一个"分镜头剧本"，待拍摄完成之后，再形成"完成台本"——它与"分镜头剧本"内容接近，但性质完全不同。从"完成台本"可以看到，全剧分为 11 本、518 个镜头，甚至精确到"2966 米"（指胶片长度）。对于普通读者来说，基本上没有可读性（倒是像电影文学剧本中"空旷的河滩上，不见伊人来"等表述，则是仅适合阅读的"文学语言"）。

1983 年，由长春电影制片厂摄制的彩色故事片《流泪的红蜡烛》（导演：薛彦东；主演：赵福余、倪萍）在全国各地上映，很快便家喻户晓。

二、地方剧种的改编与"移植"

这期间，《流泪的红蜡烛》还被改编为话剧以及多种地方戏剧目，比如：三幕五场话剧《流泪的红蜡烛》（编剧：郭怡、李

培冬、李景古，中国戏剧家协会河南分会，1983）、梨园现代戏
《奇婚记》（编剧：尤世赞、傅世教，福建晋江地区梨园戏剧团，
1984）、现代河北梆子《花手帕》（编剧：李华，北京市河北梆
子剧团，1983）、六场现代花灯剧《流泪的红蜡烛》（云南艺术
学院戏剧系、玉溪地区花灯剧团联合创作，1983）、楚剧《烟状
元娶亲》（编剧：张其祥、余付今，湖北省楚剧团，1983）等。

其中，由河南当地艺术家、剧作者改编的同名话剧，包括
故事发生的时间、地点、基本故事情节、人物关系、语言对话
等最能反映小说的原貌。"他奶奶那脚，欺负到咱状元头上啦！"
"她是拉皮条的""花儿，花儿！你这是咋啦！咋啦！""他是个
一等一的好人，比我强，比咱们都强"等既生动传神又富有河
南地方色彩的语言，均直接取自小说原作。"（烟种）这活像蚕
屎"充满了幽默感，"没价钱，掂走"透着农民的真诚朴实，
"咱家有（富裕）了"反映出实行生产责任制后农民内心的满
足。此外，话剧里增加了两个人物，一个是长路叔（金岗村社
员）、一个是大泉嫂（金岗村社员，30 岁）。另外，小说原作中
的吴神婆被改为"吴家婶"。小说原作有两个重要的人物没有名
字：白雪花的心上人（小说中叫"科研户"），话剧里取名为
柱子（在同名电影里他叫柳新春，在《富春江画报》上的连环
画里他叫秋生——可能依他妹妹"秋菊"的名字来取的），男主
角李麦收青梅竹马的那个女子取名为小玉。

比较而言，梨园现代戏《奇婚记》，已不仅仅是"改编"
而是"移植"了。首先，作品名称由"流泪的红蜡烛"变成了

"奇婚记";其次,故事发生的背景变成了"闽南某山村";最后,从名字来看与原作大相径庭,如白玉兰(原白雪花)、明辉伯(玉兰伯父)、陈兴福(麦收舅父,原李兴富)、王笑(媒婆,原王大脚)等,像"寿山婶"(原麦收娘)、"四婶婆"(原麦收婶)等,都是按福建"地方色彩"重新取名的。但从另一方面来说,不论是保留河南地方特色,还是根据当地观众的接受需要进行"移植",都要服务于该作品在当地更加有效的艺术传播。

三、连环画改编

脍炙人口的文学作品,同时拥有不同的连环画改编本,是属于 1980 年代的一大特色,也是属于张一弓小说的一大特色。如《黑娃照相》至少有长江文艺出版社、江苏人民出版社两个连环画改编本,《流泪的红蜡烛》仅笔者所知,就有四个不同的连环画版本——

①《富春江画报》1983 年第 9 期头题刊载;改编:梅初、林之;绘画:赵国经。

②岭南美术出版社,1983 年 12 月第 1 版,该社"《周末》画报作品选集"之一;改编:欧阳尧佳、林玉山、钟邨;绘画:高适、霄九;印数:21.05 万册。

③中国电影出版社,1984 年 7 月第 1 版;改编:晓黎。

④湖南美术出版社，1984 年 10 月第 1 版，该社"农村画库"之一；改编：碧青；绘画：刘斌昆、裴向春；印数：19.1 万册。

连环画这种艺术形式，一般上图下文，画面直观，文字浅显，印刷量大（动辄十几万甚至几十万、上百万），传阅率高，具有广泛的群众基础。一般还配有内容简介，有时还直接"点题"，对读者予以必要的引导——如岭南版"内容简介"就有这样一句：这个故事告诉人们，当农民的物质生活得到进一步提高之后，必须加强精神文明方面的建设，两者是缺一不可的。

20 世纪 80 年代直至 90 年代初，连环画刊物在读者中的影响力同样不可小觑——尽管与电影完全是两个概念。除历史悠久的《连环画报》和"国"字头的《中国连环画》（两刊于 1999 年 1 月起合并为新的《连环画报》）外，还有天津的《故事画报》、浙江的《富春江画报》以及后来的《电视连环画》《电影连环画刊》等。其中，《富春江画报》创刊于 1967 年（其前身是《工农兵画报》，1981 年 1 月改现名），至 1983 年已出版 360 多期。该刊在广大读者特别是浙江当地读者中颇有影响，所刊登的许多作品在国家级、省部级大赛中频频获奖。《流泪的红蜡烛》绘画作者赵国经，曾任天津美术出版社连环画编辑室主任、天津美术家协会副主席，其代表性作品——彩色连环画《王贵与李香香》（合作）曾获第六届全国美展铜质奖。

连环画报纸则有《上海连环画报》和广州的《周末》画

报。其中，岭南美术出版社所属《周末》画报创刊于 1980 年年初，发行量曾高达 180 万份。该报创办人是广东连环画界大名鼎鼎的洪斯文，他团结联系了省内外一大批连环画家。《〈周末〉画报作品选集》包括《少林寺的传说》《女捕快》《象牙船之谜》《流逝的岁月》等数十种，封底均有统一的说明文字——

　　《周末》画报创刊以来，刊登了一批根据古今中外题材编绘的连环画，这些作品大多出自省内外名画家之手，画面形式多样，风格各异，加上故事情节生动、曲折，耐人寻味，因而深受读者欢迎。应广大读者要求，我们从这些作品中选辑了部分佳作，编成《〈周末〉画报作品选集》，陆续分集出版，以飨读者。[③]

　　由上述文字可知，连环画《流泪的红蜡烛》在出版单行本之前，也已经在《周末》画报刊登过。

　　作为"电影连环画"，又是另外一种形式。它的每幅画面均为电影镜头，而不需要另行绘制。换句话说，它是忠实于电影本身的，但是就读者阅读而言，它的故事情节更紧凑、戏剧冲突更强烈，一般而言细节也更丰富、更精彩。同时，由于电影本身的影响力，"电影连环画"的印量更是天文数字。

　　可以想见，经过不同作者的"二度创作"，不同的连环画版本，除文字详略、细节的改编和处理会有一定差别外，其最直观的差别在于不同的绘画风格和画面表现力。关于详略，从画幅多少就能直观地反映出来：《富春江画报》45 幅、岭南美术版 87 幅、中国电影版 116 幅、湖南美术版 126 幅。

四、"跨文体"传播与小说文本

如前所述，在电视远未普及的 1980 年代，电影对于城市与乡村、高端与低层受众的"全覆盖"式传播，具有压倒性优势。作为一种综合性艺术形式，其先天具备的传播优势，更是话剧以及地方戏曲等舞台艺术形式所无法比拟的。一部小说一旦"触电"，其影响力几乎必然呈"几何级"倍增。

但同时，小说改编为地方戏剧目——通过对故事发生地域背景、情节的改编，人物语言的重塑（包括大量方言的采用等），对于特定地域受众群具有无法替代的亲和力与影响力。

连环画，简洁精练、极具画面感和形象化的语言，"上图下文"的特殊呈现形式，使其具有印刷量大（动辄数以十万计）、传阅率高、接受面广等传播特点，而且在较低年龄层次（中小学生）、较低文化层次（中等教育及以下文化程度）、较低社会阶层（乡镇为主）读者之间的传播中最能集中反映出来。

小说原作即"文本"，为不同艺术形式的改编提供的不仅仅是故事情节，还有丰厚的思想资源和"见微知著"的时代特质。

近年来，"重返八十年代"的叙述，让我们仿佛回到那个时代激荡人心的文学现场。而相对于同一时期"走红"的其他作家，张一弓有着相对独特的生活经历和思想积累。最早开始于

1950 年代的文学创作、长期的省报记者职业经历，使其具有"写实"与"虚构"的双重优势；在全省最高机关的"从政"历练（省委办公厅副主任）与乡村最基层行政机构（公社革委会副主任）的"下放"所形成的巨大反差，使其对同样的一个题材同时具有"向下看"与"向上看"的双重思维……多重因素叠加在一起，使得张一弓在新时期文学的发轫期拥有着别人无法企及的"起飞"高度。因此，他的小说仿佛具有"先天"的深度与厚度。

以上所述，是为"客观"。

就主观方面而言，虽然经历了"过山车"般的巨大人生落差，但难能可贵的是，张一弓真正超越了一己的离合悲欢，以悲悯之心写中原大地的农民，写自己对土地和人民的热爱。作家也多次表达过这种自觉追求：写作必须具有对人间苦难的悲悯之心；我十分注意不要用"小我"亵渎文学。要做"同时代人的秘书"，"要追随时代的步伐，为正在经历着深刻变革的我国农村做一些忠实的'记录'"。[④]正因此，他的小说才有了超越不同地域、超越不同阶层、超越小说中的人物形象和情节本身的感染力。

五、余论

赵宪章教授认为，超越形式"直奔主题"可以是政治家、社会学家或思想家评论文学的方法，但不应该是文学家评论文学的方法；在文学评论家的心目中，不应该有离开形式的文学的意义。形式并非只是文学的外表，它更是文学的本体及存在方式。因此，通过形式研究文学，当是文学评论的必经之路。[5]

笔者认为，通过研讨与考释作品的不同版本、作品的"跨文体"传播，进而更深刻、更精准地解读文学文本和文学意蕴，应该说是一条崭新的、有待深耕细作的路径。它将给我们当前的文学评论和当代文学史研究带来多维的启示。

注释：

①张婷婷：《我有这样一位父亲——女儿眼中的张一弓》，《时代文学》2004 年第 6 期。

②《电影文学·编后记》，1983 年第 11 期。

③《周末》画报编辑部：《流泪的红蜡烛》，岭南美术出版社，1983，封底。

④张一弓：《听从时代的召唤——我在习作中的思考》，载吕东亮编著《张一弓研究》，河南大学出版社，2015，第 3—4 页。

⑤赵宪章：《形式美学之文本调查——以〈美食家〉为例》，《唯实》2003 年第 6 期。

（选自《中州大学学报》2023 年第 5 期）

田中禾"故乡三部曲"历史叙事的矛盾及其成因

李 勇

法国社会学家罗·埃斯卡皮在《文学社会学》一书中曾言及美国心理学家对 488 名作家的 733 部作品做过的一项调查，该调查显示，作家年轻时进入文坛，一般会在 35 岁至 45 岁时"到达最高点"："一位作家的形象、他以后在文学人口中出现的面目，几乎近似于他 40 岁左右给人留下的那个样子。"①也就是说，中年鼎盛是作家成长的常态和均态。像歌德 83 岁完成《浮士德》、雨果 72 岁发表《九三年》、托尔斯泰 71 岁发表《复活》那样的情形实属凤毛麟角。

中国当代文坛有持久创造能力的作家并不多见，河南作家田中禾可算一个。田中禾生于 1941 年，19 岁读高三时出版处女作长诗《仙丹花》（1959）。在经历了大学退学、底层漂泊的 20 年（1962—1981）之后，直到 20 世纪 80 年代复出方以小说《五月》（1985）赢得关注。《五月》曾获第八届全国优秀短篇小说奖，田中禾本人亦曾担任河南省作家协会主席（1996—2001），但这些声誉和履历显然无法让他和那些一直活跃在文坛一线、头顶各种光环的当代作家相比。迈入古稀之年后，田中禾又在不到十年的时间里推出了三部颇受瞩目和赞誉的长篇小说：《父亲和她们》（2010）、《十七岁》（2011）、《模糊》（2020）。这三部作品主角虽不尽一致，但人物和情节却有关联性。尤其是它们都取材于作家的故乡、童年和历史记忆，所寄寓的是他对生命过往的眷念和对历史的反思，由是，不妨将其合称为"故乡三部曲"。

司马迁说"诗三百"乃"意有所郁结"的"发愤之所为作"，"故乡三部曲"也不例外——田中禾对历史的忧愤在作品中昭然可见。但除了忧愤，这三部作品还显现出作家心灵中一股相反的力量，隐隐与忧愤相对冲，这让三部曲在显现出一种复杂的美学面貌的同时，也捧举出一个复杂的、耐人寻味的文化心灵。这个文化心灵跨越大半个世纪的创作史和生命史，对于透视中国当代知识分子与中国社会历史发展之关系，不失为一面镜子。

一、深重与舒缓：历史叙事的两副面孔

"故乡三部曲"皆为追述桑梓旧事、表达历史反思之作。其中，《父亲和她们》是最先问世的一部，也是表达历史反思最深重、最沉痛的一部。小说主要人物有三个：父亲马文昌、母亲林春如、娘肖芝兰。作品即以儿子"我"的口吻讲述父辈的革命/爱情故事。望族地主家出身的马文昌脱离旧家庭走上革命之

路，和同样脱离旧家庭走上革命之路的林春如相遇并相爱，在动荡、逃难的过程中，他们经历了长久的失散与复合，却终因挥之不去的家庭出身问题选择分手。而与此同时，马家的童养媳肖芝兰却谨守"嫁鸡随鸡嫁狗随狗"从一而终的妇道，最终等来了"那个不讲理的"（肖芝兰对马文昌的称呼）的"回心转意"。

对历史的反思，在小说中有让人触目惊心的描写。林春如因家庭出身问题受到打击，隐姓埋名回到故乡的她，在面对向她求助的母亲时，所表现出的却是令人胆寒的冷酷。因母亲说"你也是我身上掉下的肉"，她遂把小拇指伸进嘴里咬了下来，带着血塞进母亲的手里。这个血淋淋的细节显现出作家历史反思的沉痛，而这也决定了整部小说压抑、肃重的风格。爱情是小说中为数不多的亮色，但它被摧毁了。另一部分亮色来自肖芝兰，这个忍辱负重、含辛茹苦，对马文昌、林春如以及他们的儿子（"我"）都给予无限温暖和关爱的人物，本是作品中"地母"般的存在，但作家本人对她却有更严厉的批判和反省："我认为她就是社会体制改造自由思想、消灭个体价值的帮凶。社会体制使用的是政治高压、思想扭曲，而'娘'用的是忍辱负重的生存哲学，几千年中国儒家奴化教育的行为方式。'娘'的感人之处正是传统文化的强大和不可战胜的力量所在……"[②]

新时期以来的文学思想领域，对传统文化的审视是历史反思的重要议题，因此田中禾对传统文化的针砭并不让人感到意外，让人感到意外的是他选择的对象——"娘"这个作品中塑造得最丰满感人的形象。作家似乎蓄意要捣毁他在我们心目中亲手树立起来的这个温暖感人的形象。而当田中禾谈论着"忍辱负重的生存哲学""几千年中国儒家奴化教育"时，貌似寻常的语气里其实饱藏着鲁迅式的忧愤和横眉冷对。这一切，都显示了作家历史反思的沉痛。

不过让人惊讶的是，这种沉痛在另外两部作品中却逐次递减。《模糊》从反思历史的主题而言是更接近《父亲和她们》的。其主人公是外号"二模糊"的张书铭——小说叙述人"我"的二哥。实际上，这个主人公的原型也确是作家的二哥③。张书铭出身豫南小城，在兰州读大学，后分配到新疆工作，骄傲迂执的他后因犯政治错误被打成"右派"，并被发配到更荒远之地改造。这期间他经历了数段情感故事，却无一例外都付出了惨痛代价，直至平反也无以平复创痛的他，最终一个人消失在了茫茫戈壁。现实中田中禾二哥的经历和张书铭几乎一模一样。作家在散文《寸草六题》中曾回忆过这位二哥："如今，当我面对一个迟钝、萎懦，在生活中一直扮演受欺凌和捉弄的可怜虫角色的老人时，就会禁不住想起这个人的过往。他自负而昂扬的年轻的身影，每天说说笑笑走过街巷，同店铺的伙计们一起唱京戏，拉着我的手去看文工团演出……他参加工作后，从遥远的边疆买了整套的普希金和莱蒙托夫全集寄给我，而且全都用红蓝铅笔圈点过……那时，他穿着带背带的呢裤、漂亮的衬衫，干净，潇洒，神采奕奕……当别人说他是'右派分子'时，他把大字报全部撕毁，唱着歌，朗诵诗句。"④一般而言，亲人之不幸总是比他人之不幸更让人心痛，所以《模糊》对历史的反思按理应该比《父亲和她们》更痛切，但实际情况却恰恰相反——相比于《父亲和她们》，《模糊》中的沉痛反而明显舒缓。

比如，《模糊》有着更开阔的时空背景。从豫南小城到西部边疆，异质性文化地理空间的打开，使小说容纳进了更丰富的内容——异域风光、边地生活、特色人物和语言等。小说的主体当然在历史反思，它决定着故事情节推进及人物关系构成。但异质性文化元素的涌入，却无形中给作品增添了别样的韵味。更直接而言，空间的开拓、异质性文化元素的涌入，使这个立意反思的作品衍生出了轻松、愉悦甚至欢快的部分（如"我"在新疆的聚会和欢颜）。然而，所衍生出的这些部分，尽管是以自然的、并不违和的方式——这有赖于作家的艺术表现能力——与故事情节和主题结构成一体，但仔细体味不难发现，它们对"历史反思"这一主题仍有隐隐的浸蚀。浸蚀的原因，在于更关键的一点：反思的犹疑。

《模糊》开头是"我"收到一个匿名邮包，里面是一部小说手稿，手稿中主人公章明的经历几乎就是二哥遭际的翻版，这让"我"决定放下手头一切，去新疆探寻二哥的生命遗迹，解开多年来萦绕于"我"和亲人们心头的疑云：他到底经历了什么？后来去了哪里？无论在书稿和现实中，还是在"我"的心中，二哥都是确定不移的历史受害者。然而当"我"踏上旅途，往事和细节渐次浮现，确信却变成了狐疑。比如小说中二哥曾遭两次背叛，前妻李春梅在政治运动中出于自保与其划清界限尚属情有可原，但蒙受了"我"家那么多恩情，且为二哥生育二子的叶玉珍，竟在二哥最落魄时也弃他和孩子于不顾与人私通，这可以说坐实了二哥之为历史受害者这一点——叶玉珍则是加害者或帮凶。然而，随着"我"找到叶玉珍后人，以及叶玉珍亲自出场，"我"才了解到真相并非像"我"想象的那么简单——叶玉珍随二哥在地窝子里备尝常人难以承受的艰辛，在二哥完全没有能力养家偏又愚执不堪的情况下，她要生存只得求助于人，而后来她随之而去的那个木匠，恰是彼时她和孩子唯一的倚靠。

也就是说，叶玉珍的出场揭开了历史的复杂性——历史确实造成了悲剧，但加害与受害、善与恶、对与错，却并非那么简单。这也让"我"开始变得犹疑。不过，历史的复杂性并不是"我"犹疑最关键的原因——历史虽复杂，探明它难道不更有助于反思？最关键的原因是"我"的怠惰。怠惰首先来自困难——当垂暮之年的"我"踏上茫茫西域，去追寻半个世纪前的往事时，困难早已注定。不过这种困难不是致命的，只要"我"探寻的动机足够强大，困难当然可以去竭力克服。真正阻碍"我"的还有另外一点：恐惧。小说中有一段是"我"千辛万苦找到了二哥当年的人事档案："这是张书铭的人事档案，四大卷，让我望而生畏。一个人走过自己的人生，无论走到哪儿也无法逃脱这些纸袋的笼罩。它们像幽灵一样跟着你，窥伺你，支配你，主宰你，不断扩充，装进新的内容，让你生活在恐惧的阴影里。你不知道它藏着什么，不知道它会记载你多少隐私、污点、秘密，不知道它会在何时何地对你施出魔法，改变你的命运。……把档案袋里的东西抽出来，摊开在面前，即使它已经失去了支配活人命运的力量，只是一堆废纸……可这些褪色的纸张、不同笔迹的文字，仍然带着冷酷、神秘的面目，如同地狱里偷出来的生死簿，翻阅它不免心有余悸。"⑤这个"生死簿"一般的人事档案，可谓历史的幽灵。而"我"面对它的"心有余悸"，显然也是作家面对历史的真实感受。这感受并非田中禾所独有。陈光兴曾提到他在海外遇到过台湾解严前被关押的"异议分子"，让他不解的是，那些人谈起过去"都避讳谈到狱中的严刑拷问"："其中的一个原因在于担心年轻人听了这些事会被吓到，而不敢投入反对运动。"⑥反思历史当然要直面历史之幽暗，但它却并非人人都能承受。加上各种现实的动机和考量，在重述历史时便会有各种各样的"处理"：遮蔽、择取、篡改、修饰、扭曲……"我"当然是尽了最大努力去探究历史的，但历史之复杂、真相之难求，以及恐惧，却造成了犹疑。

　　其实除了上述几点，犹疑的原因还有一点，即"我"和历史的距离。小说开头，张书铭的出场耐人寻味：他是从那个匿名邮包中走出来的，而在此之前的很多年，他其实早已淡出了"我"的记忆。时间是改变一切最强悍的力量——当往事因一个人的消失或死亡而定格，当我们最终也找到理解它、接受它的方式，重返历史便需要勇气——打破宁静，重返幽暗历史现场的勇气。勇气若不足，一旦陷入泥泞或歧途，便很可能会自我怀疑和后悔。"我"在狐疑和困顿中面对一堆枯叶陷入了这样的沉思："草叶零落腐烂，一切万劫不复，物和人都不会重现。不管发生过多少故事，张书铭已被岁月湮灭，我对他的追寻充其量只是为了满足一点自私的情怀罢了。"而当"我"最终决定停止追寻，从历史回到现实，"我"是多么轻松愉悦啊——"那一晚我睡得很安稳，什么梦也没做。"

由上，《模糊》相较于《父亲和她们》表现出了一种舒缓。而这种舒缓，在《十七岁》中表现得更为明显。《十七岁》是以第一人称"我"追述家世和成长——"我"和大姐、二姐、大哥、二哥的成长。小说表现的是抗战后期到解放初期中原腹地的小城生活。这段生活当然充满了动荡：硝烟、离乱、死亡。然而当一切出之于一个未成年的孩童视角时，情况就发生了变化：在躲避日本人轰炸、逃难乡下时，"我"总是睡在负重前行的独轮车斗里，睁眼所见的尽是杂花生树、鹌鹑蝈蝈、星夜天空。当母亲和大哥在政治运动中奔忙时，"我"却逍遥自在地沉浸于文学世界，并和心爱的女同学在夕阳西下的城墙边牵手……那样一个年代当然没有真正的岁月静好，但"十七岁"的视角选择却尽力过滤掉了那些血污和沉重。更关键的是还有母亲——母亲张田氏是作品中最温暖感人的形象。父亲当年留下一爿小店壮年而逝，母亲靠着贤淑、勤谨惨淡经营，终让小店成为"誉满全县的商号"。夫亡时长子还未成年，幺儿蹒跚学步，母亲用她的勤劳、慈爱、智慧给了孩子们温暖成长的港湾。在母亲身上，最突出的性格是刚健自强：丧夫后凭一己之力经营商号，把自己的名字由"张田氏"改为"田琴"，还在油灯下识字，在街道上当"代表"。⑦如果说童年视角过滤了历史的灰暗，母亲带来的则是一束光，把历史照亮。也因此，与另外两部作品相比，《十七岁》展现出来的不只是舒缓，更有一种诗意和忘情。

田中禾说，"《十七岁》可以看作是我的自传"："它是情感的吟哦，生命记忆的弦歌。我希望它能在喧嚣的社会潮流中构筑一片小小的清幽天地，让人的心灵能在这里找回温情和宁静。"⑧从这段话能明显看出，作家对此作的定位从一开始便有所不同。这也不禁让人好奇：三部曲均是历史反思之作，所描写的也是同一段历史（包括家事），何以会表现出如此不同的历史态度？如果说一个作家对于同一段历史和生活有不同的思考和艺术表现亦属正常的话，那么对于这"同一段历史和生活"必然会有一种主导性的情感和认识，而田中禾面对他笔下的这段历史，其主导性的情感和认识又是什么？

二、高峰和空白：焦虑与对焦虑的抗拒

要探明田中禾复杂历史态度的原因，需要回到他的生命和创作。纵观田中禾的创作，有个现象耐人寻味：在"故乡三部曲"发表前，从20世纪90年代末到2010年，这十余年时间是一个显著的"空白"——仅两三个短篇小说发表。而由此往前看，整个90年代是其创作高峰（发表小说15篇，包括长篇小

说《匪首》），往后看则是新世纪第二个十年的高峰。这两"峰"之间的"空白"颇让人好奇。首先，它长达十余年。其次，对一个花甲老人来说，经过十余年停滞还能再起，并再抵高峰（也是真正的高峰、最高峰），这不能不让人好奇：他 90 年代的创作进入新世纪为何会戛然而止，并陷入那么漫长的"空白"？要回答这一点，须回到彼时的历史现场。

田中禾少时喜欢文学，高中毕业前发表《仙丹花》，大学因"实在无法忍受空洞迂腐的文科教材的折磨"主动退学^①，后落户农村体验生活，未料一去二十年，历经被打成"右派"、入狱、流浪、改正，至 1985 年发表成名作《五月》时，已鬓发霜染。此后因创作突出，于 1987 年调入河南省文联。两年后的 1989 年和接下来的 1990 年，田中禾发表了两个作品——《明天的太阳》和《坟地》。这两个现实题材的作品，今天回头来看其实是作家此后十年心境最生动的映照。

《明天的太阳》写的是一个市民之家的纷乱、嘈杂、躁动、不安："我"是待业在家脾气古怪的单身女青年；爸爸是一个失势的剧团演员，整天火气很大；母亲昼夜沉迷麻将，不能自拔；弟弟开舞厅，生活放荡，纸醉金迷；已婚的二姐给弟弟打杂，却和男演员鬼混在一起……80 年代末，改革开放的中国已有翻天覆地之变，但人们的生活和内心也经受着前所未有的动荡：商品化、世俗化、人心浮躁、道德滑坡……田中禾此作可以说描绘了转型时代一幅生动的市民生活图。

在那个年代，喧嚣躁动不止于城市，《坟地》写的便是彼时的乡村：木匠之家的女儿爱弟为了和皮革厂厂长常十三（同村大她好几岁且高她一个辈分）在一起，不惜和父亲反目；父亲暴力阻止的结果是搭上了自己的性命，进了坟地；然而付出如此大代价换来的爱情婚姻却没有长久，丈夫的放荡、暴戾终于让爱弟决定离家出走。这个小说和《明天的太阳》一样，显现着作家的愤激和失望。

　　1996 年对田中禾的创作来说是个比较特殊的年份。这一年，他一口气发表了《杀人体验》《不明夜访者》《诺迈德的小说》《姐姐的村庄》四部中短篇小说。这些小说不仅展现了一种相较于 90 年代初更喧嚣浮躁的生活，更展现了普通人在这种生活中无以摆脱的悲戚与疯狂：下岗工人要开店，却抹不开面子向昔日同学（某银行行长）借款，在妻子的催逼和心理挣扎后竟陷入了杀人的谵妄（《杀人体验》）。乡村青年和恋人进城打工，一个在饭店做着战战兢兢朝不保夕的工作，一个因报复玩弄她的老板锒铛入狱（《不明夜访者》）。一心想留在城市的"寄存族"，如鼠类般暗夜潜行，干着见不得人的"工作"，只为转成"工薪族"（《诺迈德的小说》）。在乡村游荡的"我"，在姐姐们都拥向城市后，终于也对着通往南方的公路一跃而下（《姐姐的村庄》）。这些小说中频频出现的情绪失控、暴力、死亡，显现出作家当时的激愤和失望已达到一个顶点。

　　在《杀人体验》中，其叙述方式让人格外印象深刻——全篇都不分段，而是以不间歇的心理独白推进情节进展，那种毫不停顿、不加节制的心理独白，给人一种极度的压抑感。这种压抑感，显然是田中禾彼时真实的心理写照。1996 年，田中禾在省城已生活十年，这十年中国的转型变化影响着每一个人。田中禾的焦虑与激愤并不罕见，那一年刘醒龙、关仁山、谈歌等直击现实的创作正汇成一股"现实主义冲击"。在此前后，田中禾的同事李佩甫发表了一系列与田中禾小说同主题的激愤之作：《乡村蒙太奇——一九九二》（1993）、《城市白皮书》（1995）、《学习微笑》（1996）等。谈到对当时时代之变的看法时田中禾说："中国改革从摸石头过河的初期阶段进入了深化改革的艰巨阶段……商业时代带来了物质的丰富、物流的畅通，也带来了精神的贫困、道德的缺失。法国作家巴尔扎克曾经用三个短语形容他所处的时代是'信仰崩溃，道德沦丧，人欲横流'……我们现在正处在这样的时代。"[⑩]

当时急剧的社会转型对中国知识分子心理影响之大，今天已毋庸赘言，而田中禾彼时的精神状态，确也让他的创作面临危机：相比于他 80 年代的作品（如《五月》），90 年代这批小说已开始失掉其原有的诗意和丰润，变得异常干枯粗粝。《杀人体验》等让人看到：当一个作家仅仅依靠情绪——尤其是一种几乎失控的非理性的情绪——去营构作品，当他动辄把人物推向谵妄、疯狂、死亡的极端境地时，危险已经潜伏。对小说家田中禾来说，那确是一个"凶险"的时期。

陷入这样的境地，寻求自救也是自然而然的。在田中禾 90 年代的创作中，《印象》（1992）和《匪首》（1994）是与《杀人体验》等形成对照的两个作品——它们都从现实转向了历史。

《印象》写的是"二哥"的往事，这个中篇小说可谓《模糊》之"前身"，所不同的是作为一个万把字的中篇，它没有后者开阔的时空背景、复杂的故事结构和人物关系设置。《匪首》是长篇，它写的是民国期间的故乡旧事，作家更飞扬的想象力、野性的主人公的塑造、魔幻现实主义手法的运用等，让这个小说有一种突出的浪漫寻根气质。从现实转向历史，从写实转向浪漫，这两个作品已显现出作家的精神逃逸。不过，真正体现这种"逃逸"的是《落叶溪》。

这个自1987年开始创作的中短篇系列，在90年代完成了它的绝大部分篇章，这是深情回望故乡的一个作品。田中禾的故乡在南阳唐河，在该县一条名叫"牌坊街"的街道长大，这个"福盛长杂货店"店主家最小的儿子在这里度过了童年、少年，直到十七岁读中学离开。在散文《乡情永远——序〈唐河人〉》中，田中禾说："人生在世，很多东西会随着世事变迁而改变，唯有故乡是不变的。……无论在辉煌的彼岸，还是在孤独的荒岛，故乡永远是你的家园。"⑪《落叶溪》便是缅恋故园之作。在这个作品中，作家跨越时空回到了童年时的小城，那里有他曾无比熟悉的一切：亲人和家庭（《椿树的记忆》），乡邻与故旧（《玻璃奶》《兰云》），店铺伙计和小城佳丽（《周相公》《石榴姊妹》），神鬼传说和乡风乡俗（《鬼节》《鹌鹑》）。那里当然也有悲苦（《玻璃奶》），但更有欢乐（《鹌鹑》）；有荒唐（《罂粟》），却也有真情（《普济大药房》）。小说整体虽不乏忧思，但浸透作家笔端的却是浓浓的个人化的情致与意趣。

《落叶溪》的写作，跨越了 20 世纪 80 年代末到 90 年代。因此，是否可以这样推测，是城市和现实的精神困扰，让作家"回到"了故乡和过去？然而，田中禾却说，《落叶溪》并非有意为之，而是"为长篇整理素材"——这些作品漫长而杂乱的发表史（五年时间散发于《人民文学》、《上海文学》、台湾《联合报》副刊等多家杂志），似乎也印证了作家的说法。这种散漫而随意的写作，是缺乏有意识的针对性的，它们虽彰显着个人化的意趣，但许多命运故事仍凸显着历史的沉重（如《马氏兄弟》《牌坊街三绝》等）。这种沉重和田中禾负面的现实情绪是一致的，也就是说，回到童年和故乡固然是一种纾解，但并不能完全纾解作家的焦虑。

焦虑来自忧患——对社会历史的忧患。而再次回到田中禾的创作史和生命史观察会发现，这种知识分子式的忧患（而非个人化的情致与意趣）乃是田中禾精神世界的主导。

三、对精神难题的求解及其背后

在田中禾早年的生命历程中，退学和入狱是两个耐人寻味的事件。退学发生在 1962 年，田中禾二十二岁，读大三。他是 1959 年于郑州七中毕业后，考入兰州艺术学院的。该学院 1958 年由兰州大学中文系、西北师范学院艺术系、甘肃省文化艺术干部学校合并组建，1962 年撤销。撤销后，兰州大学中文系重新并入兰州大学："田中禾的退学证由兰州大学签发，因此，在田中禾的官方介绍和履历表中，学历部分都填写为'兰州大学中文系肄业'。"⑫田中禾之所以要求退学，按他本人的说法是"实在无法忍受空洞迂腐的文科教材的折磨"，觉得那是"浪费宝贵的光阴"⑬。退学的缘由，对学校体制不满是一方面，另一方面是对文学的热爱和自信。这个事先不和家人商量、擅自作出的决定，足以见出田中禾自由任性的性格，这种性格在入狱一事上体现得也非常明显。田中禾是因 1969 年给同学的信中有"反动"言论而被捕关押的⑭，但"进去"那一刻，他感到的不是恐惧，而是"这一回我可以有一个体验观察监狱生活的机会了"⑮。

退学、入狱都能反映田中禾自由任性的性格，但二者相比，入狱却更显出他身上另一个突出的特征：批判反抗精神。批判反抗是因为正义感——它是知识分子忧患意识的根源。忧患意识和批判反抗精神，这一点在田中禾 80 年代的成名作《五月》中展现得淋漓尽致。这个以女大学生香雨返乡为情节主线的作品，最突出的便是对乡村和农民的悲悯。香雨在麦收时节返乡，在帮亲人收麦、打麦、交麦（公粮）的过程中，亲身体验了农民的艰辛。香雨跟父亲交公粮一段是作品的高潮：他们拉着粮食长途跋涉、疲惫不堪，几昼夜的排队，等来的却是验收者的冷脸刁难。父亲欲哭无泪、欲告无门的悲苦绝望，让香雨心碎。田中禾说，《五月》来自他 1982 年的一次农村生活体验（此前他更在农村摸爬滚打多年），他看到改革年代里农民的主体身份，"却得不到应有的尊敬和同情"，因而他是"带着饱满的同情心"写《五月》的。[⑯]

不过，《五月》除了同情，还透露出作家另一种不易察觉的心绪：愧疚。香雨大学时表现优异却因没背景而被分配到县城当老师，苦闷无比的她决定考研又遭学校阻挠，因此才回乡纾解。然而当她面对那些更卑微的乡村生命时，她才发现自己何其"幸运"："在父母弟妹面前，自己因为分配、考研究生而受到的委屈根本不应该想起。"进而，小说也发出了对知识分子的诘问："香雨的心被妹妹的眼泪融化了。她在稿纸上研究历史的农民，为什么不到田野里来研究现实的农民，尤其这些年轻的农民呢？"需要注意的是，这个"诘问"是由叙事人发出的对香雨的诘问，田中禾曾说"香雨就是作者的化身"[⑰]，也就是说，这个诘问其实就是作家的自我诘问。

这种自我道德诘问，相对于不平，更让作家痛苦，因为它更无解——香雨只能"在稿纸上"研究农民，田中禾不也只是"在稿纸上"宣泄他的不平？这里其实已经触及知识分子面临的一种普遍困境：面对不合理的外部世界，他们应该怎么做？关于这一点，当然有太多回答，也有诸多分歧。但不管怎样，就现代意义上的"知识分子"而言，人们的定位和期许还是有一定一致性的。正如班达所谓"真正的知识分子应该甘冒被烧死、放逐、钉死在十字架上的危险……尤其必须是处于几乎永远反对现状的状态"[⑱]。亦如萨义德所说，知识分子应该保持一种"业余性"——"公开提出令人尴尬的问题，对抗（而不是制造）正统与教条……代表所有那些惯常被遗忘或弃置不顾的人们和议题"⑲。这种理想主义和启蒙立场的定位与期许，有时虽不免有"难以实行的绝对主义"的倾向，但却潜移默化地形塑了人们对现代知识分子的想象与精神期待。

田中禾说过："文学必须站在人性立场，具有忧患意识、批判意识和创新意识。"他说他服膺于鲁迅引用过的日本作家德田秋声的一句话："文学就是巨大的慈悲感和怜悯心。"⑳《五月》显然是"慈悲感和怜悯心"的产物，但田中禾却不是鲁迅——《五月》中的香雨没有对着不合理的世界呐喊、反抗，她甚至没有继续待在老家的勇气，逃也似的回到了她原本厌恶而今竟觉得"很温暖"的学校。对知识分子或作家来说，抱有"慈悲感和怜悯心"并不难，难的是将其付诸实践，改变不合理的现实。从这个角度看，香雨面对的"诘问"，所揭出的是知识分子的一种根本性的限制：改变现实的冲动和能力之间的不匹配（《五月》的主人公被设置成一个柔弱的女大学生本身便很有意味）。田中禾写《五月》时感到了这种限制，90年代写《杀人体验》等时必定也（甚至更强烈地）感受到了这种限制。限制带来的是失望和无奈，这应该是《杀人体验》等流露出极度苦闷的根由。而在当时，要破除这种苦闷有两种选择：一是突破限制（外部的和自我的），勇敢地走出去；二是转移注意力，寻找另外的纾解方式。田中禾在90年代转向故乡和历史时，已显现出"转移注意力"的努力，但是如前所述，忧患和同情心乃是他精神世界之主导，要想彻底摆脱，难比登天。这样，他就在努力摆脱与求摆脱而不得之间陷入了精神的两难。这种精神两难，应该是他新世纪陷入十年"空白"的重要原因所在。

不过，这十年"空白"却并非真正的空白，田中禾没怎么写小说，却在这一时期（包括之前和之后）写下了大量散文，这些散文让我们窥见了作家对他所面临的精神困境的思考与克服的努力。它们内容博杂，显现着作家丰富的趣味：《享受人生》（三题）（1995）是谈唱歌、读诗、听音乐之乐；《文学与人的素质》（1995）是谈自由之可贵；《高雅而潇洒的遁逃》（1994）是比较中西文化和人生哲学的差异与价值；《在自己心中迷失》（1993）是重申文学的永恒……这些饱含着趣味、阅历、学识的文字，首先显现出一个丰富活泼的心灵——和那个忧心忡忡的"知识分子"的心灵是不一样的。其次，还显露出一种明显的文化/心理建构意识。

在《在自己心中迷失》中，田中禾深入阐发了自己的文学观。他说他最服膺史铁生对文学的分层——文学可以分为"纯文学""严肃文学""通俗文学"三个层次："纯文学是面对着人本的困境。譬如对死亡的默想、对生命的沉思……譬如宇宙终归要毁灭，那么人的挣扎奋斗意义何在等等，这些都是与生俱来的问题。""严肃文学"侧重的是人不可能无视的"社会、政治、阶级"。通俗文学则"是为着人的娱乐需要"。而在这种情况下，作家该如何选择？田中禾的回答是："恐怕多数人还是要选择纯文学与严肃文学的中间带来活动。"[20]

按田中禾所说，史铁生之文学分层，其实所对应的正是作家不同的精神层次和需求："纯文学"对应的是心灵自由，"严肃文学"对应的是道德，"通俗文学"对应的是娱乐消遣本能，而"选择纯文学与严肃文学的中间带来活动"这个回答，其实也解决了田中禾面临的精神难题：他有关怀现实的道德责任感，又无比渴望着挣脱一切羁绊获得心灵自由，那么"选择纯文学与严肃文学的中间带来活动"也就顺理成章。所以便会看到，90 年代他写《杀人体验》的同时，也写下了《落叶溪》。而于十余年后的"故乡三部曲"中，他既沉痛地反思历史，又于那历史中发掘出其深藏的诗意和欢愉。

说到底，这应该与作家的天性有关。是他的天性，以及成长环境，造成了他自由任性的性格。而这种天性和成长环境，又给了他慈悲感与怜悯心。这两者一个飞升，一个下沉，是田中禾心灵世界两股截然相反的力量，它们相互依偎，又相互对冲，让那个十七岁的少年选择远行，让他二十二岁从大学退学，又在七年后入狱，而当他终于成为一个作家，它们又驱使他写下饱含泪水与不安的《五月》，并在 90 年代让他陷入困顿——于是，他停下来喘息，并静静思索……直到十年后"故乡三部曲"问世。

写"故乡三部曲"的田中禾，想必已调整好自己的身心。而当三部曲以那样一种"复杂"的面貌呈现在我们面前时，回首其来路，回望作家于困顿中找寻到的那个"答案"，我们发现那三部曲其实并不复杂。

四、结语

田中禾自 1959 年发表《仙丹花》至今，创作生涯已逾一个甲子。漫长的创作史背后，是他八十多年坎坷不平的生命。这个生命见证了 20 世纪 40 年代以来中国的战乱、和平、发展——几近一个世纪的历史。其中，战争、革命的历史记忆，时代转型的忧患与不平，构成了他生命最大的焦虑。而对于复出后的田中禾来说，这二者之中，后者是现实性的，给他带来了更直接、更切身的困扰，这是他转向历史并最终写出"故乡三部曲"的根由。

由"故乡三部曲"追溯田中禾的创作史与生命史，首先能见出一个知识分子独特而又兼具某种普遍性的文化心灵。普遍，在于它的悲悯和忧患；独特，则在于其构成。田中禾的文化心灵构成是复杂的：他有鲁迅式的深沉尖锐，但又缺少其辛辣和执拗；他有汪曾祺式的雅情和趣味，却又较少其闲淡、幽默。他当然有道德感，但并不那么尖锐强烈——至少不像托尔斯泰、左拉那样；他有自由之心，却做不到彻底的飞升。林语堂说苏轼"是个秉性难改的乐天派，是悲天悯人的道德家"[22]，这句话似乎可以套用在他身上。

这样的一种文化性格，形成了田中禾独特的小说风貌：混沌而清丽，滞重又洒脱。这种文化性格，虽然让其小说缺少了某种精神层面的彻底性，但是彻底性的丧失，却让他获得了一种丰富性。在《落叶溪》以及《十七岁》中，当他远离了沉痛和焦灼，转而呈现给我们的是一段血肉丰满、栩栩如生的历史时空："那时我们那儿的生意行几乎全是锁链式信用交易，除店铺的零售外，很少现钱现货。以我家福盛永杂货店为例，北乡客官把焦炭卸在西关货栈里，货栈给我家记一笔账，焦炭就算我家的了。铁匠铺和炉场在我家记账，到货栈拉炭，就算是把我家的焦炭买走了。四乡收荒（废品、废铁）的游担货郎把废铁送到我家，我家把它记账给铁匠铺。铁匠把打出的耙齿、锄头、镰刀、牛转环给我家，炉场把铸出的犁面、犁铧、车铜给我家，定期互相结算。有的一年一结，有的半年一结，有的三个月一结。"[23] "以外祖母的说法，不管日子穷不穷，天下很太平，虽然也有一些盗贼之类的事情发生，那都是大户人家的事，穷人不必为此担忧。绅商富户都有自己看家护院的打手，老百姓没多少苛捐杂税。县衙门有六个捕快，一个班头。除夕之夜，他们在城门楼上摆一桌酒菜，敬上两吊铜钱，夜里自会有人来享用。这是对盗贼强人的慰劳，请他们新春佳节不要给城中父老添麻烦。"[24] 在这个历史时空中，有那些遥远模糊甚至已被彻底遗忘的职业、交通、贸易、规则、情感、道德、命运和人生……正如有人所评价的："田中禾选择一个城乡接合、农商混杂的小县城，以一个家族由农而商、由商而知识化、革命化，而后又以人生飘零的故事为主线，辅以三教九流、五行八作的各色人等，勾画出一个谱系化、样本化的农商社会。"[25] 这是田中禾小说呈现的一种丰富性和复杂性，它是在一种矛盾和张力的精神状态下酿就的，形成的。而这种矛盾和张力的精神状态，是否也是田中禾创作生命力未曾断绝并于晚年再上高峰的原因？值得进一步探讨的是，这种张力结构，不是均衡的，而是在一个长期的历史过程中维持的。它所内含的冲突，在不同的时间、不同的情况下，表现着不同的力的相互作用——有时东风压倒西风，有时西风压倒东风，有时干脆是纠缠不清的旋风。

田中禾能走过精神危机，与其对自我精神世界的反观与清理有莫大关系。作为一个作家，能在那样漫长的历史中走过来是一种幸运。而他始终未曾失去的对于那历史的忧患，以及在它压抑下所迸发的对自由的渴念，却是他作为知识者的责任感、诗人式的飞扬的个性使然——它们共同支撑和催使他走过那历史的危境与险滩。回望田中禾的创作与生命不难发现，在他精神世界中居于主导地位的社会责任感，其实在近数十年的中国社会转型史中，也为众多知识分子痛苦地怀有。而这份痛苦之于文学创作来说，实在是一把双刃剑。田中禾以其"故乡三部曲"展现了他对它的克服，也给一直处在这种痛苦中的知识分子一个或能借鉴的"答案"。"答案"也许并不完美，但却来自一个老作家严肃而持续的追问与探寻。这种不轻言放弃的精神，也许是他给我们更重要的启示。

注释：

①罗·埃斯卡皮：《文学社会学》，王美华、于沛译，安徽文艺出版社，1987，第 55—56 页。

②⑧李勇、田中禾：《在人性的困境中发现价值与美——田中禾访谈录》，《小说评论》2012 年第 2 期。

③⑫⑭徐洪军：《田中禾文学年谱》，《东吴学术》2017 年第 4 期。

④⑦田中禾：《寸草六题》，载《同石斋札记·花儿与少年》，大象出版社，2019，第 89 页、第 79—100 页。

⑤田中禾：《模糊》，花城出版社，2020，第 336 页。

⑥陈光兴：《陈映真的第三世界——50 年代左翼分子的昨日今生》，东方出版中心，2017，第 104 页。

⑨⑬田中禾：《我的大学》，载《同石斋札记·花儿与少年》，大象出版社，2019，第 330 页、第 330 页。

⑩⑳田中禾：《商业时代的文学》，载徐洪军编著《田中禾研究》，河南大学出版社，2015，第 13 页、第 15 页。

⑪田中禾：《乡情永远——序〈唐河人〉》，载《同石斋札记·花儿与少年》，大象出版社，2019，第 63—64 页。

⑮南丁：《浪漫的田中禾》，《中国作家》1995 年第 1 期。

⑯⑰田中禾：《我写〈五月〉》，载《在自己心中迷失》，河南大学出版社，2012，第 458 页、第 458 页。

⑱⑲萨义德：《知识分子论》，单德兴译，生活·读书·新知三联书店，2002，第 14 页、第 17 页。

㉑田中禾：《在自己心中迷失》，河南大学出版社，2012，第 345 页。

㉒林语堂：《苏东坡传》，张振玉译，陕西师范大学出版社，

2009，第 9 页。

㉓田中禾：《上吊》，载《同石斋札记·落叶溪》，大象出版社，2019，第 282 页。

㉔田中禾：《十七岁》，江苏文艺出版社，2011，第 23 页。

㉕孙先科：《"日常经验"的历史及其"还原"诗学——论田中禾小说的历史叙事》，《中国现代文学研究丛刊》2020 年第 7 期。

[选自《郑州大学学报（哲学社会科学版）》
2023 年第 4 期]

以诗自渡

——论何向阳诗集《锦瑟》《刹那》

孔会侠

　　近些年来，写诗让以文学批评出道、成名并作为职业的何向阳，越来越倾心、依赖，她兴致益然，灵感频至，保持着"持续地、高密度地"创作状态。究其原因，我想：一是因为诗歌是灵魂的道场，能让诗人直接迅速地得到遣怀、抒发、凝神和振拔，是何向阳人到中年、生活发生变化情况下精神得到安慰和调整的有效方式；二是因为写诗本就是她少年、青年时期内心话语的自诉方式，十几年后的续写是生命诗性自然而然的重获。旧经验、初心，时隔很久后再次灌注她生气，鼓励她迎难而上。现在看来，与评论相比，"诗歌是向阳有可能从容安顿全部自我的一种最适宜的方式"①。

　　至今，何向阳已经出版了三部诗集：《青衿》《锦瑟》《刹那》。《青衿》收录的是她1980—1993年的少年诗作，一副志高气扬、热爱世界、愿将自己赌出去给理想的青春写照。《锦瑟》收录的是她2010—2017年之间的中年诗作，诗人立足现实，"逆着时光"去寻找、拥抱烙印于心的意象和驰骋旷野、驰骋千古的自由，抵达了超越眼前、精神阔大充实的平和之境。而

《刹那》，收录的是她在 2016 年 5—7 月底的诗作，像特殊时刻被激发出的璀璨花火，诗句短而凝练，一字一顿，字义饱满，是诗人郑重送给自己的提醒和叮咛。

写诗时的何向阳，会有力量从内部滋生，让外在境遇的压抑得到有效抵抗和化解。诗歌成为她的渡河舟楫，《锦瑟》《刹那》是她在困难时期奋力划行的过程实录。这两部诗集的大部分作品，多有时间标注，据此将诗歌内容按先后顺序列出，会发现，在主题一致、内容相互呼应之外，可大致勾勒出一个诗人自我救赎的渐变脉络：返寻—再塑—淬炼—合顺。

"自胜者强"。《刹那》后的何向阳，已是个"不倒翁"，经得起任何挫折，受得住任何冷暖，且渐有将生命融在自然之道中的安稳自在、刚柔相靡之势。

一、返寻："一个勇士/我的/前身"

《锦瑟》中的第一首是《刹那》，写于 2010 年 3 月 30 日，是诗集中时间标注最早的。

有谁知道/是否还有庙宇遗失在/那个渡口/罕有人迹的道路/又怎知道/来自心内的疼痛/呼吸的起伏/曾经的睡与醒/命运中错失的机会/许多人膜拜的事物/他们下跪时心灵的/乞求的活动/如此地近在咫尺/可以触碰/是的，我站在这里/遍野是/可以俯瞰的/高楼/删掉庙宇的城市/吊在半空

的身体/心脏/空无所系的殿堂……这个时代的巨柱或/雕像②

这个十六年后重启的诗歌新阶段，起自"刹那"，诗人对自我的内心世界和身处的时代景观忽然清晰觉知。"刹那"是佛教用以表示最短的时间单位，是"瞬间""须臾""片刻"的意思。《法华经·提婆达多品》有"深入禅定，了达诸法，于刹那间，发菩提心"的句子。可见，"刹那"是指无量时间流中有特殊意义的质变界点：忽然间的醍醐灌顶、事物发展猝不及防的陡转、思维迟滞中的灵光乍现……这样的觉悟时刻，是诗歌产生的来源，诗歌就是对此类特别瞬间的捕捉和记录。何向阳对此深有体会，许多次，灵感乍现，她就在半夜两三点的寂静中爬起疾书，在飞奔的高铁上将纸摊在膝头速记。她懂得诗句与这种时刻的关系，她感念这样的时刻，因此，她不仅将新阶段始诗的名字定为《刹那》，还将自己最重要的、患病时期的诗集，再次定名为《刹那》。

十几年来，何向阳在时代变迁中生活，在人群来往中生活，在自己的经历流转中生活，她已经累积了对世相人心的观察和思索，也累积了对人生经历和精神潮流变化的感受及认识。她语直心切，迫不及待地将内心最真实的失落和疑问放在开头："是否还有庙宇遗失在/那个渡口"？被时代力量推动和裹挟了的个体经验，常常具有相当程度的历史内涵，何向阳的疼痛与遗憾，也"与一个时代的整体精神大势和境遇相连"③。1993—

2010 年，中国社会发生着大变化，何向阳身处的城市，高楼林立，人们忙碌营生，膜拜着"这个时代的巨柱或/雕像"。这样的生存场"删掉庙宇"，物质繁盛，人们的"心脏/空无所系"。物质拥有成为社会性成功标志，并侵入了价值领域，但物质构造终究代替不了精神殿堂，"庙宇"仍然是人们灵魂的栖居之地。然而，庙宇，被遗失在了哪里？

"我站在这里"，再次写诗的何向阳，已经觉醒到问题、产生忧患并开始寻觅，"这里"，是她就此站定的创作位置，她在这里追忆，在这里怀疑，在这里痛苦，在这里希望，她已悄然化身为"那个处于过去、现在和未来临界点的黄昏中的小女孩"④，前后瞻望，上下求索。

"我们精神的缺失部分，是我们出发的地方。"⑤人们来到"四十不惑、五十知天命"的中年，正是损耗较多、精力不济的时候，是就此认命、将当前已完成的成绩作为此生追求的尽头，还是继续鼓勇、重打鼓另开张地延扩事业版图？何向阳选择了后者，她积极调整，从现在之"我"出发，返寻过往，以青春之"我"作为源接和方法。

这首诗后的何向阳，陷入对当前的不满厌离和对过往的日思夜想。"我想抖落/这些尘土/这些沾满/世故的/泥污/与皮肤长在一起的/面具/之下/我想看看/最原初的/那个你/婴儿一般的/面容……"⑥"是不是有个远方/等待前去/所以我/辗转反侧/灵魂悄移……"⑦"如果逆着时光走/会不会有另一场/重逢……额头　鬓发　指尖/在你对面/一如以前……"⑧她一再渴望逆时而行，在光阴的隧道中与年少的"我"相拥而合。

时间之中，一个可逆，一个不可逆。[9]时间的不可逆是指人的一生是被动的单向旅程，谁都是在生和死的两端内行走，不能停息，不能回头，不知道距离有多长。但时间又是可逆的，生命在被动中仍有主动，行走的人可以随时在中途改变、修正自己，力量够大意志够强的话，调整幅度可至脱胎换骨的地步。"时间的可逆性意味着，人能够赋予生活的当下一个起点，一个开端，一个重启的时刻。在此意义上，诗人将可逆性想象视为永远存在着的开端，生命永远在重新开始的意志。可逆性的构想旨在偏离陈旧的生活轨道，把空间的广袤与时间的无限纳入生活的意志。"[10]

"功夫不负有心人"，频繁返寻的何向阳，找到了少年时的"我"：

我需按住/按住/西风/尽管它比/刀子还硬/长驱直入/险些刺破/我的/喉咙/我需抓住/抓住/闪电/尽管它/自由飞奔/下个瞬间/穿过肉身/绝无商量/暴力劫持/我的/灵魂/我需握住/握住/水……我需攥住/攥住/沙……一个勇士/我的/前身[11]

这找到，来之不易。诗人经历了"按住""西风"、"抓住""闪电"、"握住""水"、"攥住""沙"的过程（西风、闪电、水、沙，是她曾经背着行囊、徒步黄河沿岸的所历物象），像手剥洋葱，必须忍耐着呛鼻味道一层层地揭，才能品到纯白嫩甜的芯儿。何向阳找到了自己青春时的精神写照："一个勇士/我的/前身"。这个"勇士"的"我"，是何向阳命运性的存在，她还完好地等候在回忆的通道中。

我想，这个"勇士"和缔造她的那个年代，是何向阳心中熠熠闪光的生命根据地。此后的诗作中，她不断返回，去那里"获得勇气、信心和智慧，来增强自己"⑫，返本归元，让曾经的光芒和力量再次进入生命、铸造生命。

何向阳是幸运的，她有一个与众不同、奋力践行的青春，那时打下的厚实底子，为此后人生准备了长久的精神营养钵。对此，她也是感激的，因此，在《锦瑟》中，她有意放进去《青衿》中的个别诗歌：《从前》《远方》《北地》《流年》《心疼》等。她感激生命不同阶段的贯通和层渗，让她在中年再获饱满生机。

找到了"勇士"，将她融进血肉，何向阳获得了再生长必需的精神能量。人生就是这样吧，"无平不陂，无往不复"，只要坚持不懈，自强不息，就会处在转化中。

二、再塑："重新找回到了精神的自我"

人在乏力灰丧的时候，会希望从哪里获得支撑和援引，但其实，实现救渡的可能，在自己身上。何向阳找到了青春时的自己——"一个勇士"，但要调整到"我之为我"、精力充沛的状态，尚需耐心等待许多日常时刻的步步落实。

　　叶子/落在石桌上/没有人动/它的静/沉稳/有一种力量……忽而又有/更大的宇宙/加入/合唱……而我/凌空飞起/如叶子/回到树上/看石桌两端/对坐/人的絮语……进入/另一重/时间/越过/闲散的/舌头/猜忌的/眼神/语言/自由/在变得澄澈的/星辰/下面⑬

　　这首诗辨析了"我/现实"之间的关系（暗喻了现实生存与精神培育之间的悖反性）："我""入乎其中"，和人群一起生活，在事务上相互周旋，但现实中"闲散的/舌头/猜忌的/眼神"等，常常来惑乱、损害精神，"我"又必须能"出乎其外"，"凌空飞起/如叶子/回到树上"，这样才能跳脱出来，"进入/另一重/时间"，成为自身环境的旁观者，获得理性认识、高远视野和开阔胸怀，从而获得精神的释怀、解放和自由。然后，"不知不觉中，心就安静下来、坚定起来……困惑和苦恼也慢慢地化解于无形之中，又在无形中培育起新的精神力量"⑭。

　　已经足够的/静……可以聆听/可以察看/来自心底的/呼喊/在前往救赎之前⑮

　　"知止而后有定，定而后能静，静而后能安，安而后能虑，虑而后能得"，诗人深知：心境轻易不被扰乱的宁静，遇事"只微微一笑"的"宠辱不惊"，会让精神得到保护、怡养和升华。"静"，是这条从始至终的良性序列链上的关键。静默、沉着是产生安稳力量的元素，能让喧嚣、抑郁消退，让平和、专注聚来，形成一个油盐不进的虚空心境，那里，鸣奏着来自灵魂深处的声音，悠扬清晰。这声音，是自己给自己的正确指引。

> 漂泊在/岁月之河的/是谁的心/流逝中/凝成了石头的/又是谁的期待和守候……你的回眸/你临风无语的沉默/桂树一样的容颜/你说给我的那些话/句句是金/句句都是/我失之交臂的/千年……⑯

于沉寂中，诗人的心魂轻盈起来，游荡到"现实和现时之外"，"走回时间的丰饶之中"。历史时空是个信息能量场，在那里，过往年代的卓越先贤们依然存在，他们的思想和言行依然散发着人类智慧和情感的光芒。诗人走近他们，恍如当初相遇相知的情形，她凝望着、想象着，将他们"句句是金"的话再次反刍，也诉说着与之再逢的感慨。这是动人的时刻，诗人内心充实着领受的幸福。

截断历史文化流程的时代是悲哀的，生在这样时代的人是不幸的，大概率要被无知愚蛮掌控。因此，"诗人应该生活和游走在两个以上的时代，拥有两个以上的'我'"⑰，这样，他就可以在相对贫瘠的年代，也能根据自己的心意，择取精神漫游或寄居的时空徜徉，得大自在。

我喜欢站在高处/俯身向下的那个人……他的目光总是看向/穷人/我喜欢握住一双寒冷的/那只手/他的关切、疑惑中的/诚恳……我一直站在/这里/静静地看/这个人/眼里始终充满的/笑意/和岁月馈赠于他/脸上愁苦的/皱纹[18]

读这首诗的时候，我眼前是悉达多和张承志，这两个早年参与了何向阳精神血肉养成的元素，再次耕植在她心田。人与事物的缘分很奇妙，万事万物就在人群的周围，和人群共存当前，但人们取什么放入头脑、储于心灵，取多少、怎么取，却千差万别。这，就是谁之为谁的重要因果。"那路途中的一切，有些与我擦肩而过从此天各一方，有些便永久驻进我的心魂，雕琢我，塑造我，锤炼我，融入我而成为我。"[19]何向阳让回忆定格，以诗句工笔细画这"心中之象"的模样，并让自己浸染在这慈悲、奉献的精神人格中。

我越来越喜欢/微小的事物/湖水上的晨曦/船桨划过的/涟漪/蜻蜓点水的微澜/在我心中/不为人知的/汹涌的/波浪……旧城墙斑驳的皱纹/沉思于暮色中的/古寺……好像只它们才能引起/我的共鸣……胡同口独坐的老人/偎在母亲怀中/熟睡的孩童……喃喃低语中/我越来越与那些/人们忽略的/事物/相像[20]

何向阳对世界敞开心胸，将自己化身为一粒恒河沙，融进万物的自然体系中，以好奇细致的目光，捕捉并摄录下万物为人们习焉不察的、幽微生动的瞬间。对一个写作者而言，她与事物同感共情的能力，将决定她对世界的理解程度和她文字的境界层级。这首诗像连续的照片秀，让读者感受到被作者有情眼神定格的画面中、自己无视无感"忽略"了的平凡角落，多么美好可爱。"下学而上达"，调整中的何向阳，心量越来越大，变得更加柔和、谦卑。"谦卑对于精神重力就是上升，精神重力使我们跌到高处。"[21] 人与事物之间的感应之道，深奥而难以言传，投身其中的人才能体悟。"若是你依托自然，依托自然中的单纯，依托于那几乎没人注意到的渺小，这渺小会不知不觉地变得庞大而不能测度。"[22]

你是不是看见过/从土路到公路到高速路上/飘过的/微尘……从乡村到城镇/再到都市中/沉浮的/命运……藏在那些挣扎、生计/艰辛的汗水与泪珠中/悲苦的/精神……[23]

将花草树木之微尽收眼底，还不够。何向阳像当年在黄河岸边的村庄、怀抱农家的小姑娘坐在土屋的门槛上一样，再次将目光投注到辛苦卑微的人们，她体恤、尊重他们"微尘"般的命运和努力中"悲苦的/精神"。通过他们，何向阳肯定的"不只是微末之物，而是弱小之物的生命意志"[24]。不屈服现实的生命意志，是她一贯固执坚持的判断取向。

星空下／跋涉的人／一直在与这个世界／逆行㉕

等一等／我喜欢这种／缓慢……一阵风并不／追逐／另一
阵风……一张笑脸并不／跟从另一张／笑脸／保持热情／同时
亦维护／冷静……一种声音并不／顺从／另外一种／它只用／低
语／向着内心／俯下身去……等一等我／等等灵魂㉖

至此，何向阳基本完成了人生中途的再塑，她"重新找回
到了精神的自我"㉗，她坚持"逆行"，以自己的面孔、自己的
表情行走人世，以自己的眼神、自己的节奏创作诗篇。

此刻车行／南京合肥／膝上纸笺／已满／抵达的／珍珠／此
刻夏至／字句汹涌……㉘

不够／时间、词汇、纸张／都不够／还不够／写出／你给我
的／那种／感受……丁香／静夜开花的／声响……清晨／木槿的
样子……眼泪的咸……风抚过／青草的／战栗……芍药与／牡
丹／内蕴的／不同……最后一朵／玉兰的／平静……㉙

何向阳的创作欲望迅速蓄至饱满，她目标明确、心意笃定，
为未来准备好了一个足够强劲的自己。这首诗，落款时间是
2016 年 4 月 27 日，距离 5 月 "24 日我确诊乳腺结节"，不足一

个月。

三、淬炼:"你是你自己的创造物"

考验骤然来临。"暮色渐暗/夜已露出它狰狞的面容"㉚,5月、6月,何向阳与父亲南丁先生相继患病住院。她的"心绪已然跌入人生的最谷底"㉛,像猛地被投进了冶炼炉中。

人大概都会遭遇猝不及防的打击吧?人陷在其中承受挣扎,然后,有的因无力颓靡而放弃希望,就此浑浑噩噩得过且过下去;有的则调动出极大的自救热忱与强力意志来不屈抗衡,超越而出,并在新体悟中转识成智,与现实构成新一轮的和谐关系。

人随境变,境随人转。身受淬炼的何向阳,显示出坚忍超拔的生命质地,她没有因困厄而停滞不前,反而激发出更强大的生命力和创造力。何向阳敏行讷言,她年轻的时候,就习惯沉默,常任由内在思绪热烈起伏,面无表情,只在深夜的寂静中倾诉成滚烫的诗句。在这段特殊时期,何向阳与外界隔远,专注于身心,更是长久沉默(沉默,能清晰思维、稳定情绪、召唤回似乎消散的心魂,蕴蓄出破局需要的能量)。她"一心不乱",以大静处大动,由着历劫的心绪一一翻涌,再一一平息,然后,以至于简化至繁,省略了艰难的心路过程和诗情的铺垫类比,直接呈托出禅宗顿悟般的纯粹结果。那些一到三五行的精炼诗句,像是在白纸上独自绽放的精神之花,不需要枝叶陪衬，足够艳丽，足够动人。

在《刹那》中，她与诗歌，实现了相互砥砺、相互成全。

真的勇士，对自己的现实状况是正面迎上、不退不避的。生病时的何向阳，在身体经历过病痛后，又在诗歌中反刍了这非常态的体验，将肉体感受和精神反应融为一体。"我日夜躺在这里/看月亮如何从圆满变成了一半"㉜，"身体从不撒谎/它一笔一画记录下忧伤"㉝，"神呵　你刀刀见血/最该拿去的是你锋刃上的冷"㉞。何向阳将自己沉到了当时处境的最深处，贴着它硬实冰冷的底部，像贴着自己命运的心跳，感受那里少为人知的气息和自己随之而起的各种思想。

"我站在地狱的入口/唯有儿子的阻拦能够使我得救"㉟。"我已经写了这么多/但还没有写出/最想写的那句/我已经写了那么多/但还没有写出/你"㊱。何向阳耐心地与自己感到的信息虔诚相处，她倾听到灵魂发出的真切话语：对孩子的责任和对创作的欲望。心存不能、不甘，更唯有实现救渡，揣上"憧憬之箭"，继续勉力前行。

"一个觉者站在山顶/风的力量不能将她移动"㊲。此时，诗人的觉知，就不同于阅读他人和观察事物后由外而内的渗透，而是从内部根处滋生出的醒悟，"就是杀进自己生命中的生命，它通过自己的痛苦增加自己的知晓"㊳。这样的"知晓"，强悍有力，能解决核心的精神问题。

"不妨邀请死神偶尔来喝喝下午茶/席间再乐此不疲地与之讨价还价"㊴。"从至甜到最苦/来，让我一点一点品尝/让我一点一点记住/随后再一点一点遗忘"⑩。面对着逼到眼前的生老病死，何向阳对视的眼神越来越无惧、坦荡、平和，她松弛下来，像看待身边的日常物什，还罕见地开起了略带轻俏的小玩笑。

然后，思绪会进入神游状态，她这时会忘我，愉悦地回忆起以前曾烙印脑海的形象或者画面："水追逐着水/一个修行的人/面水而坐/默然不语"⑪。"圣人更多的时候像个流浪者/那个衣衫褴褛一心寻究前路的人"⑫。想象性回望开启的精神温习之旅，让曾经作用到生命中的东西，再次进入生命，化为养分。"事隔多年/你雨中奔跑的样子/我仍能看见"⑬。"那时的人心真是柔软/那时我们从未为自然的消弭而发出喟叹"⑭。曾经深刻难忘的旧时印象，也在脑海中反复浮现，再次抚慰这个孤独抵抗着的灵魂。这些形象、画面、印象，是何向阳在早期构造的精神世界关系网，连线质地精良，相互交织，此刻它们合力作用，形成新的能量股，使她写下的"诗句，如一只只援手，拉我从地狱的门口走了出来"⑮。

她实现了对处境的超越，而超越性，是战胜人生悲剧的有效保证。

经过了生老病死、悲欢离合，何向阳完整地体会了生活。她说："'这就是生活'。……生活的本质就是多种多样的，一样不能少，但是最重要的在于从中找到生活中最本真的我。无时无刻，这个找到，便是快乐。"⑯

"最本真的我"是什么样子？何向阳以诗为路径，继续向"内部的远方"挖掘。"将怨愤的芒刺/转变为黑夜星光/你必须有此能量"⑰。"一点一点地晒出心底的寒冷/正如一滴一滴挤出身体里的奴性"⑱。她告诫自己，不抱怨，不自怜，不掩饰，省修自身，坚持"净心"；"你相信神迹/神迹即会发生"⑲。她笃定地抱持信念，相信并敬畏冥冥中未知力量的存在，坚持"有信"；"再低一点/低到最低的尘埃/听那孱弱而坚定的声音/说：爱"⑳，"我什么也不想/只想着/同苦与甘的人类"㉑。以前，何向阳将"心肠的界限"认定为判断文学作品的重要标准，现在，她将对人类和世界的深情，落实到自己写诗时的意念中，坚持"有爱"。

《刹那》的创作后期，何向阳在想象中，进入了向往的美好生活场景："我看见清晨的我在庭院中浇水/裙裾的四围种满了蔷薇"㉒。"我看见我坐在一座明亮的大房子里/在阳光照彻的书桌上/笔尖的句子奔涌而来"㉓。困难尚未结束，但何向阳的精神，显然已经自洽轻盈起来。"你是你自己的创造物/这一点确定无疑"㉔。

四、归依："嗯，这一切安详宁馨"

何向阳在病后，处于一种不同于往昔的新状态，顺应此势，她产生了进一步的渴望与期待。"我觉得我还是需要更长的时间，通过自己对心灵的历练，去完成'自我'这样一种形象的建构。"㉕她痊愈后的第一首诗是《翅膀》："但我的翅膀不在这里/它向往/嗯/八八四八的高寒空气"㉖。这是她对自己和世界发出的宣告，她想昂然自由地朝着孤独高远之地飞翔，那里是精神的方向。不久，她写了《长风》："长风/最后/请告诉我/你漫长的履历/开始的地方/那里曾草木葳蕤/气血丰盈/正像时代的故乡/张着怀抱/却一直后退/长风/如你一样/我们已无法调头/那被称作故乡的地方/是再也回不去的/地方"⑤。"翅膀"乘着浩荡"长风"，漫游了许多曾经之境，一路遍览，一路大声吟诵。她在诉说，说她飞扬的激情，她对许多事物的惦念，她对旧日时光远去的感慨。

"时代的故乡"已经不再，地理上的故乡"田园将芜"，诗人的心灵，还能在哪里安顿？何向阳 2016 年 8 月以后的写作，可以看作她对自我形象的继续建构和对归依之地的继续寻找，这也是她这段时期诗歌的主要意义。意义，对何向阳来说是不能删除的，过去，意义是她扬鞭奋蹄要实现的价值目标；现在，意义已悄然演变成过程了，让每一个日子都尽可能合乎心意地充实度过，不被无聊空虚白白消耗掉。这些诗像自语，也像是她手持光束，一次次带领自己走向生活和"我"的内部，"持续地、往复地、不断深向地进行下去"⑤。

人对自己的丰富和改造，离不开外物的教育启示。这次，何向阳跨过人类群体中的卓越心灵，取法于水——地球上的伟大导师，并以虔诚学生般"仰之弥高钻之弥深"的感佩来向它学习，"顺从"于它。"顺从于水/顺从它从高到低的/走势/它的谦卑……它陡峭处的/沉默与/不动声色……它的厚德/清明澄澈……它的平静坦荡/柔弱……顺从它潮汐的/节律/顺从它的吐纳/秩序……顺从那些/坎坷/沟壑/和歧途……顺从于它的/无畏/和/慈悲"⑲。这首诗比较长,何向阳将人生所看过的许多水,抽象为"一水",并长久地观想凝思,提炼出它蕴含的诸多"上善"美德和大于人力合乎宇宙法则的自然之道,恭顺地一一记取。

外修于水,内炼于心,何向阳接着对自己的生活和精神,毫不手软地来了一番全方位的大扫除,犄角旮旯也不放过。

从寒湿/从冷痛/从怒火中烧/沉郁/从断裂、混乱/和变形/从穿刺的针头……从磨损的中年/中庸的字间距/平均律/报表/年度总结/从锅碗瓢盆/沉默的婚姻……从倦怠/从怀疑/从冷漠/从麻木/从背弃/从冷嘲热讽/从旁敲侧击……撤离撤离撤离……//直撤到/云淡风轻/海阔天空/再退到/心意合一/齿白唇红⑳

"这首诗前后写了整整六天时间,其磨砺的过程可以想见。这也是对自我的修正和重新认知,是精神世界的个人白皮书。"㉑身体不适、中年消耗、工作负担、琐碎日常、精神杂质、人情冷暖……她一件件拎出来清点,再一件件抛出庭院,直到"云淡风轻""海阔天空",心境变得空澄疏朗起来,人也穿越回少年模样,"心意合一""齿白唇红"。

《长风》《顺从》《撤离》三首淋漓尽致的长诗后,何向阳找到了精神栖居的家园:自己。就像心脏跳动在胸膛,"自我"

最终是生命个体的安顿之所，比变动难测的某个时代或地方更牢靠长久。

> 我爱她轻盈的笔尖/划过纸上的/一瞬……我爱/她的诉说/爱这世上/难以表达的/爱的/疼痛[62]

> 我要过双手/沾满泥土的/生活/我要上午写诗/下午饮茶/再约繁星照彻/一张白纸……用左手擦去征尘/再用这只握笔的手/推开家门[63]

> 嗯，这一切安详宁馨/带皮的土豆/紫色的洋葱/西红柿和牛尾在炉上沸腾/昨夜的诗稿散落于/乡间庭院里的/长凳[64]

何向阳在诗中构建了一个理想院落，简单、明净，里面放置着几件淘筛后珍爱收藏的事物：茶、星星、纸、笔。在这里，她劳动、煮菜、品茗、写诗，过着幽静美好的生活。"嗯，这一切安详宁馨"，这首《即景》创作于《刹那》后期，已收录诗集中，但这次，她又将之单独选出，郑重收进了《锦瑟》，应是她对这生活情景的钟情和渴望，也是她对自己的强调和提醒：土豆洋葱的烟火日子、笔尖划过白纸的愉快创作，是精神宁静快活的理想生活方式，要记在心间，要以此安顿余生。

《锦瑟》的最后，何向阳写下了《箴言》《抵达》。

爱你最爱的/也爱你最不可能爱的/爱你的亲人/也爱那把你当成敌人的人……爱等了一冬开放的花/也爱终老百年枝叶落尽的枯树⑥

她要自己"无分别心"地去爱，"人是一条污浊的泉流，要涵纳这泉流而又不失其纯净，一个人必须成为大海。让时代把它的污秽投向我们吧，我们都纳之于我们的深处，并重归澄澈"⑥。这样，人就宽广起来、阔达起来，然后，会是"抵达"。

那时，江山/无尽/涛声回环/而那时的我/也正徒步银河/为你降临⑥

想象中，乘着诗句的天梯，诗人度自己到了世间法之外的恒久天地，那里，生命轮回、生生不息。当然，那里和那里的规则无法求证，诗歌其实所抵达的是想望中的彼岸，是永怀希望、刚健不屈的生命意志。

何向阳的《锦瑟》《刹那》让人深深感到诗歌的伟力，它像一个锐利的钻探机，能勘测出世间生活所隐藏的造化意图，能让诗人发现不同于已知的自己；也像一个神奇的缔造器，让创作者在疮瘢上化育出新的血肉。她的这些诗，蕴含着饱满的生命之爱和顽强的自救力量，给了我和许多读者度过困难的精神鼓舞和方法指引，已经是"超越一己的'自我质疑、自我探索、自我诊治的阶段'，而变成一种'公共资源'"[68]。经过岁月的磨砺，诗人呈现出了中年女性霜染后的独特美丽，大地般沉默地承载着覆盖过来的一切，日益坚实丰厚。就像罗丹雕刻的《夏娃》，"不但不是处女，而且不是少妇，身体不再丰圆，肌肉组织开始松弛，皮层组织开始老化，脂肪开始沉积，然而生命的倔强斗争展开悲壮的场面。在人的肉体上，看见明丽灿烂，看见广阔无穷，……看见生，也看见死，读出肉体的历史与神话，照见生命的底蕴和意义"[69]。

"纵浪大化中，不喜亦不惧。应尽便须尽，无复独多虑。"写诗的人因为看破、释怀，就会随性、洒脱起来，那么，无论身边的春夏秋冬如何更替，他们都能找到自己的春天。

注释：

①吴俊：《为内心自由赋形：何向阳的诗歌和多栖之义》，《小说评论》2021 年第 4 期。

②何向阳：《刹那》，载《锦瑟》，中国青年出版社，2017，第 2—3 页。

③④㉗61霍俊明：《黄昏里的灯绳，或蓝色日记——读何向阳》，载何向阳《锦瑟》，中国青年出版社，2017，第 7 页、第 5 页、第 3 页、第 3 页。

⑤西川语，选自陈敏凯导演纪录片《山水之上》，活字文化出品。

⑥何向阳：《夜行》，载《锦瑟》，中国青年出版社，2017，

第 76 页。

⑦何向阳：《失眠》，载《锦瑟》，中国青年出版社，2017，第 42 页。

⑧何向阳：《对面》，载《锦瑟》，中国青年出版社，2017，第 22 页。

⑨⑩㉔耿占春：《"在前往救赎之前"——何向阳诗歌阅读札记》，《小说评论》2021 年第 4 期。

⑪何向阳：《同路》，载《锦瑟》，中国青年出版社，2017，第 70—71 页。

⑫张新颖：《活下去，并且"在日暮时燃烧咆哮"》，载《九个人》，译林出版社，2018，第 154 页。

⑬何向阳：《火山》，载《锦瑟》，中国青年出版社，2017，第 87—89 页。

⑭张新颖：《沧溟何辽阔，龙性岂易驯——琐记贾植芳先生》，载《九个人》，译林出版社，2018，第 72—73 页。

⑮何向阳：《永生》，载《锦瑟》，中国青年出版社，2017，第 28 页。

⑯何向阳：《千年》，载《锦瑟》，中国青年出版社，2017，第 18—19 页。

⑰西川：《中年自述：愤怒的理由》，载《大河拐大弯——一种探求可能性的诗歌思想》，北京大学出版社，2012，第 300 页。

⑱何向阳：《边界》，载《锦瑟》，中国青年出版社，2017，

第 82—83 页。

⑲史铁生：《史铁生作品全编·病隙碎笔》，人民文学出版社，2017，第 72 页。

⑳何向阳：《低语》，载《锦瑟》，中国青年出版社，2017，第 56—58 页。

㉑西蒙娜·薇依：《源于期待：西蒙娜·薇依随笔集》，杜小真、顾嘉琛译，天津人民出版社，2009，第 58 页。

㉒里尔克：《给青年诗人的信》，冯至译，云南人民出版社，2016，第 38 页。

㉓何向阳：《微尘》，载《锦瑟》，中国青年出版社，2017，第 63 页。

㉕何向阳：《逆行》，载《锦瑟》，中国青年出版社，2017，第 86 页。

㉖何向阳：《缓慢》，载《锦瑟》，中国青年出版社，2017，第 99—101 页。

㉘何向阳：《此刻》，载《锦瑟》，中国青年出版社，2017，第 68 页。

㉙何向阳：《不够》，载《锦瑟》，中国青年出版社，2017，第 109—112 页。

㉚㉜㉝㉞㉟㊱㊲㊴㊵㊶㊷㊸㊹㊼㊽㊾㊿51525354何向阳：《刹那》，浙江文艺出版社，2021，第 9 页、第 56 页、第 80 页、第 169 页、第 151 页、第 13 页、第 73 页、第 164 页、第 199 页、第 27 页、第 116 页、第 69 页、第 61 页、第 139 页、第 145

页、第 43 页、第 211 页、第 31 页、第 195 页、第 110 页、第 85 页。

㉛㊺㊻㉇何向阳：《刹那·后记》，浙江文艺出版社，2021，第 217 页、第 217—219 页、第 221 页、第 221 页。

㊳尼采：《查拉图斯特拉如是说（详注本）》，钱春绮译，生活·读书·新知三联书店，2007，第 114 页。

㊿李壮、何向阳：《"一切刚开始时的样子"（访谈）》，《星火》2017 年第 2 期。

㊽何向阳：《翅膀》，载《锦瑟》，中国青年出版社，2017，第 115 页。

㊾何向阳：《长风》，载《锦瑟》，中国青年出版社，2017，第 126—127 页。

㊿何向阳：《眼前：漫游在〈左传〉的世界》，广西师范大学出版社，2016，第 42 页。

㊾何向阳：《顺从》，载《锦瑟》，中国青年出版社，2017，第 116—119 页。

⑩何向阳：《撤离》，载《锦瑟》，中国青年出版社，2017，第 138—142 页。

⑫何向阳：《诞生》，载《锦瑟》，中国青年出版社，2017，第 132—133 页。

⑬何向阳：《动身》，载《锦瑟》，中国青年出版社，2017，第 151—152 页。

⑭何向阳：《即景》，载《锦瑟》，中国青年出版社，2017，

第 143 页。

⑥何向阳：《箴言》，载《锦瑟》，中国青年出版社，2017，第 158—159 页。

⑥周国平：《尼采：在世纪的转折点上》，上海人民出版社，1986，第 59 页，第 207 页。

⑥何向阳：《抵达》，载《锦瑟》，中国青年出版社，2017，第 163 页。

⑥熊秉明：《关于罗丹——日记择抄》，四川美术出版社，1991，第 78 页。

（选自《南方文坛》2023 年第 2 期）

北中原记忆、消失的风景与物哀美学

——冯杰诗文阅读散札

刘进才

在当代中国文坛上，冯杰是一个相当独异的存在。称其独异，不仅仅是因为他的创作众体兼备，广泛涉及诗歌、散文、小说等文学体裁和书法、绘画等艺术门类，呈现出异彩纷呈的蓬勃态势；而且，冯杰不同类别的创作各有特质：其"字"简劲干净、峭拔有力，其"画"神态毕肖、趣味盎然，"字""画"相得益彰，熠熠生辉，加上要言不烦的文字内容，常给人以视觉的冲击与哲思的启迪。更重要的是，他的艺术目光常常关注那些被许多人忽略的边缘物象：乡间的瓦片、井边的青苔、一只瓦罐、一柄马瓢，乃至一只夜壶和一堆废品……他都能让其脱胎换骨、翻出新意，可谓点石成金，化腐朽为神奇。

冯杰将诗文书画浑然天成地融为一体，打造自己的文字乐园，一景一物，一草一虫，一果一蔬，都构成冯杰活泼灵动的艺术世界，尽管这个乐园打开一扇扇面对世界的窗子，但进入其中也同样需要读者的细心与慧心，否则，将会过其门而难入，望其窗而兴叹。钝拙如吾辈者，借助冯杰活色生香的文字和书画，姑且尝试以看"图"说"话"的形式进入其中，或许能一窥冯杰艺术世界的堂奥。

一、"非尔雅"的方言姿态与文化坚守

每个作家都有自己创作的独特根据地,中外作家皆然。福克纳与约克纳帕塔法县,沈从文与湘西凤凰,汪曾祺与江苏高邮,莫言与山东高密东北乡,作家念兹在兹的地域空间,不管是艺术建构的想象世界,还是作家真实生活过的地理世界,都构成作家创作生生不息的生命之源,是孕育作家的源头活水。

冯杰与他的北中原也是这样,北中原是冯杰魂牵梦绕之地。进入城市多年,冯杰还执拗地说着他的"北中原话",好像要孤独地坚守着逐渐萎缩的方言土地。他的北中原腔或"留香寨音"骄傲地飘荡在都市的空中,在千人一腔的普通话的语言洪流中,这原汁原味的北中原音显得独异而决绝。他不但在生活中处处以他地道的北中原音示人,在文学创作中也决不回避方言口语,甚至,《非尔雅》试图通过艺术的方式编纂一部"北中原口语词典"。在形式上,《非尔雅》以每个词语开头字的笔画为序,仿照字典编纂体例,对北中原的方言、口语、俗语一一道来,娓娓而谈,为读者阐释北中原语言的活化石,以及这活化石所积淀的乡村民俗和文化心理。冯杰仿照词典编撰,并非亦步亦趋遵从词典的解释规则,如果真的这样,就必然丧失文学的韵味。冯杰借助词典编撰的外壳,施展的却是他文学写作的十八般武艺。比如《非尔雅》中对"喷嚏"的解释,先是从《诗经》

"寤言不寐，愿言则嚏"中探寻该词语的文学历史源头，再从北中原的乡村口语中提炼其思念和谶言的双重意味，进而指出乡村语言的文化神秘感，甚至，"喷嚏"还是乡村枯燥生活中的一种快意。如果仅止于此，冯杰的解释也只是停留于词典上的解释而已。接下来，冯杰徐徐展开的乡民赵五豆的故事，才别开生面地向文学的领地进发，在燥热单调的田野锄地的光棍赵五豆，被飞扬的尘土呛了一个响亮的喷嚏，便自我解嘲："谁家的大闺女想我了？"①但日子困顿的赵五豆是没有钱把一个嫩生生的媳妇娶回家的。不仅如此，冯杰话锋一转，又增添一段现代都市人的喷嚏，面对城市喷嚏的问询，作家截断众流、直指问题的本真："这是你要感冒啦，快回家加一件衣服。"②这段问答，几近禅宗公案话头，词语解释完毕，文章戛然而止。喷嚏作为人的一个小小的生理反应，竟然被冯杰组织成一篇关涉传统与现代、都市与乡村、风俗与心理的精致散文，在亦庄亦谐的叙述中流露着作者对乡民生活的隐忧。

语言即生活，一种语言方式就是一种生活方式。冯杰立意要做"一个乡村口语书写者"③，他要在北中原的乡民生活和"漫天野地"里寻觅采撷，搜罗那些几近灭绝的方言土语，那些在都市里大都被遗忘的生活和语言。《非尔雅》中的"笼嘴"这一器物就是农耕时代的特有物件，这种用竹篾、柳条、荆条或铁丝编成的半圆物件被罩在牲畜的嘴上，以防牲畜去偷吃粮食。如今，随着农耕时代远去，社会早已进入机械化的后工业时代，"笼嘴"已不复存在，这一词汇也行将消失，冯杰却在文学中"立此存照",专门为这些词汇"树碑立传",让消失的言语复活在灵动的文字中。冯杰的《非尔雅》与韩少功的《马桥词典》均是以方言口语词条的方式展现地域文化,只不过冯杰是以随笔的文体、图文互动的方式展现他对北中原的语言记忆,而韩少功则是以小说的艺术形式,通过方言词条的考古式发掘向民间的文化记忆空间迈进。同时,冯杰的《非尔雅》是与中国古典辞书之祖《尔雅》的对话,也是对后者的诘问。"尔雅"是以雅正之言解释古汉语词汇,使之合乎规范的标准语;而冯杰的"非尔雅"则是让纯正的方言口语居于语言的核心,并不刻意向所谓的"雅正"标准靠拢,这让他的北中原方言呈现独立的存在。语言是文化的标志,张扬一种语言即褒扬一种文化。同时,语言也是一种权力,冯杰对方言的坚守,也是对自身文化身份的守护和认同,他以"非尔雅"的姿态拆解汉语内部书面语和口语的权力关系,重塑方言口语的魅力,细心呵护自己的语言立场。

二、消失的北中原风景与乡村物哀美学

冯杰以充满温情的笔触倾心书写他的"北中原",书写他童年的乡村生活之地和梦中的失乐园。乡间的童年生活无疑是清苦的,但经过文学的深情回眸,清贫的日子也散发着迷人的光芒。冯杰以回望的姿态,与生命的往昔拉开时间、空间与心理的距离,过往的一切都在他的笔下闪耀。

冯杰曾自谦地说，他的文学园地里种植的不是那些四季生长的主粮，不是小麦、玉米这些主要的农作物，而是文学的小杂粮，是文学的豌豆、黑豆、绿豆和豇豆之类的小型农作物，是在田埂或空地边缘上的点缀。④冯杰的写作取材仿佛有意远离那些宏大的题材或主流话题，他以自甘边缘的闲适心态有滋有味地经营着"自己的园地"，他自云写不了一座大山，只好写山缝里的青苔，写青苔里的白云。⑤他笔下尽情书写花木虫鱼、瓜果菜蔬，乃至往事旧物、禽鸟家畜，常在被人忽略之处大显身手，从细处做文章。冯杰以边缘的锐利眼光发现独特的文学风景，以边缘发掘边缘，以饱蘸温情的笔墨描画行将消失的物象，书写一代人的文化、历史与记忆。

在冯杰的眼中，无物不可入文入诗，他常常以独具慧心的妙眼打量那些曾经占据生活一角、如今却风光不再的事物。乡村中曾经流行的形状各异的器皿陶罐，是冯杰孩童时代刻骨铭心的记忆，从记事起，他就在乡村形色各异的罐子中穿行，同时，这一个个罐子是乡村生活的见证，在贫穷的年代里，罐子装满乡民对幸福生活的期冀，但在被摔后的器皿碎片上也沾满一个少年的哀愁。有哪个作家会对一个不起眼的药锅投注自身的温情呢？冯杰笔下的药锅像一个砂质的郎中，它孤寂地站在窗台上闲看风景，如同一个与都市生活格格不入的乡下人。冯杰的药锅是人格化的表征，药锅是乡村的愁容，药锅的面庞是乡下人忧郁的面孔。

冯杰的笔下还有舀水的马瓢，那是过去乡村马厩里常见的用具，曾搅动乡村里那些发黄的旧事和传奇。一个馑年逃荒的寡妇路过马厩讨水喝，饲养员银根的细心关爱感动这位女子，女子干脆就留下与光棍银根一起过日子了。可是，马瓢舀来的媳妇带来的稳妥日子并不长久，据说，她是一个"反革命分子"，后来上吊自杀，女子的坎坷命运令人唏嘘。冯杰笔下小小的一把马瓢，不仅盛满往昔甘甜的井水，也盛满乡村人性的良善与传奇的故事，甚至荡漾政治的风波，折射历史的倒影。在乡村的器皿中，锡做的熥壶是冬天取暖的工具，在冯杰的叙述中，这一锡器却关联一段异乡父子的感伤故事，这位死去老伴的乡村点锡匠辛苦一辈子也没能给儿子娶到媳妇，曾经"呼啦呼啦"帮老锡匠拉风箱的儿子也因喝锡水而亡。这对游乡父子的点锡作坊，不知温暖过多少人的冬夜，但如今，锡匠、熥壶、风箱以及那燃得吱吱作响的松香，早已消失。冯杰通过宁静温馨的回忆文字，讲述被历史遗忘的这段令人感伤的凄美故事，流动的锡器镌刻着这对父子的悲苦命运。

如果说锡匠的故事属于冯杰的个体私人记忆，那么，冯杰对乡村的"井"的书写却关涉一代人的集体记忆。20 世纪 80 年代以前在乡村生活过的人，谁没有过吃井水的经历以及对水井的记忆呢？一口千年老井可以穿越历史，人们对井充满敬畏感恩之心，井映现一代人的美好记忆。在冯杰的笔下，北中原的井水口感甘洌，那是他童年时代的天然冰箱。在现代化傲然挺进、昂首阔步的今天，即便是偏远农村，也普遍使用自来水了，曾经支撑过一个村庄或一座城市的井早已被填平，消失得无影无踪。

　　冯杰深情的目光总爱搜寻与关注那些已经消失或居于边缘的事物，这些事物让人黯然神伤又心生哀怜之情。冯杰文字表层的温暖亮色，覆盖不住深层的忧郁与悲凉，这种审美情感与日本的"物哀"美学有相通之处。日本学者本居宣长对物哀美学有精到研究，他认为所谓"知物哀"就是见到事物时心中有所触动而自然发出慨叹，"哀"并不是单指"悲哀"，是心有所动，无论是言物、谈物、观物、赏物，遇到事情心生感动，并能理解别人感动的心情，"对某种并不长久的事物，认真地制作并观察它，这就是知物之心，是知物哀的一个表现"⑥，"知物之心就是知物哀，能够透彻地知晓生活中的事物，同样也是知物哀"⑦。日本的"物哀"美学与中国传统的"感发"美学似乎可以汇通，《文心雕龙》云："春秋代序，阴阳惨舒，物色之动，心也摇焉。"⑧"是以诗人感物，联类不穷；流连万象之际，沉吟视听之区。"⑨这是刘勰对"物哀"的最早表达。无论是物哀美学还是感发美学，都是将主观情愫投射到自然万象之中，属于情趣象征的移情美学范畴，心有所思所感，则大千世界皆著"我之色彩"，颇类似于王国维所谓的"有我之境"。冯杰有一颗善感的"诗人之心"，对于冯杰而言，"处处皆为禅心，万事皆可艺术"。以此而论，冯杰"知物哀"，以有情之眼观照万物，则万物皆备于我，"以我观物，故物皆著我之色彩"。

　　《九片之瓦》是对瓦的咏歌，在冯杰的眼中，瓦是一种乡村的坚守，瓦的籍贯属于乡村，一旦误入都市就会晕头转向，无家可归，如滞留城市的乡下人，再也找不到回家之路。瓦也有瓦的方言，像人对待方言的态度一样，瓦对方言刻骨铭心而无药可救。这样的描述，哪里是在说瓦？分明是在叙写现代都市中一个充满感伤的自我，正如冯杰所言："对瓦的引申常常让我伤感不已。在城市里，瓦会像我一样发慌，它一定怀念哪怕是当年乡村瓦上的一株达不到高度的草。"⑩瓦会怀念一株低矮的草，冯杰也在怀念瓦上的唯一风景——瓦松，那一棵棵站在瓦上的小小精灵，它是"乡间的郎中"，外祖母在旧屋顶上采摘的瓦松医治好了"我"的疟疾病。瓦是作者对故乡的哀歌，是冯杰献给故乡的中国版童话，身在无瓦的现代都市，作者的思绪随着瓦片飞翔，以此抵达乡村的深处，也是一曲心灵疲惫的现代人的归乡之歌。

在返乡的回望中，我们仿佛看见冯杰那忧伤又略带温馨的眼神，冯杰是一位用情极深的善感之人，也独具一颗能够处处参禅顿悟的慧心，他自居边缘的游走心态又给他提供了观照世界的睿智目光，他以明心见性的诗人的纯粹眼神端详着这个时常颠倒的世界，他决意要在大俗中看到极致的大雅。不知道中外有哪些作家能够像冯杰这样，在废品中寻觅诗意？《一张 1975 年的报表》就是一篇相当精妙的"废品物语"，冯杰破除了废品/价值的二元对立，在他看来"所谓'废品'，都是放错地方的有价值的东西"⑪。废铁、废铅、废纸、废橡胶、杂铜、杂骨、破布、破鞋……作者在这些 20 世纪 70 年代的废品中发掘着诗情，在废品收购站中书写历史，这是他的独门妙招与看家本领。

一只重不过八两的破鞋与一位有四个孩子的寡妇命运相连，破鞋的"红十字"能够把一个乡村女人活活压死；一张被李秘书踩在脚下、印有领袖像的报纸，牵连出小镇上的一场政治风波；一截三尺长的麻绳终结了收购站麻站长 52 岁的生命。沉默的废品也在言说，废品彰显特殊年代人性的幽暗与政治斗争的凶险。

冯杰的作品，从来不是一味地沉浸在个人世界里咀嚼一己悲欢，而是心怀慈悲，笔有禅意，以一颗纯真的赤子之心书写他的"北中原"，将物的本体论哲思与人的命运、人性的幽暗、社会变迁、政治语境相融合，为消失的时代唱一曲温情的挽歌。当然，在这挽歌中也不时加入闲笔以讽世，具有魏晋名士的清俊通脱之气。

三、超越雅俗与返俗成真：诗文书画中的"食""诗""思"

古人云，民以食为天，照此说来，世界上还有比吃饭更重要的事情吗？鲁迅先生似乎讲过"一要生存，二要温饱，三要发展"，同样将吃饭置于人生要义的第一位。民国女子张爱玲有篇文章讲到她编的一出戏，里面有个人拖儿带女去投亲，和亲戚闹翻了，就愤然跳起来道："走！我们走！"他的妻哀恳道："走到哪儿去呢？"他把妻儿聚在一起，道："走！走到楼上去！"张爱玲笔锋一转，写道："开饭的时候，一声呼唤，他们就会下来的。"这苍凉的画面令我惊心，张爱玲也是在讨论填饱肚子的重要性。如果说鲁迅、张爱玲对于吃的重要性叙述得较为委婉而节制，那么，来自中原厨师之乡的冯杰对于吃则更为津津乐道，他在诗文书画中张扬其饮食的大旗，在"水墨菜单"中大"说食画"，在"泥花散帖"里"啖瓜""采蔬"聊以"解馋"，仿佛不这样不足以表明他是能做几手好菜的长垣人。

值得注意的是，作者诗文书画中的菜蔬瓜果都是北中原农村常见的民间食物，但因为贮满作者儿时的乡土记忆，这简单素朴的饮食在回忆中变得难忘，色、香、味俱佳，远胜山珍海味与满汉全席。这是冯杰家的私房菜，食材均出自他的北中原土地，大厨是"我姥姥""我姥爷""我母亲"，作坊就在自家的厨房。借助活色生香的文字和绘画，冯杰将"一个人的私家菜"和盘托出，我们姑且通过文字与绘画去品味吧。

故乡美味的小吃诱惑着冯杰，让他不住地向故乡频频回首，《说食画》《泥花散帖》《水墨菜单》三部散文书画集大都围绕瓜果、菜蔬、饮食，在谈吃说画中娓娓道来。一如他散文中对北中原消失风物的深情关注，他对民间的饮食格外关注，尤其是对那些难登大雅之堂的素朴食物，冯杰能够使之化俗为雅。冯杰的"说食"散文处处流淌着诗意，他是以诗歌的笔法写散文，如同废名以"唐人绝句的手法"写小说。《韭花散瓣》没有回避贫朴年代腌制韭花的烦琐，但是，在父母精心制作和默契配合的共同劳作中，艰辛生活中的温情之光骤然闪现，尤其是对那只装盛韭花的罐子的描写，恍然让人进入物我不辨的诗意禅境："小罐子静静无语，它谦卑地立在墙角，一脸素色。七天之后可食。这时，咣当一声，小罐子才开始发言。"⑫这全然是诗境，近乎王国维所讲的"无我之境"，在王国维看来，境界有大小，不以大小分优劣，只要能够书写真景物、真感情者，都属于有境界之作。王国维还将"真"视为艺术价值评判的重要标尺："大家之作，其言情也必沁人心脾，其写景也必豁人耳目。其辞脱口而出，无矫揉装束之态。"⑬以此标准观之，冯杰的诗文书画自有真情、自有境界、自有高致。在冯杰笔下，姥姥制作的"闷蔓菁"这道小菜被写得幽婉跌宕、妙趣横生。"闷菜"是北中原大地再普通不过的一道手工食物，长相粗糙丑陋的蔓菁经过姥姥精细地闷制，能让品尝者打一个响亮而痛快的喷嚏，如今，姥姥、母亲相继不在，再也吃不上蔓菁辛辣的味道……在文中，冯杰由蔓菁的俗称联想到《诗经》中"采葑"的古雅名称，又谈及张岱在《夜航船》中将蔓菁誉为"五美菜"。不仅如此，作家还由蔓菁的辛辣推及周氏兄弟的文风，称周作人的文章学白菜，鲁迅的杂文学蔓菁。冯杰将这乡间普通粗糙的蔓菁，翻手覆手之间组织成一篇融历史、现实、文化、真情为一体的精致美文。

作者在行文中常常蹦出旁逸斜出的文字，有时仿佛出墙的梅花，灿然而独异，有时好像蔷薇花中的刺，尖锐而锋利。这也是冯杰的写照，北中原温情的土地滋润了冯杰一颗善感纯真之心，但黄河岸边粗粝的风沙也锻造了冯杰独立不依的傲岸人格。在谈"食"说"画"的不经意间，冯杰的温情与锋芒真实显现，露出孩子般的真纯。《爬杈猴》写儿时夏季乡间摸蝉蛹的经历，母亲因家里少油，便用"炕焦""翻焙"的简单方法烹制，而姥姥则以上学写字、手会哆嗦为由不让吃。行文至此，一篇文情并茂的散文似乎可以收束，而冯杰却"节外生枝"，再补一笔，回忆他 20 世纪 70 年代在小学墙壁上执笔悬腕书写大字报的"辉煌"经历，"纸上落霞流云，处处妙笔生花"，并没有表现出一丝哆嗦。如今来到都市，当看到那些所谓的著名书法家写字时矫揉造作的哆嗦表演，作者暗笑："看那熊样，他们倒像多吃了知了猴。"[14]文章戛然而止，令人忍俊不禁，讽刺不露声色，率真而节制。"爬权猴"散发着故乡的滋味，积淀着生命的思考，连接着时代的风云，婉讽着浮躁的当下，古人所追求的"不落言筌""超于象外"的境界大概也不过如此吧。

冯杰新近出版的图文互动的《怼画录》，名为"怼画"，时有"怼人""怼世"，真趣盎然，锋芒常露，品评时流，毫不掩饰，有《世说新语》之风。《画丹竹记》一篇配有丹竹一幅，左文右图，相互参照。画面上，一枝红色的瘦竹挺拔而立，孤芳自赏，显得卓尔不群，不同流俗，画面下方有隶书题款："无人赏高节，徒自抱贞心。"这枝峭拔独立的竹子仿佛冯杰的自我言说。在中国传统文化意象中，竹子是清高虚己、重视节操的象征，古代的文人墨客对竹子倾注浓浓深情。冯杰心仪于苏东坡的丹竹，又将自己的丹竹风姿在宣纸上挥洒到极致，"朱砂的根须长在宣纸上，纸背泻丹，几近冬天烧炕"[15]。画丹竹还牵连到与一位索画人之间近乎隔山打牛的无谓对谈，那人质问作者为何非要画红色竹子，且定要出大价格要求画一棵绿竹子，面对这位财大气粗、不懂艺术的索画者，冯杰自云："我还会画一棵气体的竹子。"⑯这"气体的竹子"又呈露出冯杰傲岸不羁、睥睨流俗的个性态度,仿佛阮籍呈才使性、不落流俗的"青白"之眼。翻阅冯杰以鱼为题的绘画,鱼的眼睛都睁得好大,眼白醒目突出,仿佛在向这个世界翻着白眼。冯杰画的鱼,非鱼,乃是作者的自性显现。

红色是温暖之色、光明之色、乐观之色。冯杰对红色似乎情有独钟,他的绘画常以红色点染,鲜艳亮丽,夺人眼目。"甘其美,安其居"的红萝卜,宣纸上所谓"元人的西瓜","故乡物语"中的西红柿,题为"十二金钗"的红色辣椒,题为"大地的力量"的红色高粱,题为"长乐安康"的红色柿子,红色"钟馗"像……在菜蔬系列的写意绘画中,缓缓爬行的红色七星瓢虫工笔常点缀其间,写意与工笔有机结合,让绘画生机顿出,趣味无穷。小小的七星瓢虫在芋头叶边上爬行——那阔大叶片对于小小瓢虫则大如天宇,在金黄色葫芦上爬行——仿佛在聆听里面的苍凉与虚无,在清霜过后的芦苇花上爬行——莫非也要寻找一处温暖的港湾……冯杰何以如此倾心描画瓢虫?他在《画花大姐记》中透露了个中讯息:"在我的记忆里,瓢虫一直是一滴朱砂,是一颗红豆,是相思泪,是好风景变形记。"⑰"有了瓢虫,局面开始变暖,瓢虫在上面走动,菜地开始有了热闹有了亮光。"⑱原来,这小小的瓢虫连接着温暖与阳光,映现出母亲在厨房收拾一棵白菜的背影,节俭的母亲甚至舍不得扔掉菜帮和枯叶。瓢虫那一点曙红的背后,是欲来的秋天和白霜,与人一样,这小小的瓢虫也要度过一个难挨的寒冷冬季。一花一草皆是般若，一心一念皆有自性。红色的七星瓢虫在菜蔬的边缘爬行，一如诗人在世界的边缘游走。在诗人眼中，瓢虫身上醒目的七星莫非也如同茫茫夜空中的北斗七星，要时时引领进入都市的诗人找到归乡的路径？

不平则鸣、呈才使性是古今文人墨客在艺术中挥洒自我的一种方式，冯杰亦然。在专业分工越来越细的今天，作者能够将诗歌、散文、书法、绘画融为一体，不落流俗，不慕虚名，以从容把玩的游戏心态进入自由创造的艺术境界，在大俗中见出大雅，在常人不屑的坦荡中露出率真，去假存真，"不端不装"（按照冯杰的解释，端庄就是端着架子伪装，他的《烧鸡架子》就是"端庄"的绝妙个案）。风格即人，真的"人"才能成就真正的艺术，有"真"方有"情"，有"情"才有"趣"。冯杰的"真性情"是与生俱来的那颗与世推移却从未泯灭的童心，非后天刻意习得所为。年少时代在姥爷、姥姥慈爱的目光中成长，"留香寨"深夜马厩里谈鬼说怪、讲古论今的明灭烟火激发他对世界的无尽想象，北中原绵长悠远的文化传统无形中滋润了他，大自然也是最好的老师，那漫天野地的瓜果菜蔬、鸟兽虫鱼给了他丰厚的博物学知识，教会他"多识于草木鸟兽之名"，四季的风霜雨雪、人情的炎凉冷暖，也培护了一颗真纯善感之心。冯杰内心永远住着一个长不大似乎也不想长大的孩童，他要在自己的世界里独自舞蹈，一如那粒西瓜籽，冯杰也渴望"一生在西瓜里跳舞"，因为，那里装着他的童年。了解这一点，我们就会明白成年后的冯杰为何还念念不忘儿童文学创作，斩获华语世界顶级儿童文学大奖的《少年放蜂记》就是一部"成人的童话"[19]，而《在西瓜里跳舞》则是一部纯粹唯美的儿童诗集。"诗歌是什么？在今天它是用来抵抗寒冷的一种工具。在这一个缺少童心童真的世界上，每一件诗歌的单衣都可以让我拿出来御寒。"[20]这是冯杰的诗歌宣言，也是他艺术创作的童心观。

在艺术园地里，矫揉造作、虚张声势之作绝没有持久市场。冯杰的书画延续中国渊源有自的文人传统，所谓文人传统，在笔者看来就是少一点儿匠气与宫廷气，多一些率真与个性；少一点儿高调的道德说教与宏大叙述，多俯下身子贴近日常生活的烟火。作者纵然自谓"野狐禅"，却远胜"假道学"。在处处"端"与"装"的现代社会，冯杰率性而为的诗文书画显然不入大潮主流，只是空山幽谷中一道活泼灵动的小溪，它随形就势，汩汩流淌，接续的是久远的文人传统，播散文人的高洁与硬气，这高洁与硬气仿佛出淤泥而不染的荷花，花柄上布满密密小刺。文人的世界不能没有荷花，冯杰的诗文绘画对荷也多有偏爱。冯杰画"荷"，开放的荷花红艳无比，每柄荷梗都倔强挺拔，仿佛在顽强抵抗着外部的风雨。冯杰的书法也是这样，虽取法于其所心仪的苏东坡，但比东坡的结体更为舒展，撇捺之间时有张扬，笔中藏剑，点画带刃，用墨节制，又避免东坡字的"墨猪"之嫌。

读罢作者的诗文书画，愈加感觉作者像个古人。古代文人诗书画皆通，冯杰亦然。他的《水墨菜单》《说食画》从宋代林洪的《山家清供》、清代袁枚的《随园食单》那里汲取灵感，书画更不必说，冯杰自幼学书，爱好绘画，临池不辍，揣摹古人，常常因偶得一珍贵拓片而兴奋不已。冯杰是一个真正热爱艺术的人，他"从事过多种职业，皆为谋食，谋食是为了谋诗"[21]。尽管在散文、小说及书画中不断地游走，但他骨子里认同的还是诗人身份。正是这"诗心不改"的"一腔诗心"，让他获得一种超越世俗功利的独特眼光，永葆一颗孩童般绝假存真的赤子之心，他时时回望他的北中原——他的爱与梦起航的地方。这是一个巨大的宝藏，成为他过去、现在和将来永远取之不尽、用之不竭的艺术之源。

注释：

①②③冯杰：《非尔雅》，河南文艺出版社，2020，第 212 页、第 213 页、第 241 页。

④⑤冯杰：《北中原》，作家出版社，2020。

⑥⑦大西克礼：《日本美学三部曲·物哀》，曹阳译，北京理工大学出版社，2020，第 21 页、第 21 页。

⑧⑨刘勰：《文心雕龙》，韩泉欣校注，浙江古籍出版社，2001，第 248 页、第 249 页。

⑩冯杰：《九片之瓦》，作家出版社，2016，第 14 页。

⑪冯杰：《田园书：冯杰散文》，河南文艺出版社，2012，第 172 页。

⑫⑭㉑冯杰：《说食画》，河南文艺出版社，2015，第 99

页、第 174 页、第 1 页。

⑬王国维：《人间词话》，徐调孚校注，中华书局，2009，第 35—36 页。

⑮⑯⑰⑱冯杰：《怼画录》，作家出版社，2022，第 80 页、第 80 页、第 168 页、第 167 页。

⑲冯杰：《少年放蜂记》，漓江出版社，2006，第 3 页。

⑳冯杰：《在西瓜里跳舞》，海燕出版社，2015，第 119 页。

（选自《南腔北调》2023 年第 6 期）

创造者的心迹：刘恪作品中的自我

张新赞

一、刘恪的文学王国

2023 年 1 月 8 日，著名作家刘恪先生去世，享年 70 岁。1980 年大学毕业后刘恪从养育他的巴山楚水走出，漂泊一生，终得安息。他走了，留下一个巨大的文学王国，目前已经出版的小说、散文、评论、理论专著就达 700 余万字。

刘恪 15 岁就开始了严肃的思考和写作。1968 年春雨连绵中，少年刘恪梦见山区水库的茶厂沐浴在早晨的阳光中，据他自述，这是他第一次提笔写作，写水库、茶厂和采茶的女人，两万字，未完成。①1982 年发表散文《乌江晨曲》（《乌江》第 3 期），这可以看作刘恪的处女作。《青年作家》2021 年第 12 期"重金属"栏目发表刘恪的小说《民间消息》及创作谈《小说是一种潜能的勘探》《小说观：我们卑微的生活》。《青年作家》2021 年第 9 期发表作家沈念的专访《我是注定孤独的行者——刘恪访谈录》。终其一生，刘恪的写作生涯长达 40 年。斯人已去，阅读他的作品，是对一个作家最好的纪念。纵观刘恪 40 年的写作生涯，有几个时期是非常突出和鲜明的：

第一个是"红帆船"时期（1987—1992 年），这个时期的作品包括《红帆船》《山鬼》《砂金》《寡妇船》四部。

第二个是"蓝色雨季"时期（1993—2000 年），这一时期的作品包括《梦中情人》（1993 年完成，1996 年出版）、《蓝色雨季》（1994 年完成，1996 年出版）、《城与市》（1998 年完成，2004 年出版）、《梦与诗》（2000 年完成，2006 年出版）；1993 年是一个分水岭，从这一年开始，刘恪走向了他的"先锋写作"之路。"蓝色雨季"的酝酿则早在 1989 年就开始了。

第三个是先锋归来后的短篇小说集中写作期（2001—2004 年），有《制度》《民族志》《生物史》等小说。2001 年 5 月，他开始研究昆德拉，与高兴合作译著《欲望玫瑰》，2002 年由书海出版社出版。

第四个时期是理论与评论写作的高产期（2005—2023 年），2004 年 11 月刘恪去开封河南大学报到，开始了他人生十年的高校教书生涯。2005 年完成理论著作《现代小说技巧讲堂》，同时开始写作另一本理论著作《先锋小说技巧讲堂》。2008 年出版三部理论著作：《词语诗学·复眼》、《词语诗学·空声》、《耳镜：刘恪自选集》（理论为主）。2012 年出版两部高质量的理论著作：《现代小说技巧讲堂》《先锋小说技巧讲堂》。2013 年出版理论专著《现代小说语言美学》和《中国现代小说语言史：（1902—2012）》。尤其是两部"小说技巧讲堂"多次重印，又出了修订版，其中修订后的《现代小说技巧讲堂》达 60 万字，2020 年由作家出版社出版。这还不算他不间断地写的中外作家的评论文章，散落在全国各地的报纸杂志上。这一时期可以说是刘恪理论写作的大总结、大爆发时期，一点都不为过。

刘恪的文学王国留下的文本类型包括：长中短篇小说、散文、评论文章（文学评论和美术评论）、理论专著。小说的类型更为复杂，因为在 1993 年之后，他进入先锋实验写作，对他的小说文本做具体类型的辨析更加困难，总体呈现一种"跨文体"的多文体综合的文本特征。

迄今为止，批评界对于刘恪不同时期和不同类型的作品有如下概括：①早期的"新浪漫主义"和寻根写作；②先锋实验作品的诗意现代主义，后巴洛克式的集大成者，"中国的尤利西斯"（《城与市》）；③2000 年以后浸透先锋精神的短篇写作的高峰；④现代小说理论和先锋小说理论研究的集大成者，小说语言史与小说美学研究的突出贡献者。评论界的解读和研究推动了刘恪作品的接受和传播，但还远远不够。尽管刘恪曾告诫评论者说很多先锋文本是一种"拒绝批评的文本，它是一种可写的文本，你只能在理论上扩大其神话与梦境，从语源和创作本体上来探讨其方法，千万别指向目的论的总结"[②]。先锋文本的确有拒绝批评和阐释的一面，却不是"无缝可击"的：首先，在文体特征上就可以进行归类和概括，如其"跨文体"特征；其次，先锋作品的语言美学研究也是可行的，刘恪的《中国现代小说语言史：（1902—2012）》和《现代小说语言美学》都有专章讨论先锋作品"自为语言"问题；最后，从已有的研究来看，先锋作品不仅能从形式上进行总结和阐释，同样也能从内容和意义上进行解读，正如二十多年前学者已经注意到的那样，刘恪的《蓝色雨季》《城与市》等作品在形式上将小说、诗、散文、日记、法律文件、图表、地方志等多种文体汇聚一体，"共同服务于一种特殊需要：表现生活于都市的知识分子的浓烈的世纪末忧郁。小说中回荡着这个时段特有的诗情、哲理、理性、欲望、幻想和想象，显示了在种种异质的文化和文体碎片中寻求生活中的诗以及其韵味的努力"③。这说明意义问题依然是理解先锋写作的重要路径。

先锋文学炫目的形式实验的确刺激评论者的眼球，很多评论也侧重讨论先锋文学的文体形式，而对先锋文本隐在意义的阐释显得不足。本文拟从"自我"这一带有强烈主体意味的视角讨论刘恪的作品，尤其是前两个时期作品中自我的言说方式、自我的形象的嬗变等，以追寻写作者的心灵史。

二、文学中的"自我"

"我是谁？"在现代社会中依然是个问题，自我是哲学命题，也是文学命题。加拿大学者查尔斯·泰勒在其著作《自我的根源：现代认同的形成》中，考察了"现代自我"的各种精神来源，他认为：思想性文本和创造性想象的文本，共同为现代人自我的形成提供了道德和审美来源。④小说家昆德拉在《小说的艺术》中明确指出:"任何时代的所有小说都关注自我之谜。……自我是什么?通过什么可以把握自我?这是小说建立其上的基本问题之一。"⑤现实中的自我是文学中的自我形成的精神本源之一,这就是我们探究文艺作品中自我的根本意义。

文学中的自我当然也是一个复杂的问题。不同时代、不同地域、不同文学体裁、不同的写作者对自我的想象都会不同,构筑的自我形象也千姿百态。神话和史诗时代是神和英雄形象的自我,小说兴起后,凡人的自我形象取代了神和英雄的自我成为主流。自浪漫主义思潮开始,"一个孤独者的漫游"——个体的自我形象弥散在了几乎所有的文学作品中,也包括哲学作品中,如尼采的《查拉图斯特拉如是说》就有一个"超越自我的自我"即超人。鲁迅的小说和杂文中有一个激愤呐喊者的声音,散文诗《野草》则是一个"秋夜忧郁的抒情者"低低倾诉的自我形象。郁达夫的《沉沦》中有一个沉沦下坠的自我形象。文艺复兴时期,薄伽丘的《十日谈》里的男女都是自然情欲的自我形象。卡夫卡的小说中,处处是一个谨小慎微充满恐惧的自我。也有学者在解读诗人于坚的《作品 67 号》时,发现了一个"平民自我的快活表白"的自我形象⑥。

"言为心声",这一古老的遗训依然有效,本文所说的"自我"主要是作品呈现出的总体上的话语调式、语气、声音。文学自我的几个层次:

①当然是作家本人,即写作者本人的自我思想、自我意识,这常常是分析作品中自我的起点。②作家在作品中创造的一个

个自我的形象，可以是人，也可以是物，通过人或物发声，表达自己。③作家本人与他创造的人物的关系，可能是远的、松的；也可能是近的，甚至带有自传色彩的"私人生活写作"⑦。前者如博尔赫斯，刘恪认为博尔赫斯是一个"杰出的诗人"，散文也"写得很漂亮"，但是他的小说"是与社会历史及个人生活没有关系的幻想制品者，是一个知识图书馆的守望者"；⑧后者如浪漫主义诗歌的作者和诗中的自我，常常高度统一，难分彼此。那么刘恪的作品呢？如上所言的几个时期的文本类型差异很大，先锋实验写作更是常常拒人于千里之外。纵览刘恪不同时期的作品，笔者有如下认识：①刘恪本人是一位诗人小说家⑨，对诗意追求的浪漫主义情怀是他一生从未放弃的。他的小说和散文带有强烈的浪漫色彩，"红帆船"中的楚地浪漫，"蓝色雨季"时期的诗意现代主义，散文写作，甚至更偏重理性沉思的《词语诗学》也是沉浸在浓郁的自我感觉之中进行的。②他早期作品浓郁的浪漫主义色彩，先锋实验"诗意现代主义"中几乎切断和社会历史的联系，却和个人生活密切相关，带有强烈"私人写作"的性质。③他在先锋文本中不断建构诗意，又不断摧毁诗意，因而他的浪漫主义又是经过后现代精神洗礼的。

　　"自我"是浪漫主义的核心词汇之一，美学上的浪漫主义，目前至少有这样一个基本的说法："在象征性和内在化的浪漫情境中发现了一种探索自我、自我与他人及自我与自然之间关系的工具……浪漫主义主张在自然世界中寻求慰藉或与之建立和谐的关系。"⑩不同时期、不同艺术门类的浪漫者具有高度的内在精神的一致性，他们都强调追求自我心灵的内在意义和价值。偏重抒情性的文本是很容易在其中找到那个自我的，诗歌就是典型。刘恪先锋小说多变的形式实验掩盖了其内在意义的抒情性，结合写作者本人的心理事实，以及他在作品中展开的自我想象和自我形象的角度观察，刘恪的作品可以视作他的心灵史和精神自传，他在作品中塑造了一个更为高级的自我存在，他的精神肖像在文字中显现。本文尝试分析刘恪几个时期作品中的自我想象和自我形象，尤其是"红帆船"时期、"蓝色雨季"时期和"理论爆发期"。

三、刘恪作品中自我的嬗变

刘恪不同时期的作品中的自我形象各有差异，但是也有连贯和持续的不变因素。文学中的自我形象，带有强烈的主观性、创造性，足以代表整部作品的调性。本文重点分析"红帆船"时期和"蓝色雨季"时期的自我形象，并就这种自我嬗变的原因做一个探讨。

（一）"红帆船"时期：荆楚之地浑身英雄气的浪漫自我

这一时期的刘恪还在经验写作或者说主题性写作的道路上激扬文字。在 1980 年代的文学大潮中，刘恪的写作难免受到诸如"寻根思潮"的影响。离开故乡多年，刘恪在文字中时时回望故乡的山山水水，尤其是他更多展现湖湘之地的带有原始自然的一面。在刘恪的成名作《红帆船》中，处处可见这样的语句和段落：

　　　　覃驼子浑身都在躁动中，胸壁的血潮涌得他四肢抖
索……

　　　　血样的人，血样的长江，还有，还有血样的红帆船！

　　　　…………

　　　　只有在与江浪搏斗和暗礁争生存的时候人才瞬间爆发
出卓越的智慧与聪颖，如果那个时候他们不是用全部的心
智与力量去征服那冷漠的流水和顽固的石头，只凭借那闪
电的灵感领悟那些连伟人也无法破译的妙谛真言，他们便
无法求得生存……那强健伟岸的肌体总恢宏廓大一种思想，
热情洋溢地激荡着--种不可穷尽的鲜活生命力。

　　《红帆船》写作于 20 世纪 80 年代末，最初发表于《十月》
1990 年第 2 期，《砂金》在《十月》1990 年第 4 期发表。那时
的刘恪正在鲁迅文学院和北京师范大学合办的研究生班读书。
刘恪这一时期的作品有共同的地域和文化景观设置：荆楚之地，
自然景观雄奇浪漫，激流危滩，人在其中也有相同的色彩，无
论男人女人都是十足的行动者，他们血性十足，快意恩仇，《红
帆船》包括《寡妇船》甚至带有浓烈的武侠小说的色彩，小说
里的人物形象也带有鲜明的卡里斯玛特质，覃驼子、龙海江、
柳蛮子、柳少爷、松崽、夏愣子等，敢爱敢恨，侠骨柔情。刘
恪这一时期的作品，有学者称为"新浪漫主义"，也有从荆楚神

秘文化出发分析作品,[11]这当然也是可以的,因为地方性是造成文学风格的重要原因之一。但是如果我们进一步深入研究,尤其是从作品展现的自我形象和主体人格上分析,或许能获得新的审美认知。

"红帆船"时期的作品中刘恪展示的自我形象,具有如下特点:第一是充沛的原始生存本能的勇力和智力。上面提到的江湖儿女,第一要务是生存下去,在极端恶劣的自然环境中生存下去,这最基本的愿望,其实消耗了自我的大部分精力,"我"需要"用全部的心智与力量"才能求得生存。水路断绝,食盐、粮油匮乏,蛰龙镇的人们就要闹饥荒。生存的压力也成为小说叙事的第一推动力。小说中自我言说的调子是高亢激昂的,冲出去杀出一条生路来。无论是斗江鲨鱼、杀大鱼、猎野牛,还是鲤鱼滩围歼日本人等场景的设置,无不是为了凸显一个强悍的英雄气概的自我形象。第二是充沛的情欲表达。"红帆船"时期作品中的男性、女性,都是情欲饱满乃至过剩的形象。礼教和世俗的网络完全无法束缚这些生命力旺盛、到处寻求情欲表达的人物。这里面除了人与人之间,甚至人与兽之间也可以有情欲关联。第三是自我不仅通过人物言说,也通过对自然之物的描写来表达内在的浪漫精神。比如,喜欢用气贯长虹的长句:"从江滩一直撂上去的石级青黛的暗光混杂着脚下鞋板咪溜出来的各种声音也许只有秋虫解得……"这样的句子像一组组长镜头,呈现了一个激情满怀的自我,刘恪沉浸在一个充满酒神迷狂的自我世界里。这也让我们想到莫言的《红高粱家族》,特别是拍成电影的《红高粱》的总体基调。20 世纪 60 年代台湾的朱西甯，就曾写过《铁浆》等带有悲剧色彩的强悍的自我形象。如果再补充一点，当代文学中"强悍"的自我想象和自我形象，刘恪以《红帆船》为代表的作品是占有一席之地的。

（二）"蓝色雨季"时期的刘恪：孤独的抒情者

刘恪选择先锋写作的道路，自有他的主动选择的决心，也有内心孤独的心理因素和对表达的渴望——在文字中寻求心灵的归宿和精神的家园。

> 我呢？每临深夜便不知所措。思考？回忆？幻想？文字突然掠过视野，于是有了写字的欲望，拿着笔，想说话，可是寻遍半生也不知道找谁写信。
>
> 我真是不知道该向谁倾诉自己的隐私！
>
> 因而便把灵魂的欲望点滴地洇在方格纸上，于是乎便有了近二三年的创作。[12]

上文提到 1993 年是刘恪文学写作生涯的一个转折点，从这一年开始刘恪抛弃了主题经验写作的路数，整个身心都扑在了先锋实验写作上。"倾诉自己的隐私"的心理动因，算不算刘恪走向先锋写作的一个重要原因？本文的回答是肯定的，他这一时期的写作某种程度上就带有"私人写作"的性质。

如果说"红帆船"时期的刘恪在作品中展现了一个逆流而上酒神式的迷狂的自我的话，那么到了"蓝色雨季"时期的自我想象和自我形象便转向了一个顺流而下的日神式的自我，沉静、孤独又痛苦、理性又诗意。前期血脉偾张的红色浪漫情绪几乎消失殆尽，那些强悍的容易类型化的人物再也不见了，灌注力量的长句子没有了，取而代之的是短句，不断分行的散句，甚至几百行的诗，作品的声音和调式完全变了，"我在年轻时候写的《红帆船》和《山鬼》有一股冲腾而起的力量，叙述动力饱满而强烈，但进入中年，叙述力量便蛰入沉厚，有一种隐在的回环曲致"。"由红而蓝"也说明了这种转变。红色被认为是一种"原型"色彩，有原始主义的色彩，小说《红帆船》中处处可见有关湘楚之地"红色崇拜"的直接和间接描写；"蓝色"则是一种忧郁的色彩，所谓"蓝调"艺术。刘恪说蓝色"作为审美，作为思想之物，都让我迷恋"，"让蓝字沉下去，积淀，而兰色浮上来，飘动着灵气，宁静地悠远，只有兰色才能带着灵魂去漫游"[13]。这是多年之后刘恪在一篇专门研究色彩的文中的沉思，在这篇文章中，刘恪还认为"色彩是一个召唤结构"。《蓝色雨季》等系列先锋作品都可以看作这种召唤结构的展开：

> 六年前一个忧郁的下午，我去了南方。
> ············
>
> 河流也许是蓝色，它却载不动白帆的虚伪，无边无际的河岸，绿色低垂着，省略雨丝的湿润，废弃某块礁石的典故，阳光书写的寓言，是船尾告别的碎片。

阅读刘恪这一时期的作品（包括《蓝色雨季》《梦中情人》《城与市》），能非常明显地感受到几种风格不同又交融在一起的碎片拼图式的自我。《蓝色雨季》整体呈现出一种低声的诉说，与上一个时期的高亢形成截然的反差。叙述者和人物都没有了向外奋力地进取的姿态，他们不再是强悍的激越高歌者和行动者，而是转向了自我的内在世界，一种"隐在的回环曲致"，他们变得缓慢、宁静，甚至软弱。"她（玉儿）很少上排船，虽然喜欢水的清冽与温柔，却害怕浪的不测和水的残忍。她不是因为个性的柔弱才感到这个世界的强大，而是生活得太艰难才感到人生需要软弱。她惧怕一切强大的，包括眼前这个男人。"而在这部作品的另一处，叙述者这样自陈："这次《蓝色雨季》我想做一次大胆的革命，首先让人物依次在作品中退位，弱化（极个别主体形象是强化的），然后把故事切割成碎片，过程浓缩简洁到最低程度。"[⑪]应该说，先锋实验写作的"元叙事"本身处处凸显自我意识，行文时自我不断"反身自顾"。

现代性的自我，自波德莱尔以来，在现代主义作家、艺术家的作品中，呈现出疏离主流的孤独忧郁的形象。刘恪在"蓝色雨季"时期的作品中，其调色是"孤独与抒情"，因为孤独，自我回到内在的各种感觉，梦回故乡和童年，凝视自然，审视都市和情感生活。这一时期，他完全断绝了"红帆船"时期的外在经验和主题写作的路径，走向了内在和虚构的先锋实验写作。

肯定人的内在经验，孤独的个体在一个同样深不可测的内心中"追忆逝水年华",痛苦、孤独、忧郁、抒情——这些几乎成为理解现代主义的不可缺少的关键词。打开作品,我们不时能听到一个忧郁又痛苦的诉说者:

> 近些年,我常常被内心里一种极隐秘的东西震撼,折磨如水藻一般地缠绕,每每陷入极大的痛苦。这种痛苦像一种水质从一汪古井里渗出,心壁的缝隙也缀满了湿漉漉的痛苦水滴。每临半夜,四周灯光都消失了,孤独从静穆的树丛泌出来,一丝丝地从窗口爬进来包围着我。那时,我觉得自己不过是古墓苍月下一具沉沦的尸体。……我常常因自己的无能没法解除家族的痛苦,制造了妻儿的苦难而忏悔而自责,自身生命的冲突在努力追求信仰与事业达到理性与意志的和谐中被钉在绞刑的轮椅上。我试图绕过痛苦的小径去一座幸福的花园,没想到世界交叉经由每个十字路口都是沼泽荒漠,绝壁死海。……现实破碎了,我只好重建幻想的家园,重回梦境的灌木丛,寻找童年插入我灵魂的净地。
>
> (《孤独的鸽子》)

这一段是一个"我"在低声地倾诉,阅读时需要一个字一个字地去细细体味。一个痛苦、孤独、忏悔自责、挣扎的心灵在文字中寻找倾听者,极度渴望一个对话者。被现实粉碎,深陷绝望。然而,这里的自我依然"试图绕过痛苦的小径"去寻找"一座幸福的花园"：

> 我是谁？你不认识我，我也不认识自己。
>
> 一个游荡在这都市里的灵魂，他在寻找，满怀期待与梦想。我闯入了我不该闯入的楼群……
>
> 一位异乡者，离开故乡，在远行中迷路。他赤足在大地上，可找不到落脚和安居的地方，大地不再为他（灵魂）的大地。所以，灵魂只有去漂泊流浪，他毫无方向地走向某地……
>
> （《孤独的鸽子》）

> 没想到我真正的流浪就是从乡村离开的那天起。直到今天还在流浪的途中……
>
> （《一往情深》）

丧失家园的漂泊者试图"重建梦幻的家园"，他的心路要走向何方？他的情可移到何处？刘恪在作品中展示的自我常常有如下的路径：或者流浪于都市的街头，注视着一幕一幕的都市景观；或者沉湎于情欲不能自拔，这些都有论者有所分析。还有一类自我形象应该引起注意，书斋里的遁世者形象，他们热爱书籍，迷恋着阅读，沉思于哲理，执着于诗意和梦幻。阅读"红帆船"时期之后的刘恪，会发现他的小说里时时闪现出谈论读书生活和读书体悟的精彩段落：

读书是排除有形文字的障碍以后，你进入作家的内心与灵魂对话，……我进入了万事万物的内部结构，顿悟事物给予的启示。这时读书已不再是读书，你在阅读一个异者的灵魂，你与他人相遇，是以你的灵魂感悟他的灵魂并完成一种内部的循环与交流。这才是真正的读书。

近两年，我只读两类书：理论与诗。在纯理论与纯艺术中感悟，就像我常常摇摆在理性真理和启示真理之间，用带血的灵魂感悟带血的人生……

（《孤独的鸽子》）

书才是刘恪真正的情人，现实生活中他嗜书如命。他的阅读量惊人，记忆力更惊人，他能清楚地记起几十年前一本书封面的颜色和内容细节。大量的读书笔记、读书思考在《城与市》《梦与诗》等作品中出现，这是一个博学者的自我，一位书斋里的隐者。

诗意与梦幻也是理解这一阶段自我的关键词，诗意就是梦幻，梦幻充满诗意。刘恪写"飞翔的梦""死亡的梦""窘迫的梦""饮食的梦"，写梦见"兄弟三人在长堤上散漫地行走"的"亲人的梦"；《蓝色雨季》的后面，长达几百行的诗，《城与市》《梦与诗》中也是大量插入诗作，如果把这些诗全部单独摘引出来，应是一本厚厚的诗集。比如这样凄美苍凉的诗句：

落叶/守护墓园。空地/女人凋零的花片。/装点，回忆的墓碑/碎一林芳叶/夜半秋雨，飘走/细雨和暮雾，曾去过/想象的湖岸。唯有心愿/是一支纯蓝色的夜曲。

（《孤独的鸽子》）

诗歌中的自我往往不像小说通过人物言说，诗歌表达自我意识多通过"物象"开口，小说中更多通过他重视的"描写"，让物在词中显露本真意义。值得注意的是刘恪在作品中不断构筑诗意的时候，又同时在不断摧毁诗意，《梦与诗》B部写一位美丽的折纸鹤的小女孩，"我"却觉得小姑娘身上有一种说不出的东西，"一种暴风雨袭来之前的感觉"。原来这是一位身患绝症将不久于人世的小姑娘，"她的脸在我的眼里有些恍惚，一下子成了美丽的少女，可瞬间剥下华丽的装束后，仅是一副骷髅架"，这样的自我感觉，美丽又残忍，带有卡夫卡式的恐惧。刘恪完全没有沉溺于柔弱的浪漫主义的抒情和诗意，他是坚硬的现代主义和后现代主义风格的交融。

四、自我之谜

这里尝试讨论两个问题，第一个是刘恪作品中的自我为何呈现如此面目，根源何处？第二个是刘恪从"红帆船"时期转向"蓝色雨季"时期，其中的原因是什么？有没有某种必然性？作家本人和作品中的自我以及两者之间的关联是十分复杂的，却不是不可理解的。对于自我，刘恪有非常成熟的思考："自我不可能脱离一些基本要素和基本关系而存在，否则也不可能有什么基本经验的表述。基本的要素和关系无疑是后天的是构造性的，也就是说人是文化环境中的自我。……自我被意识时自我为一个能动过程，因为是由我去认识自我，这个活动是双重的，也包括我的主体对象化后作为客体，这也叫主客体的同一性。"⑮十分清楚了，自我之谜是可以尝试去解读的，因为自我都是在一定文化历史环境中的自我，朴素一点说作家在先，作品在后，我们可以"缘果索因"，互相印证，以达到更好理解作者和作品的目的。刘恪的先锋写作一方面形式上呈现碎片化，一方面又具有"互文"的内在通约性。晚年的刘恪在《现代小说技巧讲堂》增订版《后记》里表示，"我是一个一元论者。正如斯宾诺莎认为的一样，世界是总体的存在，是一个实体"。或许你很难想象，一个追求跨文体多元表达的先锋作家，骨子里却是个"一元论"者。

对于第一个问题，我们还可以通过一窥刘恪的美学思想来回答。文学之外的刘恪，艺术素养可以说是相当全面的。1996年元旦，刘恪在《梦中情人·跋》中写道："回观过去，少年习音乐，还是个不错的演奏员；为人师表的岁月，是技术主义的那种；研究过一段时间的古文，企图做点国学；后来看好理论，包括绘画与诗学，还着迷过一阵科学史。"刘恪自学过笛子、二胡，对音乐有精妙的鉴赏力，笔者多次听他点评《中国好声音》歌手的特色，这样就不难理解他作品中的人物注意聆听，格外重视语言的"声音"之美，其大型散文《一滴水的传说》就是一部"听水"的美文。美术方面，刘恪长期沉迷于超现实主义画派的艺术家，如达利、保罗·德尔沃、吉奥·契里诃等，专门写过专论《色彩的声音》（色彩美学专论）、《画布上的情人》（论毕加索）、《推动圆环的女孩儿》（论契里诃）、《阳光下的棕榈树》（论霍克尼）、《达利绘画中的语言》、《发光的女性》（论德尔沃）。刘恪还钻研过印象派绘画大师的作品，尤其喜欢保罗·高更的《我们从哪里来？我们是谁？我们往哪里去?》，据他本人说，第一次看这幅作品，他泪流满面。作家墨白曾说："不知为什么，读刘恪的小说，让我想到了德尔沃，想起他的《林中的苏醒》《宁静的安详》。我知道，在刘恪和德尔沃之间，在这两个生活在不同时代、不同地域的中国人和比利时人之间，肯定有一种相通的东西。"⑩小说的绘画品质，成为刘恪作品追求的一个美学目标。刘恪的写作格外强调语言的"装饰性"，他深受法国"新小说派"作家的影响，他的《词语的植物园》一文就是专论"新小说派"代表性作家之一西蒙小说的视觉性特征。

对于第二个问题，笔者认为刘恪的这一转变有作为写作者主动的选择、时代环境的影响、评论家们的肯定等或然因素，也有文学尤其是现代小说写作中的内在必然性。按照昆德拉的说法，现代小说家发现：小说在探寻自我的过程中，不得不从看得见的行动世界中掉过头，去关注看不见的内心生活。作为熟悉现代性理论和研究过米兰·昆德拉的写作者（与高兴合作译著《欲望玫瑰》），刘恪当然明白后工业时代人类面临的共同难题：人自我的丧失，主体的消解，意义消弭，强烈的碎片感等。⑰还有，刘恪对历史的态度，即一位小说家的历史观，很少有人谈及。如果说"红帆船"时期还有"宣统三年"这样明确的历史标识的话，到了"蓝色雨季"先锋文本时期，历史几乎完全在文本中隐匿，就像人物退化为一个符号，一个字母意义，甚至连提示的意义都丧失了。这和刘恪对历史的认知分不开，在《历史的幻象》这篇论文中，刘恪讨论历史的本体意义，以及历史与文学的关系，对所谓的"纯客观"充满怀疑，认为历史和文学一样都是某种"幻象"，带有重构甚至虚构的色彩，这是深受文学影响的后现代史学的观念，反过来又影响了文学。纵观刘恪的写作生涯，他也完全对历史题材的作品没有兴趣，在此意义上，他的笔触专注于内心的开掘是必然的。一百年前诗人里尔克也在吟唱一首内心的歌谣："我们/想表明，最明显的幸福即使向我们显示/我们也得首先将其化入内心，才能辨认。/爱人啊，除去内心，世界将不复存在。"⑱

作家刘恪的精神肖像在其作品中隐现，也正在被刻进文学史的界碑。

注释：

①刘恪：《写作记忆》，《青年文学》2000 年第 6 期。

②刘恪：《中国现代小说语言史：（1902—2012）》，百花文艺出版社，2013，第 422 页。

③王一川：《我看九十年代长篇小说文体新趋势》，《当代作

家评论》2001 年第 5 期。

④查尔斯·泰勒：《自我的根源：现代认同的形成》，韩震等译，译林出版社，2012，第 727 页。

⑤米兰·昆德拉：《小说的艺术》，董强译，上海译文出版社，2004，第 29 页。

⑥王一川：《平民自我的快活表白——于坚诗〈作品 67 号〉中的自我形象分析》，《北京师范大学学报（社会科学版）》1996 年第 2 期。

⑦刘恪：《现代小说技巧讲堂》，作家出版社，2020，第 177 页。

⑧刘恪：《纸上寓言》，载《耳镜：刘恪自选集》，河南大学出版社，2008，第 301 页。

⑨王一川：《破碎世界的隐秘诗意——读刘恪"诗意现代主义"小说系列》，《文学自由谈》1995 年第 1 期。

⑩迈克尔·费伯：《浪漫主义》，翟红梅译，译林出版社，2019，第 12 页。

⑪童庆炳、李树峰：《试论刘恪长江楚风系列小说的新浪漫主义特色》，载刘恪《寡妇船》，百花洲文艺出版社，1992；何西来：《神秘的荆楚艺术世界——评刘恪的长江楚风系列中篇》，《当代作家评论》1991 年第 4 期。

⑫刘恪：《梦中情人·跋》，百花洲文艺出版社，1996，第 522 页。

⑬刘恪：《色彩的声音》，载《耳镜：刘恪自选集》，河南大

学出版社，2008，第 349 页。（文中他认为"蓝"代表了凝重，而"兰"则意味着透明和诗意。）

⑭刘恪：《蓝色雨季》，花城出版社，1996，第 51 页。

⑮刘恪：《阅读的危机》，载《耳镜：刘恪自选集》，河南大学出版社，2008，第 320 页。

⑯墨白：《我所知道的刘恪先生》，《莽原》2019 年第 3 期。

⑰刘恪：《国际超文本小说研究》，载《耳镜：刘恪自选集》，河南大学出版社，2008，第 400—407 页。

⑱里尔克：《杜伊诺哀歌》，载《哀歌与十四行诗：里尔克诗选》，张德明译，山东文艺出版社，2017，第 31 页。

（选自《中州大学学报》2023 年第 1 期）

理性主义精神的非理性反思

—— 墨白中篇小说《迷失者》评析

张延文

墨白的中篇小说《迷失者》讲述了这样一则故事：17 岁的中学生赵中国在一个春天的清晨离开家门，沿着乡间小路来到河边，在一片开满桃花的树林睡着了。在梦中，他遇到了爷爷（雷邦士），爷爷让他帮忙看护桃林，自己去找赵中国的父亲赵东方。其实，爷爷在几个月前已经死去，他的鬼魂附在了赵中国的身上。赵东方的母亲毛桂兰很早就死了丈夫，自己带着一双年幼的儿女，生活非常艰难。毛桂兰在生女儿小花时落下了病，一天晚上在孩子们饥饿难耐时去偷生产队的玉米，被看秋的雷邦士抓住，两个人发生了性关系。从此以后，雷邦士就和毛桂兰在一起相好，支撑起了这个家庭的沉重负担。赵东方参军回来，当上了镇长，在毛桂兰生病期间，赵东方和妻子很少照顾母亲，是雷邦士无微不至地看护她。赵东方的妻子却诬赖雷邦士耍流氓，于是赵东方将其赶出家门。没过多久，毛桂兰就因为缺乏护理死去。雷邦士后来瘫痪在床，无人照顾，在凄惨中死去，他对毛桂兰一家人含辛茹苦的关爱却换来了这样的下场。满怀悲愤的雷邦士鬼魂借着赵中国的身体回到了镇长家，并当众讲述了这一切，拆穿了赵东方的伪善面孔。气急败坏的赵东方带着儿子去县医院求医无果，却引来各个属下趁机送礼巴结。在妹妹小花的帮助下，赵东方扎草人折磨雷邦士，并请来神婆子对付他的鬼魂。赵东方在神婆子的指点下，将雷的坟掘开，烧毁了他的尸体和棺木，让他的亡魂灰飞烟灭。

从文本的表层看，《迷失者》就是一个地地道道的鬼故事。虽然有关鬼魂的传说在东西方都广泛存在，鬼魂附身的故事也尽人皆知，但是鬼魂是否存在，却一直存在很大的争议。就目前来说，鬼魂是一个既无法证实也无法证伪的概念。一般来说，鬼魂被认为是能够脱离人的肉体存在的一种思维或意识体。在中国的民间传说里，人是由肉体和魂魄结合而成的，人死后肉体不存在了，魂魄却没有因此而完全消散，亡魂经过七七四十九天后转化为鬼。有的鬼到了另外一个世界，有的鬼却还留在人间，那些留在人间的被称为孤魂野鬼。鬼没有形体，通常在夜晚出现，怕光，怕血，能够自由穿越物体。就文字的本义来说，"鬼"是"归"的意思，也就是事物死亡之后的归宿。鬼魂的由来，作为一种对于祖先和死亡的崇拜，早已根植在人类社会文化的各个层面。在殷商时期统治者就特别重视对于鬼神的祭拜，商代灭亡之后，掌管祭拜的神职人员流散在民间，形成一个专门负责主持民间丧葬仪式的特殊的社会阶层——术士。这些术士就是早期的"儒"，这也是儒家的最早来源。这些术士精通当地的文化风俗和礼仪习惯，成为社会精神文化生活的引导者。由此看来，作为中国社会文化中主流意识形态的儒家思想，其根源也是和鬼神崇拜密不可分的。

作为儒家学说创始人的孔子，早年也曾从事过丧葬礼仪工作，他对于鬼神的态度是存而不论的。《论语》道："子不语怪力乱神。"孔子对于这类非常存在的事物保持缄默，敬而远之："樊迟问知，子曰：'务民之义，敬鬼神而远之，可谓知矣。'"在孔子看来，人要有务实的生活态度，做好自己的本分，对于那些遥不可及或者力有未逮的事物，最好不去管它，同时要保持足够的尊敬，不去冒犯它。孔子这种"未知生，焉知死？"的看法绝非一般的不可知论者，而是基于现实人生的大智慧。在时间性上，以孔子为代表的儒家文化的价值伦理观是以当下为基础的，以"现在"为中心，不去追究过去，也不着意未来。那么，对于已经失去了时空存在的生命体来说，到底去向了何方，对于当下的存在来说，就无关紧要了。而关于当下的生命体，死亡之后又将去向何方，这也大可不必去理会它。归结起来，孔子的思想就在于，不应该让不在场的事物去干扰在场的存在者，这样才能让在场的事物获得自由自在的生命境界。

孔子的学说立论根据在于"仁义"，是以"爱"为核心的价值理论。当然，在孔子那里，这种爱是有差别的爱。这种有差别的价值伦理恰恰说明了现实世界的不公正与不完美。作为一种哲学体系的儒家思想，由于对时间范畴中过去和未来层面的忽视，导致对于当下也就是事物的空间维度的过分重视，使得一直倍加推崇的价值担当成为无本之木。没有了前生来世，就会使得普通民众的信仰无所皈依，也丧失了对于未知世界的尊重。事实上，在中国的民间文化中，以道教和佛教为代表的对于鬼神的崇拜一直存在，而且鬼神文化是相当深入人心的，更是形成生死轮回的哲学观念。汉武帝时期"罢黜百家、独尊儒术"，将儒学推上了政治舞台的中心，其中也有着大儒董仲舒将儒学和道家、阴阳家的思想糅合起来，建立"天人合一"学说的功劳。应该说，在中国的传统文化里，鬼神的观念是根深蒂固的。虽然鬼神的存在对于社会政治统治来说，既有契合，也有抵牾，但整体上还是有利于传统社会的统治模式的，只是到了现代社会，这种思想意识才真正开始显得陈旧而有害无益了。

现代社会存在的基础是理性主义。理性主义是建立在承认人的推理可以作为知识来源的理论基础之上，它体现的是植根于工业社会的科学与民主精神。作为启蒙主义运动旗帜的理性主义，确立了人的主体性价值，是人类力量日益强大的必然结果。鬼神这样的无法通过科学验证的、在人的逻辑判断之外的、同时又和人的主体性存在不相干的非理性存在，自然也就无法在理性社会里获得存在的合法化依据。中国近现代社会开始的现代化运动，一直都将鬼神这样的非理性存在当作陈旧的、腐朽的事物来对待，对其加以批判。这种批判在中华人民共和国成立之后进一步得到加强，并在"文化大革命"中达到高潮。1966 年 6 月 1 日，《人民日报》发表社论《横扫一切牛鬼蛇神》，号召"破除几千年来一切剥削阶级所造成的毒害人民的旧思想、旧文化、旧风俗、旧习惯"，这是"破四旧"运动的开始。以"红卫兵"为主力的"破四旧"大军对传统文化遗留下来的文化财富进行了毁灭性的破坏。作为一种潜在的"鬼神"被标举为现实社会的首要敌人,本身也是一种非理性的社会运动,这种"非理性"是以"理性"的面目出现的,以打击"非理性"为其发动的依据。这也说明人类社会作为一种现实存在本身,是无法作为存在的合法性依据的,而那些无法得到实证的事物,也不见得就是不合法的,应该允许其存在;或者说,这些看似不合法的存在恰恰是现实存在的合法性的必要保障。

《迷失者》中的主人公,之所以会将他的鬼魂附在他喜爱的孙子身上,是因为他已经死去,他的肉体已经不存在了,他不能够在这个现实的物理世界中现身。作为一种消失了的事物,作为一个"人"(具备了时间和空间性的生命体)的权利不复存在。那么,他就缺失了以自身形象进入现实世界里的合法性,不能够去干涉在这个世界中存在着的一切事物的原有秩序。他必须借助别人的身体才能进入那个他曾经存在过的世界,他对于那个世界属于"异己者",是不洁的肮脏的事物。死者对于生者来说,是最大的禁忌之一。这也是赵中国在被鬼魂附身之后,在村中受到歧视的原因所在:"他这样想着走进镇子,可是他所到之处,一些人都在用一种异样的目光看着他。他们远远地看着他,仿佛他的身上得了一种什么古怪的疾病,一种类似梅毒、肺结核或者霍乱或者艾滋病毒的传染病,唯恐粘住了他们。"[①]村里人对于受到过鬼魂侵入者的同类产生了巨大的怀疑,这种掺杂着恐惧和冷漠的不理解和不信任,反映了普通民众的集体无意识。

借着赵中国的口，雷邦士将很多原本只能在私底下流传的隐私公布于众，比如他津津乐道、反复提及自己和毛桂兰第一次私通的过程，还扬扬得意地炫耀自己的性能力。还将村里很多人的家长里短说出来，他这样肆无忌惮地讲述，对于很多人来说，无疑是潜在的威胁。"这年春季，在桃花盛开的那些日子里，镇长的儿子赵中国撞见了赵东方的养父雷邦士的消息像春风一样吹遍了颍河镇，有关镇长和雷邦士的许多往事就像绿色的树叶一样重新长满了树木的枝头，那些语言在春风里哗哗作响，把人兴奋的神经逗引得膨胀起来。人们很难相信在一个 17 岁的孩子嘴里能讲出那么多有关颍河镇历史上的枝枝蔓蔓和一些连当事人都忘记了的真实细节。一些老人往往在他的讲述或启发下记起了那些已经被时光埋藏得很深的往事，他们仿佛回到了许多年前那些昏暗无光的日子里。许多人为了一睹他在讲述时所持的神情而放下手中的生意跑到赵镇长家来，赵镇长家的门前院后曾经为此一度而熙熙攘攘。"②

雷邦士的鬼魂在这里起到一个唤醒记忆的作用，那些陈年往事就像河底的沉渣一样被搅拌之后再度泛起，扰乱了原本平静如水的颍河镇人的日常生活。那些被隐瞒的、有意无意遮盖起来甚至被屏蔽的生命真实，那些蕴含着巨大的辛酸与悲痛的个人经历，也是所有颍河镇人生存的一种反照，甚至扩大起来，可以说代表着一个民族被遗忘的苦难历史。雷邦士和毛桂兰之间的关系属于不正常的男女关系，促成这种关系发生的根源也在于苦难的人生，由于不正常的社会现实导致的生命的窘境。"咋好上的？1958年那阵子毛桂兰才生了小花，生小花的时候遇上了难产，三天两夜才露出个肩膀来，毛桂兰流了很多血，那正是夏天，天多热呀，小花他妈就得了一身的重病。一个拖着病身子的女人带着两个孩子好过吧？那时候吃大伙，馍像火柴盒儿，清汤稀饭能照月亮，可天天还得下地去干活，不去干活连大锅饭也吃不嘴里。有天半夜，毛桂兰下班回到家里，两个孩子都饿得嗷嗷直叫，看着两个皮包骨头的孩子，她心一横，就提着篮子下了地，偷玉米去了。那天我正好在地里看秋，一听见地里有叭叭的响声，就偷偷地摸过去，上去一下子就搂住了她。那天她吓得要死，我守了半夜，肚子里正饿得要命，把她拉回去就能换一顿饱饭了。可咋拉她都不走，她说求求你了邦士哥，我家里还有两个孩子。我说你求我我的肚子求谁？说完就又拉她，拉着拉着，她就倒在地上不走了，她解开裤腰带把裤子一褪说，反正死也是死，你来吧，邦士哥，你上来吧，我求你了，我把身子给你，只要别把我拉回去……"③

对于毛桂兰这样拖着病体，独自带着两个幼儿的女性来说，在一个正常的社会里，应该给予其生活保障。毛桂兰不仅不能得到社会援助，还因为偷玉米而可能遭遇羞辱。那个时期，偷集体的东西遭到的惩罚是非常可怕的。在一个缺乏社会保障同时又没有健全的法律制度的社会里，弱者的生存环境是非常残酷的！即使是对具有健全身体的青年男人来说，也同样面临着饥饿的威胁。生命的尊严和价值被完全摧残，处于社会底层的人无依无靠，没有任何希望。这种对于现实存在的生命意义的毁坏，是一个现代社会所不允许的，以理性主义为价值基础的现代社会，对于个体生命价值尊严的维护是其存在的基石。如果一个现实的社会缺乏对于生命个体生存权的维护的话，那么，这个社会显然是非理性的，显然不是一个现代性的社会。在这个非理性的社会中生存的人，是一群缺乏自主性的人，没有自由，更不用说公民权了。而集体无意识是这个社会中普通民众最为普遍的思想状态。以毛桂兰为代表的普通民众，是不可能对这种社会的机制产生任何作用的，除了逆来顺受，没有其他出路可走，他们丧失了反抗和挣扎的能力。雷邦士作为其中的一员，也概莫能外。虽然具备倔强的性格，强烈的反抗意识，但在他活着的时候，这种精神却被现实生存的巨大压力遏制，不能得到有效释放。恪守传统的伦理道德，连成了鬼魂都不能摆脱，赵东方的妻子拉着他的手（实际上这是赵中国的手），他马上做出了反应。当赵东方打他的时候，他说："娃，你打吧，乖，几十年来我让你欺负惯了，你还打，打呀，我咋一点就不知道疼呀，你打呀！"④雷邦士被欺负了一辈子，只是因为不会疼了才敢于反抗，这多么可悲啊！而当他被灌辣椒水时，他又再次屈服了，摆脱不了这种被压迫却麻木不仁的精神状态。

对于赵中国的撞鬼，刘医生把它归结为阴阳失调，由于赵中国在家里、学校地位低，精神因长期受压抑而出了问题，就像被病菌侵入一样成为精神病患者。刘医生在解释阴阳关系时说："这人嘛，同自然界里的东西一样，是阴阳的运动规律。以人来分阴阳，女人为阴、男人为阳；以体内的血气来分，则气为阳、血为阴；就人体来说，表为阳、里为阴；若进一步讨论人体的躯干，则背为阳、腹为阴；人体的脏腑，则肝心脾肺肾属阴，胆胃大小肠膀胱三焦元腑为阳；阴中之阳是心，阳中之阴是脾。这些都是按表里、内外、雌雄的属性位置来划分阴阳的，它们之间都有着相互输送、相互联系、相互呼应的关系，和自然界的阴阳划分是一致的。把这种阴阳关系引进我们身边的世界中，你或许就会明白有的人为什么会撞见所谓的鬼魂了。"⑤这番解释的理论来源于中国传统文化里的阴阳学说。老子的《道德经》中讲："道生一，一生二，二生三，三生万物。万物负阴而抱阳，冲气以为和。"在老子看来，"道"是宇宙生成的根本，阴阳对立而统一的和谐关系是世间万物存在的基础。阴阳五行学说对中国传统文化各个层面的影响是非常深入的。如果说，赵中国是因为精神受到压抑而阴阳失调的话，那么受到压抑的又何止是他一个人？

按照传统理论，鬼魂作为极阴之物，和阳性的人显然是无法共存的，只有当人的阳性处于被压抑的状态，也就是阳性极弱时，鬼魂才有可能乘虚而入。那么，我们不妨使用现代社会的理性精神，也就是自然科学的方法来对鬼魂现象进行推理，看看能否在这个事件上找到新的解释。鬼魂的特点是没有形体和质量，可以自由进行穿越，同时具备思维的特点，鬼魂有前生的记忆。鬼魂的构成类似于中微子，中微子又被称为"鬼粒子"，是轻子的一种，中微子不带电，自旋为二分之一，质量非常轻（小于电子的百万分之一），接近于光速运动。而 2011 年 11 月，还有科学家证明中微子的速度超越了光速。由于中微子不带电，只参与非常微弱的弱相互作用，所以具有最强的穿透力，可以轻易地对地球进行整体穿越。更为重要的是，如果中微子的速度真的超越了光速，那么它就完全可能在不同的宇宙空间进行穿越。按照通常对于鬼魂的表述，接近于中微子这样的存在状态——质量轻，善于穿越，可以在异次元空间存在并逃逸，基本上难以被人类发现和捕捉。也就是说，随着人类科学技术知识的发展，对于世界的认识的加深，鬼魂这样的现象完全可以得到合理解释。至于说鬼魂带有记忆，人类的大脑就类似于一个带有能量和信息的不停地发散着的磁场。人类的记忆就是大脑中大量储存着的信息，这些信息也会以脑电波的方式脱离人体向外发散。那么，就不排除存在着在人的肉体消失后，人脑中的信息被中微子捕获的可能性。当然，就目前来说，这只能是一种假说。带有人的记忆信息的中微子，是否可以对另外一个人的脑电波进行强烈的、长时间的干扰，从而侵入那个人的意识，并影响他的思维和行为，这还没有被证明过，但至少可以把中微子作为一种假想来解释鬼附身这样的现象。

在漫长的人类文明发展史中，很多对人类社会产生过极大困扰的未知现象都逐一被揭开了神秘的面纱，鬼魂既然自始至终都伴随着人类的社会生活，那么就不会仅仅是一种单一的妄想，或者说被简单地排斥为迷信和无知。当现代文明的理性主义最终战胜了充满着神秘色彩的非理性主义后，鬼神这样的事物就失去在人间存在的合理性依据。但当我们去思索这种理性主义时，会发现它自身有着强烈的非理性的根源。这种简单的排他性，恰恰就是非理性的根源所致。既然无法被证实的事物在一个理性社会里是不合理的，那么既无法被证实也无法被证伪的事物远远多于能够被简单证实或证伪的事物。更为重要的是，人类社会的认知能力在逐步加强，之前被证实的结果很有可能被新的发现证伪，这就形成一种科学理性的悖论，也就是说，从根本上来讲，理性主义恰恰是建立在最不理性的基础之上的。由此看来，我们习以为常的，对于现代社会的理性精神不加选择的迷信是多么可怕！《迷失者》这个看似来源于民间传说的故事，通过作家墨白的充满了现代精神的叙述，却引起了我们对于现代性的反思和警惕！这也正是小说叙事的魅力所在，一个优秀的小说家，他提供给我们的是一个立体丰富的文本世界，其中生发着的意义是具有超越性的：它不仅仅是现代的，也不仅仅是传统的，它以现在的实存为中心，紧密地联结着过去，并向着未来展开了不懈的探寻！

注释：

①②③④⑤墨白：《迷失者》，《作品》2011 年第 6 期。

（选自《南腔北调》2023 年第 12 期）

在流动中守望

吕东亮

青年作家李知展出生于河南永城，成年之后一直在广东工作生活，最近入职洛阳市文学院，为中原作家群带来新鲜的力量。今年，他爆发出旺盛的创作力，长篇小说、中短篇小说集等三部作品公开出版，在《人民文学》等发表多篇小说，被选刊选载、年度选本收录，这无不显示出一个青年作家良好的创作势头。

仅以由百花文艺出版社推出的中短篇小说集《流动的宴席》为例，书中汇集其十年来创作的精品，是我们了解这位创作经年的青年作家的一个入口，同时也可以为我们观察当下中国文坛状况提供一个视角。

小说集《流动的宴席》给人最深刻的印象是其对当代中国人的流动经验的呈现。青年男女南下打工的经验、乡下人进城的经验以及在城市与城市之间变换、在城市与乡村之间归去来的经验，如此等等，在小说中是非常密集的。这种书写与当代中国的社会变迁相关，也牵系着作家本人多年来在南方几个城市之间漂泊谋生的生命感知。因而，在小说中，我们可以看到处于流动中的人群的生存流变，体会出作家对这一人群的情感状态的深切关怀。中篇小说《流动的宴席》讲述的是"北上广"失败青年的回乡故事：钟必行大学毕业在南方打工遭遇困顿，回到家乡百无聊赖，只得给身为四里八乡名厨的爷爷钟占宽做帮厨，为有红白喜事的人家操办宴席。钟必行和爷爷开着三轮车穿梭乡间，深入体会了乡间伦理及其背后的情感逻辑，对爷爷的为人处世有了新的认知。面对旧日恋人嫁入"乡村豪门"，而不久"乡村豪门"在反腐风暴中危如累卵的境况，钟必行百感交集，毅然显现出担当的姿态。小说的生活容量极大，显示了作者驾驭复杂生活经验的能力；小说时空转换较为频繁，作者的笔致却有条不紊，将岁月流转中爷爷对手艺的敬重、对家庭的守护真切地呈现出来。爷爷身上这种穿透岁月的品质，带给被流动的生活和流变的情感搅扰得有些颓丧的钟必行以勇毅前行的信念。《落下的都很安静》写的是亲兄弟情义在城乡之间的错综：兄长满山草独自承受生活的重担，辛辛苦苦将弟弟满文斌扶养成人、送入大学，并因此未能娶妻成家，默默地在老家田地里劳作；弟弟满文斌大学毕业南下闯荡，成了一个小企业主，为了报答恩情将兄长接到城里，以大吃大喝和异性陪侍的形式抚慰得了绝症的兄长，无奈兄长怜惜弟弟在南方打拼的不易，以勤俭农民的方式拒绝了弟弟的好意，并且将自己种地卖粮的积蓄留给弟弟，以帮助弟弟渡过经济难关。故事虽然简单，甚至有些传统的乡下人进城手足无措的喜剧意味，但情感是深沉的。尤其是对于弟弟满文斌经济危机的书写，不仅具有时代感，而且跳脱出了一般的关于南方小企业主的脸谱化书写窠臼，写出了时光流转、人生流动中的复杂情感样态。《黄昏误》《烈焰梅花》《濡沫》等写的则是从小地方走入大城市的青年男女的情感伤痕。这些男男女女有着强盛的生命欲望，敢爱敢恨却又不免错爱错恨，在流动的时空中或主动或被动地遭逢情感的变异交错。他们的故事常常显现出世界的奇妙抑或怪诞，这也是别一种流动经验吧。

在呈现这些流动中的生存经验时，作者对小说中的人物充满关怀，字里行间投注着关切的目光。这使得小说充满了抒情气息。作者在辗转奔波中积蓄下深沉的情感经验，"情动于中而形于言"，倾注在小说中自然是可以理解的。这种倾注主要表现为叙述人对于主人公人格的欣赏。《流动的宴席》中的爷爷钟占宽、《鬼爷》中的鬼爷、《落下的都很安静》中的满山草等都是作者寄托生存理想的人物形象，他们身份卑微而自有尊严、生活艰辛而守持德行，为这个流动不居、情感纷乱的社会维系着恒常的生存伦理，带给人们向往美好的信心。这种信心是可以抚慰或治愈流动之人的生命创痛的。

读李知展的小说，常常令我想起作家路遥，想起路遥笔下那些寄予了作家爱恨怨憎的人物。在当代文学史上，路遥对人物形象进行有力的情感评价和道德评价，曾一度遭人诟病。时过境迁之后的今天，我们重新认识到叙述伦理的重要，开始呼唤作家在创作中的情感引导和道德关切。清华大学教授解志熙关于文学曾有一番论说："文学是关怀的产物，作家的关怀从自我出发而及于世界。与人息息相关的一切存在均在文学的关怀之列。归根结底，人与普通动物之不同，就在于人是有所关怀的存在者，敏感的作家更有关怀、有介意、有不平，其深广超越常人。文学就是作家关怀的经验和基于这些经验的感想及想象之表达，深广的关怀才是文学的真正伟大之处，也是文学的真正动人之所在。"李知展的小说，就是关怀的产物，这种对流动、流变中的人的深切关怀提升了其小说的品质，也带给作家持续创作的强劲动力。

也许是因为长期身处流动的生存境遇中，李知展对具有恒常性品质的事物格外神往和迷恋，比如对于古典文学。在他的小说中，古典文学的气息是很浓郁的。他对于所心爱的人物，比如《青蛇叩水》中的李东升、《心灯》中的皮匠张、《鬼爷》中的鬼爷等，往往采用志人笔记小说《世说新语》"传神写照"的手法，使得人物风神如在目前，令人赞赏。他还善于化用古典小说意象叙事的方式，以精警鲜明的意象统御全篇。《烈焰梅花》中的"烈焰"和"梅花"隐喻的是女性伤痛所铸就的、压抑已久的复仇宣泄欲望；《红鬃烈马》中的"红鬃烈马"象征着少年男女对于自由不羁、快意恩仇之生活的向往；《青蛇叩水》中"青蛇叩水"这一幻象连接着的是李三破对于父辈光荣历史的缅怀与呼唤。这些意象的嵌入都是很得体的，也丰富了小说的韵味。他的小说题目也多具古典色彩，"碧色泪""黄昏误""夺泪来云轩""濡沫"等等，令人看到题目就对小说的内容与品质产生美好的期待。古典之美还表现在小说的语言上。

李知展注意锤炼语言，带有传统意味的修辞方法在他的小说写作中仍然发挥着效力，一些精当的比喻句、含蓄蕴藉的词汇常常令人不禁在阅读中停留片刻，感叹古典化的语文之美。借鉴古典文学的表达方式，在当下青年作家中，可谓"此调不弹久矣"。当文坛新锐们纷纷将西方大师"挂在嘴上"的时候，李知展回返古典传统，所化所得自是非同寻常。

毋庸置疑，青年作家李知展还行进在成熟的路上。对于李知展来说，这种未成熟状态从另一个方面来说预示着成长的多种可能性。他最新的作品《心灯》《青蛇叩水》等有意识地将故乡作为新的文学领地，"庸城""莽山"等地安放着他对生命传奇及其背后的生存信念的守望。这种守望与流动的经验形成丰富的张力，将开掘出李知展的文学新世界。我们期待着。

（选自《文艺报》2023 年 10 月 25 日）

用文学捍卫精神的高贵

刘宏志

　　在社会物质财富剧增的今天，我们如何处理某些道德难题，如何安放自己的灵魂？赵文辉用他的系列小说对这个问题作出了自己的回答。在赵文辉近年来创作的小说中，作家借助餐饮人这个独特的视角，展现了市井人间驳杂丰富的生活样态，同时表达了他对这个时代精神的认知和关切。

　　赵文辉餐饮人系列小说关注的重心是人的道德问题。短篇小说《喝汤记》是一篇篇幅不长但颇为精致的小说，小说围绕饭店中的一个场景展开描写，"地包天"等几个无赖在饭店吃饭，饭店的馒头因为发酵粉没有揉开而出现了黑点，于是，这几个人便以此向饭店索赔。这场闹剧最终因为另外一位客人杜医生出面主持公道而不了了之，但是小说却将几个无赖步步紧逼、饭店老板委曲求全的紧张感写得栩栩动人。小说结尾，曾开过饭店的"我"妻子在高度紧张中不自觉地身份代入，主动替老板娘招呼客人，这个细节在增加小说趣味性的同时，更呈现了鲜明的道德立场。这种道德对立的结构模式，是赵文辉这一系列小说常用的情节冲突，如《崖上》中诚信经营的根子与坑蒙拐骗的亮子的对立,《沉默的传菜生》中的老笨叔与艳红、徐小胖等人的对立,《我们的老板》中艳菊、老笨叔与徐小胖的对立,等等。在这个二元对立的结构中,作者塑造了一系列反面人物形象:如"地包天""绵羊鼻""坑王"(《喝汤记》)、金小妹(《沉默的传菜生》)、烟熏嗓(《一场搞砸了的婚宴》)、艳红(《沉默的传菜生》)、饭店老板亮子(《崖上》)、田丽丽(《小菜一碟》)等等。他们漠视人的情感和精神价值,只追求功利的人生目标,为了达到个人利益的最大化,无视道德、无视群体利益。作家通过对这些人物的刻画和嘲讽,表达了对工具理性价值观的反思和批判。

在这种冲突中,作家也表明了自己的价值指向。《喝汤记》中的"我"和妻子,是无法应付各种关系而不得不放弃饭店经营的失败者,但是,在看到别的饭店经营者遇到困难的时候,他们不是幸灾乐祸或者隔岸观火,而是感同身受地为饭店老板娘焦虑,本来可以袖手旁观的杜医生也仗义执言,帮助饭店老板娘渡过难关。在人生的关键时刻,他们都能呈现出人性中最高贵的一面,从而给读者带来希望。此外,《沉默的传菜生》中,少华的妈妈无法挽救自己的生活,也没有能力挽救自己的儿子,但是却坚持做义工帮助别人,老笨叔被妻子、女儿嫌弃,却不顾自身利益,挽救了少华的生命;《一场搞砸了的婚宴》中的付青山经济困窘,妻子残疾,给儿子办婚事的时候,因为饭店方面出现问题导致婚宴受到一定影响,有要求饭店赔付的理由,但坚持给饭店付了全款;《我们的老板》中的路大国经营困难，却对员工非常友善，而员工艳菊和老笨叔在路大国人生最低谷的时候，竭尽所能地保护了路大国的饭店；《小菜一碟》中的大伟和艳菊，即便自己经营的饭店破产，也要坚持还清所有人的欠款再离开；《崖上》中的根子，因为坚持诚信经营，导致自家饭店的顾客不断被人抢走，但却始终坚持笨拙的经营方式。仔细分析这些"失败者"形象，我们发现，诚信、知恩图报、对周边的人报以善意的关爱是这类人的基本特征。这类形象其实是对利己主义的一种反驳。无论在什么样的情况下，他们都始终坚守着自己的精神和道德底线，虽然这种坚守让他们显得有些愚笨、悲壮，但是，也正是在对这些人的愚笨和悲壮的书写中，凸显出了人类精神的希望所在。

在工具理性甚嚣尘上的时代，文学应该成为捍卫人类精神高贵的最重要的防线。但现实是，很多文学已经在忙着吟咏成功者的赞歌，而忽略了人类精神的健康。从这个意义上，赵文辉的餐饮人系列小说有着重要的意义，他指出了这个时代人的精神生态问题，强调着人类道德的价值。他以自己的文学，捍卫着人类精神的高贵。

（选自《文艺报》2023 年 10 月 9 日）

反观的成长叙事与前瞻的艺术探索

——郑在欢小说创作论

徐洪军

在一次访谈中，郑在欢直接触及了其小说创作中的"成长"主题："为了让自己长得更快些，我写了这篇小说（指短篇小说《团圆总在离散前》）。""或许是因为写作太滞后，同龄人迷茫的青少年时光还没写完，他们就已然成了社会的顶梁柱。"[①]显然，这里的"成长"不仅包括其小说中"同龄人"的成长，也包括其创作艺术的成长。也恰恰是因为他以一种近乎非虚构的方式写出了"同龄人"艰难曲折的成长过程，并在此过程中显示了他小说艺术的成长性，郑在欢越来越受到批评界的高度关注。2022 年 9 月，他与江苏作家孙频、内蒙古作家渡澜一起获选为首届王蒙青年作家支持计划年度特选作家。

迄今为止，郑在欢的小说主要集中为三本短篇小说集《驻马店伤心故事集》《今夜通宵杀敌》《团圆总在离散前》和一部长篇小说《3》。在这些小说中，比较受到大家关注、评价也相对较高的是他的农村题材小说。所以，本文讨论的作品主要是他的农村题材小说。

当代河南小说一直以农村题材见长，李凖的《不能走那条路》《李双双小传》《黄河东流去》、张一弓的《黑娃照相》《犯人李铜钟的故事》、田中禾的《五月》、李佩甫的《生命册》《羊的门》、周大新的《湖光山色》、刘庆邦的《鞋》、刘震云的《故乡天下黄花》《一句顶一万句》、阎连科的《年月日》《日光流年》等，都在文坛上产生了很大反响。近几年又涌现出梁鸿的《梁光正的光》、邵丽的《金枝》、乔叶的《宝水》等重量级文本。河南的 90 后作家中，在文坛上崭露头角的也主要是书写农村题材的，如郑在欢、王苏辛、小托夫、智啊威等。大概主要是年龄的原因，人生阅历有限，小说创作也刚刚起步，90 后河南作家的农村题材小说更多融入了成长的主题，小说艺术也处于一种探索的成长状态。

反观的成长叙事

20 世纪 90 年代，我国出现了第一代留守儿童。作为他们中的一员，郑在欢几乎所有小说的主人公都是 90 后。由于他的很多小说都带有"伦理冒犯性的半透明"[②]性质，是一种"非虚构的经验产物"[③]，通过系统阅读他的小说，我们或许可以看到 90 后农村一代的成长轨迹。

大概与自己的成长经历有关，郑在欢小说中的一些主人公从小就失去了父母，在成长的过程中缺少亲情的关怀。他们所面对的是面目不清的父母（如《这个世界有鬼》中刘毅的爸爸、多篇小说主人公李青的妈妈）、面无表情的父母（郑在欢小说中大多数孩子的父母都是这样），或者面目可憎的继父继母（如刘毅的继父、李青的继母）。《不灭的少年》中的亮亮从小爹死娘改嫁，与奶奶相依为命，在村子里像一棵野草一样野性生长，遭受风吹日晒、雨打霜侵。《暴烈之花》中的"我"，父亲因为卖黄书、偷苹果两次坐牢。父亲坐牢期间，继母花不是全力照顾孩子，"而是抛家弃子一个人去外地逍遥自在"。《恶棍之死》中的三个女孩，母亲去世，父亲进了监狱。她们"在没有父母的情况下不算快乐地长大"。"为了保持在大人眼里的一点尊严"，老大"必须收起孩子气的一面，不和同龄人玩耍，承担起大部分家务，对奶奶爷爷的话唯命是从"。老二"总是脏兮兮的，白净漂亮的脸被乱糟糟的头发遮掩，双眼躲闪不定又桀骜难测"。老三因为父亲的愚昧天生就是一个傻子。"作为家里的最底层，她们几乎从来没有吃过零食。""屋里的一切狂欢都和她们无缘。"④长篇小说《3》中的秋荣三姐妹，父亲离家出走，母亲重病在身，面对生命垂危的母亲，三姐妹向父亲要钱，父亲提出离婚的条件。父母离婚后，母亲病愈改嫁，奶奶到广州乞讨要钱，她们只能寄住在薄情寡义的叔叔家里。总之，这些孩子在童年时期面对的家庭伦理环境就是："父亲抛弃母亲，母亲抛弃孩子，孩子长大了，又相互抛弃，像个怪圈，绕不出去。"⑤

即便没有被父母抛弃，这些孩子的成长环境也同样令人感到揪心。他们的父母似乎完全不把孩子放在心上，做任何事情几乎从来不去考虑孩子的处境。"吵架夫妻从来没怎么管过孩子，吵架女把所有的精力都用在了吵架上。"⑥ "我十三岁那年，花决定去广州找我爹，把我和玉龙留在家里。"⑦

　　除了遭受父母的忽视，这些孩子在成长过程中甚至还会受到来自父母的消极影响。童年时期，他们会跟父母一起观看淫秽录像。在家里播放三级版《金瓶梅》的时候，父母丝毫不回避未成年的孩子。"当天晚上我就看到了这部经典之作，我爹和花带着玉玲躺在床上，我和玉龙坐在地上，他们用遥控器操作碟片，最先出来的是九宫格的片段选择，每一格的画面都会动，屋子里一片莺声浪语。"⑧他们会被父母之间的打架吓得不知所措。爹和继母打架时，"屋子里丁零当啷，玉玲吓得哇哇大哭，我第一次看到这阵仗，畏畏缩缩不知该如何是好，玉龙倒是见怪不怪，站在旁边冷眼旁观"⑨。会在父母的影响下小小年纪就学会赌博。"那一年花生孩子，我爹也在家，有了这两大赌鬼，赌徒们很自然地把我们家当作根据地，每天吃完饭就奔这里来，比上班还准时。""我爹和花永远奋战在第一线上，我负责看孩子，玉龙四处转悠，争取不错过每一个精彩的赌局。""于是，那一年玉龙九岁，我十二岁，我们早早学会了打牌。"（《勇士》）会遭受父母的家暴。在郑在欢的多篇小说中，继母花那冷血残暴的形象令人印象深刻。"我妹妹玉玲腿上被她砍了一刀，弟弟玉龙胳膊被掰断，小弟玉衡直接因为她的疏忽溺水身亡。"⑩他们，尤其是女孩还往往会成为家里最廉价的劳动力。童年时代，大雪、春蓝、秋荣这些女孩无一例外都经历了这样的成长过程。在春蓝家，"大部分时间，早餐都是她一个人做"⑪。

寄居到叔叔家以后，劳动非但没有让秋荣觉得是一种美德，反而感到屈辱，"为婶子劳动，是屈辱"[12]。失去父母，与爷爷奶奶一起生活的大雪，更是家里家外一个主要劳动力。

与男孩相比，除了这些，女孩们还会受到来自父母的性别歧视。在长篇小说《3》中，大雪的爸爸在有了大雪、二雪两个女儿之后，极力想要一个男孩。为了实现这一目的，他竟然相信江湖郎中的鬼话，买来一张药方，以为只要按照药方吃药，"就能让母亲腹中的女孩变男孩"。结果，"小雪长到两岁，还是不能说话，不能走路，目光呆滞，只知道吃。郎中的药没能把小雪变成男孩，只是把她变成了傻子"[13]。成人以后，在爱情婚姻上她们也不能按照自己的意愿追求自己的生活。春红虽然"又高又胖，白白净净，总被人夸奖漂亮"，却依然没有拗过母亲，嫁给了一个"比她矮半个头，比她胖一圈，黝黑的脸上泛着斑驳的油光"的男人，只是因为"这一家在外面开饭馆，听说很有钱"。在春蓝看来，"这场婚姻更像是屈服于金钱与父权的无奈之举"。

在这种环境下成长起来的 90 后农村少年会成为怎样的人呢？郑在欢基于自己少年时期的生活经验，写了他们的孤独恐惧、离家出走、暴力血腥，基于对同龄人成年生活的观察，写了他们颓废的娱乐、卑微的爱情、底层的工作以及灰色的人生。

十二岁的李青一个人睡在昏暗狭小的柴房里，刚刚见过公杨尸体的他不免感到害怕。"他想睡觉，但没有一丝睡意。他紧闭双眼，耳朵却不由自主地支棱着，紧张地捕捉着周围的一切动静。""每一次，门重重合上，都把他吓出一身冷汗。……（他）缩在被子里，破窗而来的冷风和恐惧让他瑟瑟发抖。"⑭被继母打过以后"我"离家出走。"在田野里，我度过了整个白天。"逃到奶奶家，奶奶不敢收留；逃到外公家，外公不愿收留。"天慢慢黑下来，连鸟都回巢了，只有我无处可去，就像一个多余的肿瘤，没有人欢迎。"最后还是被外公送回家后，"我才绝望地发现，我在这个世界上没有亲人"。⑮在暴力的环境中成长起来的他们，对人对物同样充满暴力。对于无父无母的孤儿亮亮，"我们"给予的不是同情和帮助，而是侮辱与欺凌。

　　长大以后，这些孩子几乎无一例外成了城市里最底层的打工族。在郑在欢的小说中，这些90后农村青年从事的工作主要是流水线的计件工、理发店的洗头工和小饭店的学徒工。因为没学历没技术没资金，他们只能干这些看不到未来的工作。刚开始的时候，在四方酒馆做学徒工的张辉还从他的老板鲁胖子身上看到了希望，指望着将来自己也能像他这样开一个属于自己的饭馆，但是，他所面对的现实已经早不是鲁胖子当年的情形了。

　　"比如鲁胖子十多年前打工的时候工资是七八百块，他现在的工资也没有高出多少；比如鲁胖子开饭馆的时候租个铺子是三千多块，而现在租个铺子需要三万多块；比如鲁胖子打工的时候鸡蛋一毛钱一个，而现在的鸡蛋是一块钱一个。"⑯因为工作没有前途，这些年轻人也无法收获一份属于自己的最卑微的爱情。在《点唱机》中，在街头摆摊的女孩小圆可以跟"我"发生关系，第二天却依然选择了不辞而别。在《团圆总在离散前》中，马艳可以把第一次给了牙狗，却拒绝跟他结婚："我是属于傻子的，或者说，我是属于二十万的。"[17]男孩如此，女孩同样没有追求自己爱情的权利。《3》中的春蓝，虽然与工友崔志杰两情相悦，但是最后也不得不屈服于现实，在老家相亲结婚，生儿育女。

在经历了那么多世事，见识了那么多同龄人的生活之后，郑在欢对他们这一代农村青年的未来也不可能不产生自己的思考。在小说中，他似乎想象了三种可能。第一种比较极端，就是《今夜通宵杀敌》中李青、刘毅、张全他们的选择：相约自杀。但是显然，这只是一种无望的发泄，在小说的最后，作者也揭示了他们的故事只是李青在网吧里产生的一种幻想。第二种又过于理想，就是《3》中大雪、春蓝、秋荣最后的结局：三个女孩不约而同又回到杭州，再次回到她们曾经经营的美甲店。她们大概是希望通过"Girls help girls"的方式建立一个互助家园。但是，这也只能是一种理想。最现实的可能还是《团圆总在离散前》中青年人的生活状态：马宏、马良表面风光，背后却是别人看不到的心酸。多雨面对那么多男青年的追求却不明白自己到底想要什么，刚子在外面辛苦打工一年到头来还不得不靠举债过年，牙狗喜欢的女孩可以把第一次给他却不愿意跟他结婚，张全虽有对文学的爱好和追求却不知道自己生活的前方在什么地方，残疾的高飞每日能做的只是蜷缩在自己的小卖铺里旁观生活的洪流在自己面前流过……郑在欢似乎希望给自己所属的这一代农村青年一个光明的未来，但是到最后他们所必须面对的依然是生活的一地鸡毛。

前瞻的艺术探索

郑在欢的小说之所以引起文坛关注，一个很重要的原因是他所书写的 90 后农村青年的成长历程，为我们提供了一个观察 90 后的别样样本。在他的小说中，我们看到了"新的文学想象在生长"[18]。但是，作为一个小说作家，在叙事内容受到关注的同时，其小说创作的艺术问题也不可避免地会受到关注。在杨庆祥主持的联合课堂"'90 后'，新的文学想象在生长"上，青年批评家们就对他小说的艺术性提出了尖锐而又中肯的批评。在此后的几年中，我们也能够看到，郑在欢一直在努力地进行小说艺术性方面的不懈探索。因此，在这里，我们对他这些年所做的探索进行一次认真的检讨应该说是及时而富有意义的。

在艺术上，郑在欢的小说值得关注的地方可能包括语言、人物形象的塑造、素材上的自我重复，还有小说的结构问题。对于他的语言，大家基本都是比较肯定的，认为他的语言"总是散发着一种生气勃勃的狂野气质，质朴粗粝、平白晓畅，又常出惊人妙语"[19]。人物形象问题也已经有学者指出。他小说中的人物，每一个人的故事可能都令我们印象深刻，但是总体来看，我们却无法在脑海中形成一个立体丰满的人物形象。比如他小说中的李青，可能就是作者本人在小说中的一个代言人，他在很多小说中来回穿梭，但是我们却始终看不清他的面目。我不认为这一问题的出现是因为作者"放弃了在故事中制造典型形象"[20]，而是因为作者在这方面还缺乏足够的自觉性，而且这种自觉性到现在也没有建立起来，这不仅影响了他前期小说的艺术成就，可能还会影响到其以后的小说创作。至于素材上的自我重复，我倒觉得，随着人生阅历的增长和问题意识的逐渐成熟，这一问题会得到自然解决。

让郑在欢一直念兹在兹同时也为批评界反复提及的是他小说的结构问题，这也是本文讨论的一个重点。开始创作的时候，郑在欢的想法是"顺从自己的心意，想到哪写到哪，不做任何结构上的处理"[21]。这种写法一方面让人感受到一种"好好讲故事的传统的复活"[22]，但同时也让更多人感受到他的作品形式感的不足。或许是对批评界反馈意见的吸纳，也或许是对自己创作问题的反思，在近几年的小说中，我们明显能够感觉到郑在欢在结构方面的用力。在这里，我们希望把郑在欢所有的小说看作一个整体，探讨他在结构方面的成长以及成长过程中依然存在的问题。

起初，郑在欢在结构上似乎的确是无意识的，小说的结构不同程度地存在这样那样的问题。有些小说读起来很像《某某人二三事》，比如《海里蹦》，以一个留守儿童的视角叙述一个农村老人的卑微命运，充满悲剧性，但是，小说的三个故事之间既缺乏有机的联系，也没有形式上的勾连。还有一些小说读起来感觉思路没有厘清，郑在欢在写小说时可能并没有弄清楚自己的叙事目的，在创作过程中，同时有多个叙事的冲动纠缠着他，而他又没有厘清这些叙事的关系，更多还是"顺从自己的心意，想到哪写到哪"，这就导致他的一些小说在结构上缠绕不清。最典型的是《撞墙游戏》。在这篇小说中他主要想讲阿龙的故事，"我"即便在小说中出现，也应该是以阿龙故事见证人的身份，这一点从小说的题目上也可以看得出来。所谓的"撞墙游戏"，其实就是阿龙在醉酒以后凿穿一家商店的后墙企图入室偷盗。但是，可能是因为小说的素材来源于自己的生活经验，作者在写作过程中多次离开阿龙叙述"我"离家出走的故事，这就使得这篇小说在结构上不够清晰。还有一种现象在郑在欢的小说中十分突出，在讲述主要故事情节的时候他会不自觉地拐个弯，开始你以为他是插入一个回忆性的小片段，而事实上他会讲得很长，甚至会彻底改变小说故事的发展方向。比如《收庄稼》，一家人在地里收庄稼，龙头的坟埋得太浅，腐尸的味道熏得人无法干活儿。一家人一起议论龙头的死亡，见证了整个事件的父亲给大家讲龙头死亡的原因以及几个人把龙头的尸体运回老家的经过。整篇小说基本上是这种一边写"过去"一边写"现在"的结构，但是，其中有两个情节绕得实在太远。在将龙头的尸体运回老家的时候，父亲他们坐的是火车，在火车上他们跟一个驻马店的女人聊天，女人给他们讲述了一个她本人遭遇劫匪的故事和一个女孩被奸杀的故事，这两个故事在小说中占了很大的篇幅，却跟小说的主干故事没有任何关联。之所以出现这种现象，可能有两个原因，一个是有意的，郑在欢想通过这些故事扩大小说反映的社会面；一个是无意的，他脑子里的故事实在太多，写小说的时候有一种讲故事的惯性，在这种惯性的驱使下，他忘记了结构，按照脑子里的思路一路讲了下去。

当然，这种无意识的结构方式也并非全都存在问题，有些小说的结构我们觉得作者是无心插柳柳成荫，恰恰与小说的叙事内容相吻合，在形式上达到了更好的艺术效果。比如，他很多小说结构上的一大特点就是显得比较松散，这种松散有一些让人感到不够成熟，但是有一些反而让人觉得恰恰更好地呈现了小说人物的生存状态。比如《吵架夫妻》《疯狂原始人》《暴烈之花》《勇士》《没娘的孩子》《人渣的悲伤》《恶棍之死》《法外之徒》《不灭的少年》等，这些小说的目的都不是完成某一件或几件事的叙述，而是要呈现一个或一些人的生存状态。基于这种考虑，小说就不免会从不同时期不同领域呈现人物的不同侧面。这种写法在结构上可能依然有松散的感觉，但是不得不承认的是，它们的确比较成功地完成了小说的叙事任务。郑在欢的小说结构上的另一个突出特点是他的很多小说在结尾的时候都是戛然而止，不拖沓，不累赘，没有匠气，反而给人一种干脆利落、意犹未尽的感觉。比如《勇士》，小说结尾写"我"去年春节回家见到玉龙的妻子，她告诉"我"她一直以为玉龙没有妈妈。在"我"告诉她"玉龙有妈""没有妈的人是我"之后，小说突然就结束了。这样的结尾不仅很好地呈现了玉龙与他妈妈之间的关系，而且表达了"我"对自己身世的感叹，艺术效果堪称绝妙。再比如《撞墙游戏》，小说的最后一个故事情节是阿龙带"我"去偷商店，在试图穿墙进去的时候阿龙被卡在了墙洞里，小说到这里就结束了。绝妙的是小说的结尾既充满了黑色幽默又带有浓厚的讽刺意味。被卡住以后，阿龙不是悲观绝望而是依然满不在乎。"'咱们玩儿会玻璃球吧。阿龙说，'不然的话就要睡着了。''玩什么？''玩撞墙。''好，我先来。'阿龙拿起一个玻璃球撞出去。他撞得太远了，远到远远超出了他的活动范围。"小说到这里就结束了。这个结尾不仅在故事的讲述上戛然而止，而且十分巧妙地讽刺了阿龙没心没肺、做人做事不考虑后果。

接收到批评界的反馈意见之后，郑在欢开始有意识地进行小说结构方面的探索，这在近几年的小说中表现得相当突出。实事求是地讲，有些探索的确值得肯定。在《这个世界有鬼》中，标"A"的五个部分叙述李青、刘毅、张全自杀前的故事，标"B"的五个部分讲述他们自杀以后的情形，结尾部分用一个"C"暗示前面的内容都是"我"的虚构。这种结构方式在霍达的《穆斯林的葬礼》、李佩甫的《生命册》《平原客》等小说中都曾经被使用过，但郑在欢最后用"C"显示了他小小的突破。《外面有什么》的结构是三条线索齐头并进，这三条线索在结尾部分交织在一起并达到高潮。文在城市里以盗窃为生，妻子花米在酒店当服务员，儿子斌斌在当地中学读书。大年夜，文外出偷盗，花米与酒店经理乘车私奔，斌斌正在与当地的孩子打群架。就在花米的车子将要启动时，斌斌看到了自己的母亲，前去阻拦的时候却被车子轧断了双腿，飞驰而去的花米没有看到儿子的遭遇，此时的文也正在一个空房子里与死去多年的房主合影。小说是时间的艺术，在讲故事的时候作者只能讲完一个再讲另一个，不可能同时讲述同时发生的好几件事。但是在这篇小说中，作者用三条线索成功讲述了一家人在大年夜同一时间遭遇的不同命运。它给人带来的阅读感受是，三个人在三条线索上不约而同地朝着同一个故事现场奔赴，他们行色匆匆，只是为了在小说最后的画面中定格。《谁打跟谁斗》是对《回家之路》的改写。从结构上讲，这篇小说要比《回家之路》好很多，对读者的冲击力更大。小说分为三个部分，第一部分是杀人犯军舰跟狱警的对话，由此我们知道了第二部分的叙事主人公是谁；第二部分让军舰作为第一人称主人公讲述自己的悲惨经历，是小说的主体部分；第三部分是对军舰邻居、儿子的采访，让我们从多种视角对军舰的悲惨人生多了一些理解和同情。这种结构能否视为创新，或者说是否成功可能会有一些争议。但是在我看来，只要结构能与小说的内容和形式构成审美上的自洽，不管这种结构之前我们是否见过，也不管它是多么奇怪，都可以视为一种创新。长篇小说《3》的结构可以视为对短篇小说《这个世界有鬼》《外面有什么》叙事结构的综合与发展。小说先用三条线索分别叙述大雪、春蓝、秋荣从童年到青年的成长经历，结尾部分让这三个女孩相互认识，实现了叙事线索的交织。作者用"（1）"提示这一节写的是大雪，"（2）"写的是春蓝，"（3）"写的是秋荣，虽然在小说的全部三章中这三个人物的出场顺序有所变化——第一章的顺序是（1）（2）（3），第二章是（2）（3）（1），第三章是（3）（1）（2），三章中各节的题目也有不同——第一章写大雪、春蓝、秋荣的节统一命名为"雪至""春来""秋去"，第二章改为"雪封""春心""秋零"，第三章改为"雪融""返春""金秋"，但是阿拉伯数字(1)（2）（3）的标识却始终如一，这就给读者在阅读的时候提供了更高的辨识度。按照这种结构，这篇小说就有了两种不同的阅读顺序，一种是按照小说文本给我们呈现出来的一路读下去，这样，我们可以集中看到三个女孩不同年龄阶段（童年、少年、青年）的成长历程，有利于把握一种群体的生命状态。另一种阅读的顺序是将三个女孩的部分分开来读，即，读某一个女孩的篇幅时就只读她自己的，一下子全部读完，这样就可以集中看到她们每一个人物从童年到青年的成长经历。从这个意义上来说，这种结构是一种创新，是成功的。

探索有成功就有失败，郑在欢对小说结构的探索也是如此。在一些小说中，我们明显能够感受到作者的探索意识，但是阅读的整体感受告诉我们，探索的效果并不理想。郑在欢小说创作的起点是少年时代外出打工，业余时间无事可做，就开始写东西给一起工作的人读。这种写作习惯到现在都在影响着他，一方面给他带来了"好好讲故事的传统的复活"，但是另一方面也长期影响着他，使其小说始终走不出"连缀成篇"㉓的固定格局。这一问题被人指出以后，郑在欢有意识地进行了改进。改进的方式主要是用几条线索同时讲述不同人物的故事，最后通过几条线索的交织实现小说整体结构的交融。作为对小说结构的探索，虽然《这个世界有鬼》《外面有什么》《3》还算比较成功，但是，一方面，我们依然可以从这些小说中看到"连缀成篇"惯性思维的幽灵萦绕不去，另一方面，当某种结构成为一个作家连续使用的艺术手段时，他就需要警醒，需要新的探索，而不能陷入自己织就的套子里故步自封。这一问题在中篇小说《团圆总在离散前》中体现得尤为明显。就结构而言，这篇小说甚至只是一篇半成品，还没有成为一篇结构严谨的中篇小说。在前半部分，作者分别用每个人物和他们打工所在的城市为这一节命名，如"上海·马宏""北京·马良""深圳·多雨"，以短篇小说的形式书写他们在城市里的生活片段。后半部分，作者以时间为线索，整体呈现这几个年轻人回到老家以后过年的情形，如"腊月二十五·村口·高飞小卖部""腊月二十七·家""腊月二十八·逢集日·集市"。小说的前半部分以人为线索，后半部分以时间为线索。前半部分以分散的形式呈现六个青年各自的故事，后半部分让这六条线索实现交织与交融。问题主要出在后半部分。虽然不再以小标题的形式标识每个人的故事单独成节，可是读过之后我们发现，在这一部分，人物和人物之间的融合依然不够，给人的感觉依然是各自独立的。郑在欢集中精力写一个人物没有问题，可是在同时叙述几个人共同的故事方面可能还欠缺火候。

还有一些小说，让人感觉作者在结构上的"创新"太过刻意，似乎有些做过了头。比如《不灭的少年》，这篇小说主要写一个爹死娘嫁人的孤儿亮亮少年时代的不幸遭遇。在讲述亮亮故事的时候小说使用了回忆的手法，叙事时间时不时就会回到"我"与女友做爱的"现在"。本来，亮亮的故事已经足够引起人的关注，作者对故事的叙述也可谓浑然一体，完全没必要加上"现在"这个与亮亮的故事没有任何关联的外壳。加上以后效果反而不好，"现在"这个多少带有一点情色味道的外壳在一定程度上降低了亮亮的故事给读者带来的冲击力。类似的问题也出现在长篇小说《3》中。在不同的章节中，大雪、春蓝、秋荣她们出场的顺序是不同的。作者的本意似乎是想通过这种方式表达一种循环往复的意味，所以用了（1）（2）（3）、（2）（3）（1）、（3）（1）（2）这三种排列顺序。这一点在这三章的题目上也能够看得出来，第一章的题目是《雪春秋》，第二章是《春秋雪》，第三章是《秋雪春》。但是，这种结构方式给我们带来的阅读感受除循环往复这一点之外，还有两点更为突出，一是故意玩弄技巧，二是三个女孩的故事很容易混为一谈，分不清谁是谁。就第一点来说，我们很能理解作者的心态。从他的第一本短篇小说集《驻马店伤心故事集》出版以来，评论界对他小说结构的欠缺就多有批评，他本人似乎也特别在意这一点。所以，在后来的创作中他一直在努力创新，这一点从《驻马店伤心故事集》《今夜通宵杀敌》《团圆总在离散前》《3》这样一个大体的创作历程可以看得十分清楚。但是，我们不得不说，结构的创新固然十分重要，但是，不能为了创新而创新，甚至因此而忽略了它与小说叙事之间的契合问题。结构过于简单陈旧固然不好，形式需要创新，这也是一切艺术发展的一个重要标志，但更重要的是我们还要考虑这种创新能否十分恰切自如甚至完美地实现小说叙事的目的，如果没有必要，甚至起到了相反的作用，我们就会怀疑这种创新的价值。就第二点来讲，我们认为这跟郑在欢塑造人物形象能力的欠缺也有关系。就人物形象本身来看，这三个女孩的形象既不够立体丰满，相互之间区分度也很小。在人物形象本就不够清晰且区分度不大的情况下，再这样不停地变换她们的出场顺序，无疑会进一步加重读者对人物形象塑造不足的印象。

通过上面的分析我们可以看到，结构问题的确是郑在欢目前面临的一个关键问题，它既让批评家感到不满，又让郑在欢本人困惑不已。这一问题的出现大概主要还是由郑在欢的创作起点引起的。郑在欢创作的最初目的是给人讲故事，这就决定了他小说的篇幅一般不会很长，而且不以塑造人物为目的。这一创作出发点自然会给人留下一种"好好讲故事"的印象，但是，如果专业从事小说创作，尤其是中长篇小说，这种创作习惯就会给他带来很大束缚。意识到这一问题的严重性之后进行有意识的突破，这种努力值得肯定，而且作者也实现了一定程度的成功。但是显然，作者尚未完全从这种创作惯性中摆脱出来，这大概依然是郑在欢将来必须面对的一个重要问题。

在谈到郑在欢的小说时，很多评论家都说他是 90 后作家中的一个"异数"，这似乎意味着郑在欢在 90 后作家中不具有代表性。但是，根据我本人的生活体验和阅读感受，这种印象实

在是一种误解，而且，这种误解在一定程度上显示了 90 后一代
青年人内部的分歧：大家不再拥有共同的生活经验和文学想象。
虽然当下的文学与生活之间已经不存在像 20 世纪 80 年代那样明
显的同构关系，我们也很难说谁的作品能够代表一个时代，但
是，在这篇文章的最后，我还是想从郑在欢小说内容的真实性
与时代性两个方面简单申述一下其小说创作的代表性意义。

要谈代表性，首先需要面对的一个问题就是，郑在欢笔下
的农村能否代表 20 世纪 90 年代的中国农村？随着改革开放的逐
渐深入，进入 20 世纪 90 年代之后，中国各地农村之间的差别的
确不容否定，但是，就河南农村的社会现实来看，我觉得郑在
欢的小说具有一定的代表性。这一点从作者的创作态度和大家
的历史经验可以得到一定程度的验证。在《驻马店伤心故事集》
的《后记》中，郑在欢十分诚恳地坦言："我在农村长大，熟人
社会，每个人都认识，后来我开始写小说，他们毫无疑问成为
我最直接的素材。在这一系列故事里，我没有用小说的方式处
理，这不是说没有虚构的地方，我只是沿着真实的脉络处理素
材，不去提炼主题，也不作评判。就像是画家的人物素描，不
加任何色彩，我只是单纯想检验一下自己的记忆，检验一下我
认识的这些人，他们在我心中的样子。"[20]这种夫子自道式的创作
自述，还有很多小说中呈现出来的时代景观，如《撞墙游戏》
中城镇电视台循环播放的卖药卖化肥的拙劣广告，《今夜通宵杀
敌》中因为堕胎导致的性别失衡，《3》中计划生育政策在农村
社会产生的影响等，再加上很多批评家对其小说内容"经验性

写作"的判定，即使不去印证有关 20 世纪 90 年代的历史资料，我们大概也能判定郑在欢小说的真实性和时代性。以这种真实性和时代性为基础，我们说郑在欢的小说具有一定的代表性大概不算言过其实。

注释：

①景鑫：《郑在欢：民间文化特别善于解构，能把八竿子打不着的元素拼贴到一起》，《第一财经日报》2022 年 8 月 18 日第 A12 版。

②贾想：《"土的写作"与"风的写作"》，《文艺报》2019 年 5 月 6 日第 2 版。

③⑱㉒㉓杨庆祥：《"90 后"，新的文学想象在生长》，《西湖》2018 年第 12 期。

④⑥⑦⑧⑨⑩⑮㉑㉔郑在欢：《驻马店伤心故事集》，上海文艺出版社，2017，第 211—217 页、第 70 页、第 128 页、第 110 页、第 112 页、第 142 页、第 158—167 页、第 271 页、第 271 页。

⑤⑪⑫⑬郑在欢：《3》，《十月·长篇小说》2021 年第 6 期。

⑭⑯郑在欢：《今夜通宵杀敌》，上海文艺出版社，2021，第 30—31 页、第 107 页。

⑰郑在欢：《团圆总在离散前》，江苏凤凰文艺出版社，2021，第 174 页。

⑲刘阳扬：《与文字一起野蛮生长——郑在欢小说论》，《青春》2017 年第 2 期。

⑳郑斯扬：《苦弱者的退散——读郑在欢近作》，《名作欣赏》2018 年第 9 期。

（选自《时代文学》2023 年第 4 期）

乔叶：书写新时代的山乡巨变

陈泽来

弹指一挥间，已去三十载。

1993 年，在豫北老家乡下教书的乔叶，在《中国青年报》发表了处女作，三年前的一个丽日晴天，乔叶从郑州北上，去北京老舍文学院报到。

30 年前，我还在古凉州的一个小县城读书。温习功课之余，最大的爱好是去校外和邮政报刊亭约会。20 世纪 90 年代初的《辽宁青年》《涉世之初》《新一代》等青年杂志，不时刊出乔叶的青春美文，共青团吉林省委主办的《青年月刊》杂志，更是为其开设了两年的专栏"乔叶绿荫下"。乔叶早期的散文清新隽永，富含人生哲理和生活智慧，对生命和人生的意义，有着深沉的思辨和探索。风靡一时的《女友》杂志，还将乔叶和邓皓、赵冬、洪烛等以散文创作为主的十位青年作家，推选为"全国十佳青春美文作家"，受到很多青年学子的推崇。

1993 年 2 月，《中国青年报》副刊发表了乡村教师乔叶的处女作《别同情我》，这给了她很大鼓励。《中国青年报》很快又推出了乔叶的《一个女孩的自知之明》《愁嫁》……这些文章在读者中引起强烈反响。那时候知名的几家青年杂志发行量巨大，传播度很广，在《青年月刊》和《辽宁青年》等杂志的连番轰炸中，乔叶这个妙手偶得的笔名，逐渐被越来越多的文学青年熟知。

2001 年，已经出版了 7 本散文集的乔叶，经河南省文联考察后调入河南省文学院工作。在南丁、田中禾、孙荪、李佩甫、张宇等文学前辈的帮助和鼓励下，乔叶毅然决定暂时放下已经写得顺风顺水的青春美文，开始转型写小说。2002 年至 2003 年，乔叶写出了平生第一部长篇小说《我是真的热爱你》，很快被《中国作家》杂志发表，不久后出了单行本，还上了中国小说学会的年度排行榜。长篇小说特别考验作家对世道人心的洞察，需要深入肌理地去了解社会规则、人情世态。时任河南省文学院副院长的李佩甫提醒她："你连自行车都不会骑，怎么一下子去开汽车呢？对于一个作家来说，写好长篇小说的前提是首先把中短篇小说写好。"乔叶幡然醒悟，由此开始大量阅读当代的中短篇小说。2004 年 3 月，河南省作协推荐乔叶去鲁迅文学院高研班就读，进行了为期四个多月的专业学习。一扇崭新的窗户，徐徐向乔叶打开。

写作的主场从散文转移到小说之后，乔叶很快找到感觉。她充分发挥了自己善于写故事的特长，再加上多年写散文所磨砺出的细腻文笔，使得她的小说不仅生动好读而且精巧雅致。乔叶的小说不刻意走先锋或文本创新的路子，而是用一种温婉熨帖的语言，绵长的调性，平心静气去叙述、呈现生活的秘密。

乔叶在豫北乡下度过了快乐的童年岁月，从师范学校毕业后又当过数年乡村教师，有比较丰富的乡村生活经验。因此她的小说总是散发出一抹浓郁的地气，融合着对尘世烟火的伦理情怀，凝结成一种复杂的魅力，给人以深沉的温暖和安慰。中国作协书记处书记邱华栋曾这样评价乔叶："她是一个能不断突破自我限制的作家，有着很强的文体意识，她能不断地根据自己的成长需要，挖掘和调整自己的写作资源，使得自己的创作呈现出五彩斑斓的局面。"

在鲁迅文学院学习后，乔叶开始佳作频出，人民文学奖、庄重文文学奖、华语文学传媒大奖、《小说月报》百花奖、十月文学奖、郁达夫小说奖、杜甫文学奖等国内有影响的文学奖项几乎都有她的身影。2010 年，广受好评的中篇小说《最慢的是活着》，更是获得了第五届鲁迅文学奖中篇小说奖，她在这部作品中对乡村女性生命进行了有力的书写，在很长一段时间内，这部作品都被视为乔叶乡土题材创作的代表作。小说逐渐受到大家的关注后，乔叶并没有像以前写散文时获得荣誉后那样沾沾自喜，而是更加清醒地反省自己，不断地加大阅读量，开阔自己的眼界。她努力超越自我，于是有了直面现实的长篇小说《拆楼记》和深入剖析复杂人性的长篇小说《认罪书》。

2023 年 8 月 11 日，备受关注的第十一届茅盾文学奖在京揭晓，杨志军的《雪山大地》、乔叶的《宝水》、刘亮程的《本巴》、孙甘露的《千里江山图》、东西的《回响》等五部长篇小说获此殊荣。乔叶是五位获奖作家中唯一的 70 后女作家。

　　《宝水》是乡土中国现代化的文学书写力作，也是乔叶的长篇突围之作。宝水，这个既虚且实的小小村落，是久违了的文学里的中国乡村，它的神经末梢连接着新时代乡村建设的生动图景，连接着当下中国典型的乡村样态，也连接着无数人心里的城乡接合部。2023 年 4 月 23 日"世界读书日"当晚，由中国图书评论协会组织评选的 2022 年度"中国好书"揭晓，乔叶的《宝水》赫然在列。而就在前一天，第 11 届春风阅读榜年度颁奖盛典在杭州举行，乔叶以该书获得"春风女性奖"。

　　《宝水》以散淡的文字，书写了豫北一个叫"宝水"的山村的四时风物与日常生活，小说以丰富而扎实的细节展现传统风俗中悄然发生的山乡巨变。乔叶以平实生动、富于地方色彩和生活气息的语言，通过对乡建专家、基层干部和普通村民等典型人物的塑造，为中国大地行进中的乡村振兴留下了一时一地的文学记录。小说没有着墨于大而无当的观念，而是深入生活的底部，去观察乡村社会的人和事，几乎每一个细节都写得非常瓷实、饱满。乔叶笔下的乡村，既不是幽静舒适的田园牧歌，也不是衰落颓败的荒凉故土。她看到了乡村现实存在的一些问题，也感受到乡村涌动着的新鲜希望。

　　迄今为止，乡村生活只占了乔叶人生份额的三分之一，而且基本上浓缩在 20 岁之前。乔叶曾经想极力逃避乡土这个概念，总是试图和故乡保持距离。许多文学前辈都曾经有过自己的写作"根据地"，莫言的高密东北乡，贾平凹的商州乡村，阿来的嘉绒藏区，迟子建的冰雪北国，刘震云的延津世界，毕飞宇的苏北水乡……作家生活过的故乡，因为作家作品的影响力，化作了中国当代文学版图里的动人风景。乔叶一直否定自己有隐秘的精神原乡，她总觉得自己这代人漂泊性更强一些，写作资源也相对零碎一些，当然也可能更多元一些。

诺贝尔文学奖得主、意识流文学的代表人物威廉·福克纳曾说"我一生都在书写那个邮票一样大小的故乡"。福克纳"以小博大"，在具备文学属性之后，这枚邮票便有了它的神奇，它可以无限大，能讲出无数故事，也可以走得无限远，能寄给无数人。有一天蓦然回首，乔叶突然发现自己的小说创作有了两个方向的回归：一是越来越具有乡土性，她开始下意识地一次又一次回望故乡；二是越来越女性化，之前还不时出现男性叙事角度和中性叙事角度，如今几乎全部变成了女性叙事角度。

9 年前，乔叶最早起意写长篇小说《宝水》，完全是一个意外。2014 年春天，乔叶去住建部第一批上榜公布的"美丽宜居乡村"信阳郝堂村采风，偶然发现这里的农民农忙时插秧播种，维持农耕生活，农闲时开饭店做民宿兜售农副产品，他们的言谈举止和日常处事方式，和自己印象中的农民大有不同。更加令人欣喜的是，一部分常年在外务工的青壮年陆续回村了，整个村庄看上去生机勃勃。"乡村自有着一种非常强大的力量，我们看它貌似颓废了、破碎了、寂寥了，但其实乡村的骨子里很强韧的某种东西还在。"乔叶受到很大震动，便想以文学的方式写出乡村的复杂性和多重性。

有了"为村庄立传"的设想后，乔叶便开始了"跑村"和

"泡村"的前期准备工作。不但江南的萧山、温州等地富庶的村庄"跑"过，甘肃、江西、贵州等地贫瘠的村庄也"跑"过，她领略到了因地制宜的多样气息。"泡村"则是比较专注地跟踪两三个村近年来的变化，如豫南信阳的郝堂村、豫北太行山里的大南坡村和一斗水村等。当时乔叶跟踪的三个村子，其中有个村子里有一眼泉叫一斗水泉，那个村子就叫一斗水村，乔叶觉得这个名字特别有意思，后来就把小说里那个泉想象成元宝形，改作宝水泉，村子就叫宝水村。在体验阶段过后，她进行了知识补充、人物采访和情感投入，克服了创作上的重重困难，一字一句慢慢写起，点点滴滴涓涓汇聚，终成了这部茅盾文学奖获奖作品《宝水》。

在《宝水》这部作品中，乔叶改良并运用了大量豫北方言，这或许是她致敬故乡的另一种方式。小说中她给郑州另起了一个名字叫象城，给豫北老家起了一个名字叫予城，而象和予合在一起，就是豫。据考证，远古时期的河南一带有很多大象活动，豫的本义是大的象，所谓象之大者。象城确实像城，但在河南这个农业大省、粮食大省，如何借助农业现代化促进乡村振兴，如何借助旅游产业化建设旅游强省，还有很长的一段路要走。

作家和时代，就像浪花和大海、云彩和天空、庄稼和土地的关系。弱水三千，作家们各取一瓢饮。在时代的洪流中，作家们无论多么个性化的写作，归根结底，都是这个时代的个人化写作。

我们期待乔叶，写出更具时代性的鸿篇巨制。

（选自《郑州日报》2023 年 9 月 11 日）

为我一挥手　如听万壑松

——许华伟著《新时期历史小说创作及出版个案研究》评介

马　达

作为具有重视历史传统的国度，中国文学史上的顶级作品中，历史类小说占有重要的一席之地。进入新时期以来，历史小说及其衍生品，如电影、电视剧、广播剧（评书连载）等载体的加入更使其在人们文化生活中得到很大程度的丰富。

长篇历史小说的创作出版自新时期以来呈现出繁荣昌盛的大好局面：以姚雪垠的《李自成》（第二卷）为嚆矢，《少年天子》《张居正》《曾国藩》《大秦帝国》以及二月河的《康熙大帝》《雍正皇帝》《乾隆皇帝》"落霞三部曲"等等，共同形成中国历史小说创作的新高潮，成为令人瞩目的文化现象。文学界、评论界对这一现象有着较多的研究，但是却鲜有学者对这些小说的出版过程，或曰作品问世的前世今生背后的故事，以及对后世的重要影响作较为系统的研究与思考。

近日，许华伟所著《新时期历史小说创作及出版个案研究》（文心出版社，2023 年 8 月）的问世在一定程度上填补了这一空白。因为许华伟本人即其中几部小说的策划者、出版者，甚至是全程操作者，在《大秦帝国》的出版过程中与作者建立了深厚的友谊，品尝了与作者、出版社同行合作、竞争过程中的酸甜苦辣，亲历了从约稿、组稿、编辑、发行、宣传、营销的全过程，所以，捧读新书不仅倍感亲切，读后也能对编辑工作的体悟进一步加深，从而受到启发。

全书分上下册，计 36 万字。捧读之后，对全书的特点无力进行全面评价，谨略述数端，权作评介。

其一，脉络清晰，爬梳历史小说创作出版的线索，加以深入研究。

本书以新时期的历史小说代表作——姚雪垠所著《李自成》（第二卷）为开篇，充分肯定其在当代中国文学史上的崇高历史地位，称其为一部明末社会的"百科全书"，是新时期长篇历史小说开山之作，有着无可替代的文学史地位，它的艺术风格对当代历史小说的创作影响深远。

在本书的七辑内容中除首辑为《悲壮英雄——李自成》外，其余六辑分别以《少年天子》《白门柳》《雍正皇帝》《曾国藩》《张居正》《大秦帝国》为个案，对其文学创作出版过程予以梳理，基本勾勒出新时期小说问世的足迹。

其二，用较多笔墨对历史小说出版过程中编辑的千辛万苦详加述写，从而揭示出默默无闻的作嫁衣者的付出与奉献。

编辑是图书出版的幕后推手。可以说没有一部图书出版的背后不凝聚着编辑的大量劳动。慧眼识珠者有之，起死回生者有之，精益求精者有之，参与修改甚至部分文字写作者亦有之。早年出版社的年出书数量较少，比较重要的稿子会邀请作者到出版社改稿，有时可长达数月甚至更长的时间。在此交往的过程中，不仅修改稿子，修正写作思路，编辑有时也在某种程度上参与到写作过程中，从而与作者结下深深的友谊，成为一生至交。

许华伟谦虚地将自己职业生涯中打造的新时期历史小说典范的故事放在本书的最后一辑（第七辑），即"改革、法治和统一——《大秦帝国》的故事"中。在本辑的第七章中，他详细地回顾了自1999年开始接触《大秦帝国》第一部《黑色裂变》至2009年5月该书典藏版出版的十余年间的"不离、不弃、不移、不易"的波折故事。精心描述了与作者孙皓晖先生因书结缘之点点滴滴，在此章的回忆中，许华伟借诗人王久辛先生之口评论道："编辑都是幕后的英雄。比起作家诗人来，人们不会把'才华'这样的赞美送给他们……然而，当你读了《大秦帝国》的责任编辑许华伟的《〈大秦帝国〉编辑手记》，我相信你就会改变自己的看法，甚至会对一个编辑真正的价值与才华有较为客观的或者说更加完整的印象。"王久辛先生与许华伟有一面之缘，并无深交，此言应更加有说服力。

其三，秉笔直书，坦言自己的看法，月旦人物既有分寸又切中肯綮。

与一般的读者视角不同，许华伟以文艺编辑的眼光对论及的对象提出自己的看法，如对姚雪垠的《李自成》，他认为作者不提李自成不屠城之事，而是虚构了一个"王吉元的老娘"，刻画他在败军之际仍然关心民众的爱民形象，这让人质疑。对

《李自成》小说中英雄人物形象塑造不够真实，结构上有重大缺失，第四卷、第五卷文字比较粗疏、情节拖沓枝蔓以及历史真实性不足等提出自己的质疑，并在"同情的理解"基础上对此种现象造成的原因予以理性的分析。既有人们对《李自成》创作动机的误解，也有是否把历史题材现代化的争议，又有对英雄人物理想化的问题，但归根结底还是作者姚雪垠先生个性上的问题：自信与自负，春风得意时不知收敛，加上卷入一场影响很大的文学争论，终于使自己成为众矢之的，最终结果不禁让人唏嘘不已。

作为责任编辑，亲自"催生"《大秦帝国》的许华伟对在与作者孙皓晖交往过程中的观点冲突也毫不避讳地"公之于众"：在该书第二部《国命纵横》里，孙皓晖设置了张仪当面骂孟子"娼妇处子"，孟子被骂得"簌簌发抖、欲语不能"等情节，令他不能接受。他认为作者对儒家和孟子贬损太过，"矫枉过正，对孟子贬斥过分"。孟子虽然好辩论，好骂人，但他提出的"民为贵，社稷次之，君为轻"的民本思想有划时代的重大意义。

争论的过程痛苦而美好，既巩固了友谊，也提升了双方对问题的认识水平。许华伟由此得出结论："总之，《大秦帝国》是一部精神本位的作品，对《大秦帝国》的创作理念，无论是褒扬，还是批评，其本身都必然会直接深入中国文明史的价值评判讨论之中。思想，总是在相互碰撞中一步步接近真理性的"。

　　读史使人明智。作为官方书写的二十四史固然比较完整地记录了中华民族几千年来的朝代更替、社会的兴衰荣辱，但对普通人而言，了解民族历史，广益知识，还是通过正史以外的通俗易懂、让大众喜闻乐见的小说演义之类才更加容易理解与接受，而新时期历史小说的繁荣在当下社会里为普通民众历史知识的普及，乃至全体国民的历史文化素养的提升，更是功不可没。将这一现象上升到学术研究的高度加以探索，是许华伟的一次大胆尝试，并首战告捷。在此，我们期盼有更多的专家学者、编辑出版行业的同道中人，加入这个队伍，以取得更多更好的成绩。

（选自光明日报客户端 2023 年 10 月 12 日）

现代作家情感传记书写中的发现与误读

—— 以《恋爱中的郁达夫》为例

张艳庭

随着情感研究的进展，情感是一种文化建构的观点获得了从人类学家到心理学家的认同。建构论观点认为，作为认知习惯的情感会着时代的发展而发生变化。人类社会的现代转型，就引发了人类情感认知的巨大变化，并进一步建构了一种现代情感。在 20 世纪初中国社会的现代化转型中，既有新文化、新道德的建构，也有新情感的建构。诸多作家成为新文化运动的重要人物，小说成为重要的启蒙工具。鲁迅、郁达夫、沈从文等现代作家既在小说中建构新的情感叙事，也在生活中构建着新的情感关系。"深情三部曲"是作家赵瑜对鲁迅、沈从文、郁达夫情感事件的传记化书写，为现代作家的情感研究提供了一种传记文本。其中又以《恋爱中的郁达夫》更具情感传记书写的典型性。传记研究是现代作家情感事件的重要研究方式，本文以"深情三部曲"之《恋爱中的郁达夫》作为主要的分析对象，来考察现代作家情感传记书写中的发现与误读。

现代情感公共价值的发现

法国当代哲学家巴迪欧认为，爱的生活可以说是一种最低程度的公共生活。而在郁达夫等现代作家这里，这种生活的公共性被进一步放大。赵瑜在《恋爱中的郁达夫》中，注重对这种现代情感公共性价值的发掘，如他发现了个体情感中所包含的对承认的追求。赵瑜在书中分析了郁达夫对承认的追求，认为他对王映霞的思念："是更接近内心得不到承认的痛苦。"①

在黑格尔哲学中，承认具有重要的意义。黑格尔认为，人与动物最重要的区别，是人会为了承认而斗争。这也是人活在世上，最重要的欲望。与鲁迅不同的是，郁达夫对爱的追寻，还包含着一种特定的耻感。耻感是一种社会性的情感，来源于一种他者目光的凝视。从郁达夫耻感的显著就可以发现，郁达夫的情感中具有更多社会关系的烙印。

由于青春期有十年在日本度过，郁达夫的情感不仅具有一种肉体的耻感，还携带了民族耻感。在自叙传小说《沉沦》以及一些散文中，郁达夫对此都有书写。因此，进行郁达夫情感研究与书写，还需要挖掘情感背后更丰富的社会因素以及认知模式。在《恋爱中的郁达夫》中，赵瑜也注重对郁达夫社会思想和政治思想的书写，如郁达夫在豪华浴室中洗澡之后，想到以后要将之没收为国有；还包括思维逻辑的发掘：习惯将责任推脱给别人。这与《沉沦》中主人公对祖国的抱怨很相似。郁达夫自身的一些情感和情绪，正是建基于他从小养成的认知习惯之上，而这样的认知方式也延伸到了他对爱情和外在世界诸多事物的认知上。在很多事件中，他都产生了类似耻感的感受和相应的应对方式。这样的应对方式并不现实，也不具道德合理性。这些耻感很多都可以归结到承认上。

而要解决这种承认的问题，最具现实性和道德合理性的途径，就是现代爱情。巴迪欧认为爱是一种最纯粹又极端的承认。王映霞让郁达夫投入了巨大的情感。郁达夫对这一份情感附加如此之重的寄托，其中一个原因就是对这种最极端承认的渴求。从追求承认的角度，也可以理解郁达夫从孙荃到王映霞的移情别恋。由家庭包办的老式婚姻，是父母的承认、家族的承认、传统的承认，却不是一种现代性的承认。王映霞这种现代新女性的符号角色也能够实现他对现代性身份认同的追求。这种承认的满足，甚至可以改变人的性情。郁达夫后来从新文化运动先锋的角色到一种名士的身份转变，不能说不与之有关。

除了这种承认的政治，赵瑜还注意到了现代爱情所具有的道德意义。在郁达夫的小说《沉沦》面临"不道德"的指责时，周作人就署名仲密在《晨报副镌》1922 年 3 月 26 日"文艺批评"栏为之申辩，认为它实际上是对新道德的表现。事实上，这种道德意义也是一种现代建构。而郁达夫自身的爱情中，也有着对新道德的建构。当爱情成为道德的源泉，所体现的是现代人感觉结构的变迁。郁达夫就多次将爱情的价值归结为道德，即自我的牺牲。李海燕在《心灵革命》中就认为现代爱情受到歌颂很重要的一个原因就是："爱情成了道德情感的源泉，成为家庭和谐与社群团结不可或缺之物。"②

郁达夫在结婚十年后，在日本守着对妻子的承诺未逛妓院。这种道德行为也来源于爱情。而这种现代爱情对于道德的建构，使爱情也具有更多的公共性价值和意义。赵瑜对之进行了重点的书写，也是对现代爱情价值的一种发现。

作家情感与文学作品的相互建构

"深情三部曲"中，赵瑜多次写到了传主的情感经历与他们作品之间的关系以及影响。而在《恋爱中的郁达夫》中，赵瑜也注重书写郁达夫的情感经历与他作品之间的关联，写到了郁达夫生活中的情感状况转化成小说的过程，如郁达夫对肉体之爱的耻感，诞生了《清冷的午后》这样的作品。

赵瑜还注意到了其他文学作品对作家情感的影响，并进行了记述。如赵瑜写了日本作家谷崎精二的小说《恋火》对徘徊在婚姻之外的郁达夫的影响。这种影响首先是指他对小说中写到的情感的认同。书中这样写道："郁达夫觉得，这小说里的人物就是他。他正在被一把恋爱的火给炙烤着。"③

谷崎精二是谷崎润一郎的弟弟，受到过谷崎润一郎的影响。而谷崎润一郎对女性也有一种崇拜的态度和完美化想象，其作品很重要的一个主题就是女性崇拜。谷崎精二作为谷崎润一郎的弟弟，受到哥哥的影响，而郁达夫又明确受到了谷崎精二的影响。这种影响的传递大致勾勒出了一种文学影响谱系，不仅是文学层面上的，更是对作家的自我认同，以及对情感认知的影响。在《恋爱中的郁达夫》中，可以看到恋爱期间郁达夫给王映霞信中的话具有强烈的女性崇拜色彩。因为对这种影响的书写，赵瑜对郁达夫情感传记的书写，也具有了更多的意义和价值，但可惜作者没有进一步深入挖掘这种影响。

比如浪漫主义文学对郁达夫的影响。这种影响导致郁达夫的诸多极端思维。传记中提到多处言行，都可以体现郁达夫的这种极端思维。这种思维方式不只指向他人，而且也指向他自己。郁达夫在日记中写到与白薇聊天后的自我认知："我俩都是人类中的渣滓。"[④]事实上，这些想法是特定认知方式所产生的。这在郁达夫对王映霞的认知中也有较多体现。郁达夫对浪漫主义的推崇不仅体现在自己创作中对浪漫主义的实践，还体现在他的诸多话语中。如他对苏曼殊的推崇，认为苏曼殊最好的地方就是他的浪漫主义气质和由之而来的行动风度。这种推崇，也体现了郁达夫的一种认同。段义孚认为："浪漫主义倾向于表达感受、想象、思考的极端性。"[⑤]郁达夫在对王映霞的神圣化想象中，就体现出一种对崇高的追求。面对这种崇高，他也才会自我贬低，即自我幼稚化。

现代心理学家认为"情绪与认知有着千丝万缕的联系"[⑥]。郁达夫的多个时期的情感情绪，背后都呈现出浪漫主义的认知模式，而这也体现了文学对作家认知尤其是情感相关认知的影响和建构。

衔情话语与情主体的书写和误读

　　情感与话语区分是较为常见的情感研究范式，但衔情话语的提出，改变了这种二分式的研究。文化人类学学者威廉·雷迪在《感情研究指南》中认为，衔情话语本身就能够完成情感的确认、强化或弱化。尤其在信件等文本中，对情感的表达更具衔情话语的特征。

　　"深情三部曲"引用了诸多的信件和日记，其中许多话语都可以归入衔情话语。虽然赵瑜注重书信研究，但对许多情感话语未能以衔情话语的特征作出有效的解读。在《恋爱中的郁达夫》中，郁达夫在王映霞动摇时给她写信表白自己的心，诸多话语是衔情话语，如恳求王映霞把他当作"最伟大的人看"[⑦]，但这并不是一种纯粹的自恋，他之所以伟大，是因为"我可以为你而死"[⑧]。赵瑜在这里把郁达夫当作"早期PUA"[⑨]，也是一种误读。因为"PUA"是一种贬义色彩的词汇，在"PUA"式话语中，语言不是情感真挚的表达，而是一种别有用心的工具，更多指的是情感的欺骗。

　　威廉·雷迪认为，衔情话语无法判断对错，只能判断有效与否。由于这些文字与郁达夫日记里的文字相一致，可以判断其是诚挚之语。事实上，威廉·雷迪即指出衔情式话语概念的重要性为："必须重新定义和重新思考诚挚（sincerity）和自我欺骗（self-deception）这两个词。"[⑩]

郁达夫的日记是悬置道德的，文学写作对于他来说，也是可以超越道德判断的。这不一定能说他忠实于自己，也许可以说他是忠实于语言文字。郁达夫对于文字的诚挚态度，他在日记甚至文学作品中对自己的剖析毫不留情，都可以证明这种自我探索的特征。时代语境允许郁达夫这样的作家，通过表达情感的方式进行自我情感的认知和探索。

与鲁迅和沈从文关于爱欲的文字相较，郁达夫的情感话语更加直接。郁达夫不仅有书信与日记，还有一些发表出来的作品，如《毁家诗纪》。这样的作品及其发表，如按常规话语来理解，很容易引起争议。而在现实生活中也的确引起了较大的争议。赵瑜在《恋爱中的郁达夫》中着重书写了《毁家诗纪》并将之附于书后，但并未得出一个明确的定论。其实从衔情话语角度来理解《毁家诗纪》，也是一个较好的角度。

心理学学者马格丽特·克拉克认为："言语表达出一种情感或以认知的方式演练一种情感，会强化甚至创造这种情感的真实体验，如果压抑或对其视而不见，则会发生相反的结果。"⑪郁达夫将涉及王映霞出轨事件的诗发表出来，甚至不惜违背两人的约定，可以认为那些诗作和注释已经不再是模糊的情绪流，而是由表达对这种情感体验进行了强化。向来重视自我体验和经验的郁达夫，无法压抑或对它视而不见，而将那些诗与阐释当作一种衔情话语。我们也无法轻易去判定郁达夫最初书写并发表这些作品的目的。关于郁达夫那些诗作与注释对与错的问题，也无法给出定论。因为正如奥斯卡所说的施为式话语一样，衔情式话语没有正确与错误之分，只有效果好坏或者合适与否之分。所以，只能说这些话语对于他和王映霞的关系起到了相反的效果。

威廉·雷迪认为："衔情式话语是一柄双刃剑，因为它对它期待实现的目标有着不确定的影响。"[12]郁达夫那些诗句写的是一种创伤体验。它既是对这一情感创伤性质的确认，其实也是对情感来源王映霞的确认，但这一衔情式话语最后成了一把双刃剑，对两人都构成了伤害。

《毁家诗纪》的发表，对王映霞来说，是郁达夫违背承诺；但对于郁达夫来说，却是他首先要忠实于自己的情感。因此，对这件事，也不适合从道德层面来评价。虽然赵瑜未能对情主体的社会价值进行更多的探讨，但他在《恋爱中的郁达夫》中认为郁达夫"对生命中欲望的放纵、捕捉以及反思，都远远超过他所处的时代"[13]。也可以看作是对郁达夫这种情主体特征的认可。

情感心理的深层发掘和误读

在《恋爱中的郁达夫》中，赵瑜注重对郁达夫的心理进行挖掘和分析，尤其是通过精神分析学的视角对郁达夫欲望的深入挖掘。作者就以童年的饥饿史来解释郁达夫对欲望满足更高的要求："郁达夫的成长，正是诠释一个有过饥饿史的孩子，在欲望的自我满足上，远远大于其他人。"[14]这种要求其实并不只是指向欲望对象，更指向的是匮乏本身，是为了对潜意识深处的匮乏感的弥补。精神分析学派认为这样的欲望是转喻性的。而在这样的分析之后，作者对主人公童年时期的叙述，与郁达夫性格联系了起来，并且下了谨慎的结论："郁达夫敏感，内向，老成，和幼年时的这种细微的生活打击是有关系的。"[15]

虽然试图通过精神分析来建构外在环境、事件与郁达夫内在心理之间的联系，但这样的心理分析还有些浅尝辄止。郁达夫的情感观念不仅可以从童年经验来理解，还具有自身的复杂性。在对成年之后的郁达夫进行心理分析时，赵瑜注意到了郁达夫日记中有关"死亡"的字眼，并引用在书中。如郁达夫在日记里写道："这可咒诅的命运，这不可解的人生，我只愿意早一天死。"[16]

书信与日记里对死亡的书写，可以体现郁达夫的死亡情结。而与这一情结共同出现的，是对爱的渴望。爱与死的二元对立，是这一时期郁达夫思想中的一个特点，意味着郁达夫将与死亡对立的诸多价值赋予了爱。这种与死亡对立的爱，便具有了生成神圣之爱的条件。郁达夫对王映霞的神圣化想象集中表现在，他觉得为了王映霞写小说是有意义的，活着也是值得的，是有希望的。这份情感可以完成对死亡的渡化，也就具有了神圣化的特征。

这也使郁达夫将爱情进行了区分，分为神圣之爱和身体之爱。郁达夫的爱情思想的复杂与他对神圣之爱和身体之爱的二分，有很重要的关系。最能体现郁达夫精神之爱神圣性的地方，是他在日记中将王映霞比作贝亚特丽丝，说："我的丑恶耽溺的心思，完全被你净化了。"[17]但丁也描述过自己见到贝亚特丽丝时的想法："比我更强有力的神前来主宰我了。"[18]郁达夫的类比，产生于他与但丁相似的爱情观，这种爱类似于神圣之爱。

而在郁达夫对王映霞的神圣化想象中，赵瑜写道："如果这不是爱情，那么，我相信，全世界再也没有人敢提爱情这两个字了。"[19]这种神圣化的爱，并不必然和爱情等同。郁达夫对王映霞写下的那些话语可以说是一种情主体的认知与表达，但爱情却更强调主体间性。从主体间性的视角来看，郁达夫的这种神圣之爱是单一主体的内在想象，在关系之中反而是虚幻的，后来的事实也证明郁达夫对王映霞的神圣化想象是一种误识。现代心理学研究表明了情感的认知与导航功能，但这种认知与导航并不必然导向正确。郁达夫与王映霞的情感故事，即情感认知偏差性的证明。

郁达夫的女性崇拜和对浪漫的自主之爱的追求，让他未能真正认识王映霞。如果说传统情感中注重社会身份编码的匹配，那么，郁达夫和王映霞之间出现问题很大程度上来自社会关系匹配的不成功。这主要体现在王映霞对郁达夫的社会身份的鄙夷上，并在郁达夫与王映霞婚姻后期的争吵中暴露了出来。王映霞对郁达夫买书的怨言，乃至对文人价值的贬低，可以证明王映霞对郁达夫社会身份的不满。也再一次证明了王映霞与郁达夫之间不只是一时的问题，而是从其最初便存在一种误识。

情感书写的叙事话语

　　《恋爱中的郁达夫》是赵瑜"深情三部曲"中的一部，其余两部书写的是鲁迅与沈从文。作为情感传记，《恋爱中的鲁迅》过于注重对书信材料的阐释，以《两地书》的书信为轴展开，并未将爱情作为一种"相遇"的"事件"来写，也就未能把叙事作为呈现人物的主要方式；而《恋爱中的郁达夫》和《恋爱中的沈从文》是按照时间线索，以事件本身为框架，将诸多文字材料进行了想象的加工，还原出一个个场景，以叙事的方式将爱情事件呈现出来，使叙述与引述达到了一种平衡，提升了故事性和可读性，更具传记的特征。

　　传记叙事得以建构，还因为作者不再为尊者讳，敢于将他们更具私人性的生理与心理现实进行呈现。对爱情的书写，不可缺少生理书写，心理也更加丰富驳杂，因为爱情本就是一种生理和心理混合的情感。《恋爱中的郁达夫》对郁达夫的爱情呈现更为全面丰富，情感故事也更为完整曲折，真正写出了爱的变化特征。汪民安教授将斯宾诺莎的爱情观总结为："爱的特点不是有一个不变的本质，它的本质恰恰是有可变性，是力的变化过程。"[20]

　　在对郁达夫的情感传记书写中，赵瑜不仅较为完整地书写了郁达夫的情感变化，而且在重要的情变环节还引入了多重视角的叙事。赵瑜在对毁家事件的叙述中，就对王映霞与郁达夫都分别进行了叙述。这个篇章中，相关的考证小心谨慎，而对一件事情的叙述，也保证事件中当事人双方视角的在场。赵瑜还找到并引用了汪静之的文章，引入了第三方的视角完成叙述。这样多视角的叙述，使郁达夫与王映霞的情变事件得以较全面地呈现。而为同一件事找寻尽可能多视角的叙事，体现了赵瑜对于历史的尊重态度。

但赵瑜对郁达夫情感的叙述仍有值得商榷之处，如传记中的一些语言问题。如他在 89 页写道："一九二六年大约是一个适合分离的年份。"[21]书中将当代爱情歌曲"适合分离"的时空范畴扩大，从某个月、某个季节进一步扩大到年份。这是试图以人的感受来对"客观"时间的一种改写，但这种改写并不成功。它对历史的限定是虚飘的，只是为了方便叙述时对事件的组织。但以这样的话语来理解郁达夫，是流于肤浅的。

此外，赵瑜在书中并未对郁达夫的婚姻悲剧给予准确的总结，他说："爱情，可能大都抵挡不住时代的灰尘。郁达夫如此，尘世里万千相遇又分开的爱人，大都如此。"[22]将郁达夫与尘世里万千爱人相提并论，即剔除了郁达夫的独特性。由郁达夫推论出万千他人，也是不合逻辑的。而将郁达夫的爱情悲剧归结为时代的灰尘，也同样是一种简单化的解读。这样的总结，也降低了本书的严谨性和学术价值。

结语

现代作家的情感事件与他们的文学文本一样，在社会现代转型和国民情感教育等方面都有着重要的价值。对现代作家情感事件的传记化书写，也可以看作对作家的一种传记研究。但现代作家作为名人的市场价值，也导致许多传记文本呈现出猎奇化、浅薄化书写的症候。赵瑜的《恋爱中的郁达夫》作为一种作家型文本，一方面具有一些传记社会学研究的特征，有一些新颖的发现和独特的叙事呈现；另一方面，也因为缺乏学术研究的严谨性出现了一些误读的情况。《恋爱中的郁达夫》从郁达夫对承认的追求书写了一种承认的政治，呈现现代作家情感事件的公共价值，发掘了现代爱情所具有的道德意义，继而将现代情感展现为一种现代性知识形式。赵瑜书写了郁达夫的情感经历与他作品之间的关联，也着重书写了文学作品对郁达夫情感认知、自我认同等多个方面的影响，呈现了作家情感与文学作品的相互建构。他还通过精神分析的视角对郁达夫的欲望和情感特征进行深入发掘，写出了其神圣之爱与肉体之爱的割裂，但未能写出神圣之爱的局限性及其导致的误识。因为对现代情感研究知识体系缺乏全面的了解，他对郁达夫许多情感话语未能以衔情话语的特征作出准确解读，对情主体的特征也缺乏准确的定位。赵瑜以叙事话语将郁达夫的情感进行了一种故事化的呈现，增加了其可读性；多重视角的引入，也保证了对重要事件的全面与客观呈现。但传记叙事中，一些话语只是方便对事件的组织而流于虚飘；一些总结性话语显得过于简单，降低了传记的严谨性和学术价值。

注释：

①③④⑦⑧⑨⑬⑭⑮⑯⑰⑲㉑㉒赵瑜：《恋爱中的郁达夫》，河南文艺出版社，2021，第147—148页、第151页、第98页、第183页、第183页、第183页、第16页、第18页、第27页、第152页、第153页、第121页、第89页、第291页。

②李海燕：《心灵革命》，修佳明译，北京大学出版社，2018，第185—186页。

⑤段义孚：《浪漫地理学：追寻崇高景观》，陆小璇译，译林出版社，2021，第4页。

⑥⑩⑪⑫威廉·雷迪：《感情研究指南：情感史的框架》，周娜译，华东师范大学出版社，2020，第19页、第146页、第137页、第139页。

⑱但丁：《新生》，钱鸿嘉译，上海译文出版社，1993，第2页。

⑳汪民安：《论爱欲》，南京大学出版社，2022，第172页。

（选自《传记文学》2023年第10期）

笔记何以新编

——论张晓林"宋笔记新编"系列及其文学史价值

蒋 祎

一、并置而统一的两个世界

在张晓林的文学世界中，笔记体小说可谓他的"招牌"，无论是在语言、叙事、趣味等艺术特色方面，还是在主题、道德、历史等思想价值方面，或是在心理、精神、意识等内在性领域方面，自成一派，具有古典与现代、小说与历史、故事与文化相混融的文学风格。其中，取材于宋代笔记进行再创作的"宋笔记新编"，因其囊括了大量宋代人物、历史、故事、寓言、传说、演义、民俗、方志等内容，显现出了其他笔记体小说所不具备的包罗万象、斑斓多彩、光怪陆离的文学气象。张晓林的"宋笔记新编"是系列短篇小说，以人物为中心结构情节，一个短篇，或是一段故事，或是人之一生，每个人的故事连在一起构成了芸芸众生的日常生活。"宋笔记新编"整体构筑了一个文学体系，它是一幅宋代社会的全景图，是有宋一代之世间人情风貌和人物精神心理的一面镜子，是文学上的《清明上河图》。

在讨论张晓林长篇小说《书法菩提·遗落的〈宣和书谱〉》时，笔者曾指出作品兼具现代小说"透视"传统与古典讲故事传统，叙事上呈现出一种杂糅和融合的综合形态，颇类似于巴赫金所言的多语体、杂语类和多声部的诗学特性。某种程度上，这一论断亦可用于本文所讨论的笔记体小说，如果说《书法菩提·遗落的〈宣和书谱〉》呈现出的是双重的叙事传统和多重叙事样态的话，那么"宋笔记新编"系列为读者展现的就是在双重时空并存基础上建构起的二重文学世界。

小说中，处在最表层的是读者所熟知的世界，是典出宋代笔记，由各式各样人物（士人、商人、医师、名将、流浪者、艺术家、方士）及其相关故事、传记、传奇、传说、琐闻等形塑的文学世界：辨别细微病症的名医施先生；骗女艺人钱财的龚球；阴狠毒辣的酷吏乙巳居士；侵占别人财产的张本在孙屠子的威慑下，将门店归还给了王子厚；喜爱读书的朱朴跟随道士到山中读书，误将锦鲤化身之少女斩杀于鱼肠剑下；等等。

这部分参照宋代笔记再创作的内容占据着小说的大部分叙述篇幅，是文本的主干。我们之所以轻而易举就能够进入小说，感知到小说所营造的艺术氛围，是因为它所呈现的是读者易于掌握、认知的经验世界和生活世界，它隶属于世界的表象范畴。在人物的生活世界中，所有故事涵盖的情节、道德、伦理、理想都是符合一般性的日常逻辑和认知习惯，是以真人真事为基础，读者得以在人物的传闻逸事中获取顺畅轻快、毫无障碍的阅读体验。

然而在"宋笔记新编"系列所构筑的文学世界和文学体系内，作者将大量奇异、传闻、怪诞以及民俗、方志等民间文化中的非现实性因素糅合进来，穿插于小说中间，形成了与小说表象世界截然不同的文学空间。如同道士曹若虚终其一生也未能完成的《述异志》那样，这般与生活世界和经验世界截然不同的领域可以用古人爱用的"异"字来表达，这是一个"异世界"。讲述人物的传闻逸事是循着志人笔记小说的传统，而创造出一个"异世界"则更趋于笔记小说的志怪传统。无论是讲述宋代书法家故事的长篇小说还是书写宋代历史人物的短篇笔记体小说，笔者的直觉感受是作者对"异世界"及其相关的种种因素似乎特别钟爱，与其说这与小说创作的"原材料"（宋笔记）不无关系，倒不如说这是作家心之所念，刻意择取。在这个与传记故事所并置的"异世界"中，不止有灵异现象：锦鲤所幻化的少女（《朱朴的剑》），唱莲花落的木俑（《唱莲花落的木俑》）。甚至于一些寓言异记、坊间传闻皆可算入其中，如《柳公巽补遗》所写：

庙背后长着一棵野生的海棠树，花甚艳美。一个养鸭户想刨去栽到自家园子里去。正刨着，忽见庙内爬出一条斑斓巨蛇，将他咬伤。伤医好，人却癫狂了。有人曾骑马从柳公庙前经过，没有下马，结果跌落鞍下，摔个鼻青脸肿。还有人内急去庙中小便，竟然听到了豹子的咆哮声。[①]

因此，准确说来，本文所言的"异世界"并非完全对应于志怪传统，而是一种间离于生活世界，亦与实践经验拉开距离的世界。主宰日常生活的时间、逻辑、伦理、道德、理想在这个文学世界中不复存在，换言之，这是一个超历史或者非历史的世界。

由此，作者经由"宋笔记新编"所创造出的是一个二重的世界，在这个世界里，志人与志怪、传记与传说、现实与灵异、逸闻与异记形成一统，它是一个表现与再现、逻辑与非逻辑、时间与非时间、历史与非历史达成综合后的产物。

值得一提的是，两个世界之间的分界线是不甚分明的，甚至说它们是并置且统一的。阅读时，应将小说中出现的种种传说、梦境、奇闻、异记视为"他们的存在是另外某种存在的反映，并且不是直接的反映"[②]。对于"宋笔记新编"所营造的世界而言，它是一个完整的、不可分割的统一体，要从人物及情节本身具有的转义而非直义来把握这样的文学世界。只有这样，才能真正发掘小说的二重世界背后所潜藏的思想价值。前文提到，作者似乎钟爱并且执着于所谓"异世界"或者"暗世界"的发掘，经常将相关因素放置到小说创作之中，这种创作倾向固然与取材古人志怪小说又或是受志怪传统影响有关，但这绝不是简单的关于创作材料和文学资源问题，而是还关涉着何为历史、何为历史小说等本质性问题。

二、人即历史，情之力量

"宋笔记新编"系列中的小说大部分具有二重性和二重结构，这样并置在一起的二重世界和空间又统摄于同一小说的内部，形成了统一的时空体。现实的经验世界和非现实的超验世界在小说中并非泾渭分明，作者并不试图将日常人物的故事和超常的奇异情节进行区分，反之，在小说中可以看到两类情节通常集于同一人物之身。在《龚球记》中，将女艺人珠宝骗走的龚球发家之后，有一天进入了梦境——这是描述女艺人悲惨面目的"异世界"；《朱朴的剑》中，朱朴在山中读书，遭遇锦鲤所化身的少女，二人的对话也是小说的"异世界"；等等。小说中的梦境、奇闻、传说、异记等并不是外在于情节内容，而是与小说主体情节融为一体，亦真亦幻、虚实交互的文学叙述为小说本身带来了一种特有的中国古典性的神秘色彩和气韵。

如何解释以史家之态度创作的作者会将大量的看似非历史的情节穿插、杂糅、融合进小说之中？这与小说所建构的历史想象有关，或者说，与作家自身的历史观念相关。在作家的历史观念中，志怪小说、谶纬故事与基于真人真事的人物故事之间本没有清晰的界限，所有的传说和奇闻归根结底是古人的想象和信仰，是人们对于经验世界的另一种表达方式而已。

经由虚实杂处、真幻并置的世界，"宋笔记新编"撬动的正是现代历史小说所预设的时空框架，挑战了关于历史的本体论问题。好的历史小说的标准是什么？与建基于严谨客观的材料基础上的美学想象相比，那些对既定历史观及其背后时空框架自觉反思的历史小说难道不是更加可遇不可求吗？不是内容紧随于客观历史，而是借由小说能否重新定义历史，将历史本质规定性的时空框架历史化、对象化、问题化，这样的历史小说才是一种创造性的历史小说。

在"宋笔记新编"系列中，无论是再现人物故事的生活世界，还是以梦境、灵异和传说等诸形式表现人之想象和信仰的"异世界"，都是具有情节、语言、场景甚至是故事内容的。而在此之外，读者还会体验到穿插于小说之中的许多情节、某段故事甚至某一瞬间，读完之后会直觉到一种人物的情绪、情感以及情思，它们有的似乎要冲破文字，冲突故事，冲出文本，只是短暂的一瞬间，然后戛然而止；有的则会隐伏于小说细节之中，感觉得到，但隐而不现。这些情的力量或者情之瞬间当然不是装饰性的，必须作为小说的内在构成来理解。

在《施先生》一文中，当奄奄一息的乞丐老人死在自己的面前时：

> 施先生嗒然若失。抬起头，窗外，月亮已爬上村东的土岗，又大又圆。他忽然意识到，今夜是中秋节了。③

结尾段落是施先生为数不多的情感流露，但"嗒然若失"表示什么呢？是不知所措、茫然无措，是焦虑或者失落，还是懊悔或者丧气呢？很难用一种特别精准的情感话语和类型将施先生此刻的心境和情绪描述出来。同样在《朱朴的剑》结尾处，朱朴在斩杀少女之后的第二天来到池塘边，发现池塘里的锦鲤消失了：

> 朱朴一早就来到池塘边。岸边的草丛中似乎有血迹。脚步声响起，池塘中的锦鲤没有出现，朱朴怅然若失。④

这里的"怅然若失"又是代表人物的何种心境，是失落、沮丧或者懊恼吗？小说无法为读者提供人物的确定性情绪，只能用一种指向性的形容来替代，或者说只能意会，无法言传，尤其是朱朴将鱼肠剑投入池塘幽深处这一情节，是否这预示着锦鲤就是少女呢？朱朴是否知道锦鲤就是少女呢？显然，这一情节似乎又为读者判断人物的情感世界增添了难度。而在小说《矮脚虎张本》中，有一段这样的描写：

> 他厘清了思绪。一直都在为他人拼杀，自己这间小屋子却是空荡荡的，家徒四壁。在这唯一一个房间里，黧黑的墙壁上挂着他那把薄薄的眉子刀，凌乱的地板上就只有他此刻坐着的这架油漆业已脱落的榆木床。⑤

在这段文字中，读者明明感受到了人物内心有一种巨大的情感性力量和冲动在翻涌，但却在叙述中找不到任何形容人物情感的文字。这类细节在小说中比比皆是，它不是描写一种特指的情绪，也无法被某种情感类型涵盖，这是一种难以名状、难以捕捉甚至难以命名的东西，它是已知情感类型和情感结构的剩余物。总之，这是一个"情动"的时刻。施先生、朱朴的"情动"是一个瞬间，处在小说结尾，情绪到此戛然而止，有人用"留白"来形容这种笔法，但"留白"的意义不仅是采用了具有古典色彩的艺术手法，而是留下的空间是情感的绵延，是人物生命力量的延长，在这样的虚拟或者读者想象的空间中，人物会自动涌现出各式各样的情感，情感的汇聚终究会开启下一阶段的行动。《矮脚虎张本》中张本的"情动"也是一个瞬间，但它却实实在在地激发了人物的行动，在经历午夜时分的"情动"之后，决断时刻来临：

> 张本的胸中已酝酿出一个计划。他要用惯使的伎俩，也给自己谋取一份家业。⑥

有些人物的情感不是体现在生命的一瞬间或短暂时刻，而是浓缩进人物的行动之中。《矮脚虎张本》中，孙屠子形象与《史记·刺客列传》中的聂政颇为类似，他冒生命之危向张本讨要王家店铺，为的只是报答知遇之恩情。孙屠子的行动无疑诠释了司马迁所言的"不欺其志"，其实无论是人之志，还是古人所认同的仁、义、信等，都不仅仅属于认识论范畴或者思想史领域，而是根源于人之情感，是由情感凝聚成的古代中国人的伦理观念、道德标准、人格境界乃至哲学概念。如果说孙屠子的行动展现的是个体内在的积极性情感力量，那么在赁药老人的内心所敞露的欲望、精神和意志则是一种消极的具有否定性力量的"幽暗意识"。小说这样写道：

> 赁药老人特别喜欢看一只鹊儿从笼子里飞出来时，不顾一切冲向空中的样子，它在云彩里滑翔，折转，呱呱地鸣叫。这时，赁药老人仰起的脸上就会露出神秘的微笑。他想象着那其实是自己在飞翔，心里忽然生出一种牵挂。牵挂起另一只鹊儿来，脸色霎时变得晦暗，那一刻，他对人类充满了仇恨。⑦

通读上下文，赁药老人内心生发的仇恨似乎无迹可寻，人物产生的黑暗意识在小说中找寻不到明显的发生学机制，因此与其说是意识，不如说是情感，一种来自个体根源性的幽暗之情。否定性的幽暗情感在赁药老人那里没有转化成为行动，但是在乙巳居士身上，一种破坏性力量却显露无遗：

> 乙巳居士拔下歌妓发髻上的银簪，在她粉嫩的脸上乱刺，然后将砚中的残墨全倒在了歌妓的脸上，并用手在她脸上来回揉搓。⑧

乙巳居士的种种残酷行为，是人性深处幽暗之情的暗潮涌动，这种支配人物行动的究竟是何种情感，这种情感究竟来自何方？我们能否经由文学再次抵达千年前古人的情感世界？这些问题或许才是小说牵引读者的关键所在。引人入胜的故事情节固然重要，但从文本内容中所涌现出来的情感力量真正能够使读者获取一种审美性体验，通过小说我们所感受到的是对于人类自身各类情感的展现和想象。在作者所构建的古典世界中，"情动"瞬间、觉悟时刻、积极性情感力量和消极性幽暗之情共在，这是一个明亮又黑暗的世界。

三、古典化或文明史的新路径

张晓林的笔记体小说创作始于20世纪90年代，而自这一时期开始当代文学出现了又一轮的再传统化或者说古典化的创作潮流，这是继寻根文学思潮之后当代文学再次面向中国传统文化，从中国古典资源中挖掘文学现代化之可能性。从宏观来讲，20世纪90年代之后的文学转向与文化保守主义思潮的兴起密不可分，正如论者所说："20世纪90年代，思想文化界发生新的转型……与此相应的则是'文化保守主义'的兴起，'文化保守主义'是一种思想观念，更是一种价值立场，它的基本特征是反对激进变革、回归民族传统，重新重视传统文化的意义与价值，使之成为现代生活的思想和精神资源。"[9]每一次回望传统，每一次古典转向无一不是对中国主体位置的确认。

与古典化转向和传统资源的创造性转化相关，当前研究界提出一种超越现代化范式的更具包容性的文明史范式，从文明史的视野重新阐释百年文学史。文学创作同样需要引入文明史视野，作家必须有一种野心和抱负，将中国文明创造性转换的重任承担起来，以文学创造的方式参与到中国文明转换的大潮之中，以民族风格为根基，吸纳外来影响，"持续给当代文学带来新的景观，注入新的活力"⑩，最终在古典与现代的交融中创造出一种带有民族气象和中国气派的文学。

2019 年到 2021 年，张晓林取材于宋代笔记相继创作了多篇作品，命名为"宋笔记新编"系列。在已经完成的篇目里，读者可以看到士人、商人、医师、名将、流浪者、艺术家等各式各样人物相继登场，大量宋代历史、故事、寓言、传说、演义、民俗、方志等内容夹杂其中。毫不夸张地说，"宋笔记新编"系列称得上是宋代社会的全景图，它俨然已是宋代世间人情风貌和人物精神心理的一面镜子。从前后作者创作情况可知，这是一个持续性的系统工程，立足于宋代笔记小说，通过新编、改写、重构的方式，张晓林试图完成对于大量宋代笔记小说的整体性系统性的创造性转化，使之成为当代文学的一部分。无独有偶，在张晓林完成"宋笔记新编"系列的前后，莫言的《一斗阁笔记》、贾平凹的《秦岭记》也相继问世，传统资源的当代转化似乎又成风潮。不过张晓林似乎并不有意与文学史潮流进行对话，也不刻意加入受某种特定思想理论或现实影响之下的文学风潮。换言之，张晓林持续不断地对中国文明传统进行再创造和再转换这一文学实践本身，其动力是由内生发的，不是跟随文学潮流，而是自然而然发生。中国古典名著、白话小说、宋代话本和民间传说培养了张晓林对于文学最初的审美和想象，与其说中国文明对张晓林创作有重要影响，不如说它构成了张晓林文学生命的本源，对张晓林而言，中国古典文明不是浓厚兴趣之所在，它几乎是一种审美和情感的欲望对象。

张晓林自身创作与当下文明史写作潮流可以说是不期然的交汇。自20世纪80年代以来文学界不断强调文化寻根和再传统化，问题是如何寻根以及如何再造传统，殊不知诞生那种文化的时代早已不复存在。因此，笔者认为，这一观点同样适用于张晓林的"宋笔记新编"小说系列。在文明史视野下对文学进行创造性转换，真正需要着眼的仍旧是人之存在，这不就是本文所分析的人即历史的思想观念吗？张晓林看破了历史主义的诡计，没有将怪诞、奇异、传说一并推入无法证实的非历史范畴，而是将其作为历史的一部分，作为人的一部分纳入文学的表现领域。在读懂故事之外，我们真正探寻的是生活在古典世界之中的人们的精神、意志以及与现代人的情感相联结和共通之处。

这条路径是真正可以从中国古典文明中借鉴养分并创造出新的文学风格之路，前提是必须意识到遵循和跟随着客观性历史知识亦步亦趋地进行文学创作不是好的选择，有必要跳脱出科学历史主义的陷阱，用文学意义上的历史观即人之历史观看待古典文明，用情感之力量对中国古典文明的故事、知识、伦理进行重新诠释。古典的思想伦理背后浓缩的是中国人的集体情感，而那些存在于民间的地方性知识、民俗化景观以及非日常的谶纬故事不同样是一种抽象化、理论化乃至神秘化的情感吗？张晓林的"宋笔记新编"系列这一创造性文学工程，就是要突破现代社会历史的逻辑，打开"文学中国"的空间，开创一个别样的文学世界，这是"宋笔记新编"系列之于河南文学乃至中国当代文学的意义。

注释：

①张晓林：《柳公巽补遗》，《小说选刊》2021 年第 10 期。

②巴赫金：《小说的时间形式和时空体形式》，载《巴赫金全集》（第三卷），白春仁、晓河译，河北教育出版社，1998，第 355 页。

③张晓林：《施先生》，《小说选刊》2019 年第 12 期。

④张晓林：《朱朴的剑》，《北极光》2020 年第 9 期。

⑤⑥张晓林：《矮脚虎张本》，《台港文学选刊》2020 年第 3 期。

⑦张晓林：《赁药老人》，《满族文学》2020 年第 3 期。

⑧张晓林：《乙巳居士》，《满族文学》2020 年第 3 期。

⑨赵黎波：《守成立场下的"启蒙反思"——1990 年代以来文学批评的价值转向》，《小说评论》2015 年第 3 期。

⑩谢尚发：《近年"笔记体小说"创作与传统的当代转化》，《文学评论》2022 年第 6 期。

［选自《大观》（东京文学）2023 年第 5 期］

仰望星空，脚踏实地

——评南飞雁《枪王之王》之大学生就业主题

雨　菡

作家的文学使命和职责之一是有担当地正视身处的现实时代。白居易在《与元九书》中写道："文章合为时而著，歌诗合为事而作。"巴尔扎克说："法国社会将要做历史家，我只能当它的书记……选择社会上主要事件、结合几个性质相同的性格的特点糅成典型人物，这样做我也许可以写出许多历史家忘记了写的那部历史……"文学地表现现实，也是小说的一个重要价值所在。南飞雁的短篇小说《枪王之王》（首发于《人民文学》2021年第12期）秉承现实主义的创作精神，通过讲述失业大学生再就业的故事，艺术地再现了现实环境中典型人物的命运轨迹，展现了时代风貌，包蕴着深广的社会历史内涵。这篇小说不仅具有强烈的现实性，也有着昂扬向上的思想意义：人生要直面现实，努力去争取自己的幸福。

一、关注特定群体，反映社会现象

现实是小说的创作源泉之一，好小说有时就是时代的一面镜子。茅盾曾说："短篇小说主要是抓住一个富有典型意义的生活片段来说明一个问题或表现比它本身广阔得多、也复杂得多的社会现象的。"①余华在其 1993 年写的硕士学位论文《文学是怎样告诉现实的》中写道："作家必须关注现实，关注人群的命运，这也是在关注他自己，因为他孕育在人群之中，置身于现实之间，所有发生的，都与他休戚相关。"南飞雁坚持现实主义的创作追求，与时俱进地选取了大学生就业这个主题，以敏锐的洞察力和胸怀天下的悲悯之心创作小说《枪王之王》，借以关注当前大学生就业难的社会现象，并为这个群体提供了借鉴和参考。在小说中，不管是大学毕业后找不到工作的大专生二姐，还是工作几年又失业的本科生小蔺，最后都成功就业，开启了生活的新篇章。

本科生小蔺，北漂几年却一无所获。他经历了失业、失恋，或许也失去了性能力，最后连房租都付不起，道尽途穷，无奈只有返乡。在外打拼的小蔺突然独自不告而归，父母为之暗暗伤感，小蔺也道出混不下去要回来找机会的实情。他在失业、失恋的双重痛苦中茫然不知所措，有食客建议他可以从事家族烧烤生意。老蔺夫妻原是乡野戏班出身，靠走村串乡唱粉戏为生，后来实在难以为继，才改行烤羊枪。然而，不论是唱粉戏还是烤羊枪，小蔺都嫌拿不出手，隐隐有着职业歧视，他在沉默中迷茫犹豫。在一番痛苦的挣扎后，他终于认清现实，转变思想，不再只是仰望星空，而是脚踏实地，开始学烤羊枪，实现了再就业。

不可否认，有些大学生失业是因为好高骛远，欲谋高薪高职；有些则是碍于面子，总想找一份看似体面的工作。但有些大学生也很务实，求职遭挫后，不是一蹶不振，而是勇于自助，积极寻找就业机会，比如去做工资低或专业不对口的工作，甚至有些就先选择去送外卖、送快递。根据美团发布的《2020年上半年骑手就业报告》，大学生在外卖骑手中占比达24.7%。2021年，麦可思研究院发布的《2021年中国本科生就业报告》显示：近年来，本科毕业生进入快递物流行业就业的人数比例为0.8%左右。以上数据表明，大学毕业生从事快递或外卖行业并不稀奇，而小蔺有机会可以从事家族生意，虽是他之前引以为羞的烤羊枪，但比风风雨雨地去送快递或外卖还轻松稳定些。职业其实并无高下之分，在就业形势异常严峻的现实情况下，对于急需就业的大学生来说，重要的是转变思想观念，直面生活的不易，对待工作不再挑肥拣瘦，只要不怕吃苦受累，就一定能在社会上找到立足之地。

周立波说过："伟大的艺术家是时代的触须，常常，他们把那一时代正在生长的典型和行将破灭的典型预报大众，在这里起了积极地教育大众、领导大众的作用，而文艺的最大的社会价值，也就在此。"《枪王之王》是作者杜撰的小说，却强力介入生活实践，真切反映了生活现实，丝毫没有矫揉造作之处，读后让人掩卷深思。这也是一幅写实主义的画卷，作者以细腻的笔触，描摹出当下失业大学生这类典型群体，并一笔一笔地将其定格。作者南飞雁以既不美化现实又不回避现实的创作姿态，为大时代勾勒出一幅现实主义的写生画。

二、观照生活现实，折射精神面貌

告子曰："食色，性也。"《枪王之王》这篇小说很接地气地以性事为线索，鉴照出主人公在不同时期的精神面貌。性虽贯穿始终，作者却并不对之大肆渲染以博人眼球，而是写得隐晦节制，点到为止，但又很好地起到了穿针引线的作用。作者的这一独特构思，也以另类视角窥斑见豹地折射出大学生的失业及再就业对其现实生活的影响。

小说开头写小蔺三个月没有夫妻生活了：首月，小蔺因失业而不主动与美菡过夫妻生活；次月，在美菡主动时，他半推半就却"就"不得了；第三个月，推完待就时，瞥见美菡揶揄地笑，他又"就"不得了……小蔺本科毕业去北京奋斗了三四年，又谈了女友，本是事业、爱情双丰收，但猝不及防就失业了。与此同时，他或许也失去了可以为欢作乐的性能力，接着便失恋了。接踵而至的巨大打击如雪纷落，令他觉得寒冷彻骨——"周身洁白如雪"，事业、爱情消逝无踪，唯有掩埋了前尘往事的皑皑白雪。小蔺因失业焦虑而一时失去性能力，这看似荒诞不经却又合情合理。卡夫卡说："为每天的面包而忧虑会摧毁一个人的性格，生活就是如此。"从医学上来说，人类65%~90%的疾病与心态有关，精神和生理是互相联系的，情绪的悲欢会影响生理活动，精神与生理功能有时载沉载浮，心病还须心药医，俗话说的"笑一笑，十年少；愁一愁，白了头"，反映的就是精神状态影响人的生理健康。当一个人精神压力大时，会对局部神经反射造成影响，可能会引起生理障碍，国内外多项研究证实，在性功能障碍的人群中，存在焦虑、抑郁的人群比例较大。

小蔺明明其"枪"已废，家里却偏偏做烤羊枪生意，熙熙攘攘的食客都只为助性而来，他去羊肉分割厂进货时，又目睹了两只羊临死前的交欢……置身于这样的环境，他的情绪黯然可想而知，正如"热闹是他们的，我什么也没有"。父亲撮合小蔺和隔壁烩面刘家腿脚不好的二姐，他不为所动。但女友美菡离他远去，他苦心经营几年的爱情最终成空，二姐或许给不了他想要的美好爱情，但如一碗"汤水丰盈、面筋肉烂、能顶饥能发汗"[②]的烩面，能实实在在地滋养人。如今与美菡复合无望，他已不奢望爱情，又自知身有隐疾，便不再抗拒二姐的热情，最终感动地请她吃饭……当晚他竟奇迹般地能与二姐云雨了！

小蔺与二姐"云雨已毕，小蔺觉得周身洁白如雪，连胳膊上的口子也不疼了"[③]。这一场雪，把他失业和失恋的不快过往皆遮蔽了，天地为之一清，生活重新开始，这如雪的洁白，可让他去描绘多姿多彩的未来，这是暖春将至前的雪，预示"冬天到了，春天也不会远了"。他从事家族生意烤羊枪，已不愁就业，没了生存压力，心理轻松，又认可了如家常饭般不可或缺的二姐。就业和爱情都有了着落，并且又出乎意料地恢复了生理功能，他失业失恋的心理创伤至此皆被疗愈。新生活已向他敞开大门，未来的岁月静好与现世安稳在向他招手，前路充满着光明和希望。

现实中失业和再就业的摇曳不定，让小蔺的精神状态随之跌宕起伏。水不得时，风浪不止：失业了，因精神压力巨大而致生理障碍；再就业后，心情轻松，生理功能竟又出其不意地恢复了。所谓"饱暖思淫欲"，若衣食无着，生存压力极大，难免意"性"阑珊，了无"性"致。所谓一滴水里观沧海，一粒沙中看世界，作者并非以性事作为噱头招徕读者，而是严肃认真地将其作为一个切入点，以之为媒介，辗转表现失业大学生现实生活的一面。

三、直面现实人生，努力争取幸福

在《枪王之王》这篇小说中，几乎每个人都各有其生活波折，但他们并不怨天尤人，更没有驻足不前，而是靠努力拼搏为自己争取到峰回路转。

老蔺，曾号称"戏王之王"，在乡野戏班唱粉戏，当唱戏至衰落时又干起烧烤，成了"枪王之王"。不论是唱粉戏还是烤羊枪，他的行当总为儿子所嫌恶，但他不以为意，毕竟尊严不能当饭吃，为了一家老小的生活，他不辞辛劳地奋斗着。他把烧烤店从县城开到省城，在儿子读大学的省城买了房，又想去儿子工作的北京买房。小蔺北漂独自回来，他猜测儿子与美菡要完，便为其牵线邻家二姐，又悄悄带房产证赴京，试图说服美菡与儿子重修旧好……他唱粉戏、烤羊枪、买房、为儿子撮合对象，一直为一家人的幸福不懈努力着。

小蔺本科毕业后闯荡京城，奋斗几年却没攒下钱，失业后连房租都交不起，被现实蹂躏至失业失恋几乎一无所有，无奈返乡寻找就业机会。烧烤店常客叶科长谆谆告诫："创业做什么，眼前这家族生意不就挺好的？青年人不要舍近求远。""本科不本科的不重要，去不去空调房也不重要，把空调房里人的钱挣到手，那才叫有本事。"④毕竟是省里七厅八处的政府官员，看问题能一针见血：是的，在当前就业难的大环境下，重要的是能从失业泥潭中挣扎出来，而即使不起眼的行当，若要干好，一样可安身立命，甚至令人刮目相看。就拿烤羊枪来说，省城同行不少，但老蔺烧烤却能出类拔萃，是因别家"失之于粗放，不似蔺家精细"⑤，小蔺母亲是做羊枪的高手，"一套羊枪在她手里，不再只是羊枪，还有枪头枪蛋、枪皮蛋皮、枪宝枪裤，分得一丝不苟"⑥。老蔺去羊肉分割厂进货时，"不时上前抓起羊枪掂量一二，扭头冲小蔺说，三两左右口感最好，大了沾火就硬，不行；小了太嫩，架不住火力，也不好"⑦。正是因为蔺家烤羊枪的选材和制作都很敬业很精心，才能从激烈竞争中脱颖而出，吸引着大批食客纷沓而至。小蔺的父母也只是无数父辈中的凡人而已，他们努力拼搏，在现实的滚滚激流中奋力前行，力图做家庭的中流砥柱，也做孩子的坚强后盾。他们不计较职业的贵贱，只要能养家糊口，就只管干下去；他们也许没那么崇高，但靠自己的双手撑起了一个个家；他们是家庭的脊梁，也是社会的脊梁，以自强不息的精神为后辈树立了榜样。小蔺终于想通了："他能读大学，能北漂，漂不下去还有个回头落脚之处，这不都是靠老蔺烤羊枪吗?"⑧于是他终于开口让父亲教他烤羊枪而实现了再就业。

烩面刘家的二妞，当知道被撮合与干烧烤的小蔺在一起时，虽然看出他不情愿，但她并不放弃，而是主动去找他说话，还去讨他母亲的欢心以"曲线救国"。"二妞来得更勤，她大专学护理，会推拿按摩，常给小蔺母亲揉肩膀……"⑨她"埋怨老刘太软弱，不懂给自家闺女争取幸福"，"训老刘说亲爹也指望不上，幸福还是得自己争取"，⑩于是"抱定了自力更生的念头"。她主动去老蔺烧烤店帮忙，冲上前帮小蔺跟食客干架，给受了伤的小蔺上药包扎，一番努力最终打动小蔺……二妞很能认清形势，毕业找不到工作就在自家烩面店干，知道当前大学生就业难，也就不介意小蔺一个本科生干起烧烤，她不屈不挠地争取自己的爱情，终于如愿与小蔺走到一起，得到了她想要的幸福。

小蔺的母亲，因祖上做过牛羊肉生意而学得祖传的好手艺，但嫁给老蔺后却弃而不用，因为她怕绰号"三县戏王"的老蔺出去唱戏跟别的女人有瓜葛，就不放心地非要跟着去唱戏，即使唱戏不挣钱，还天天风餐露宿。唱戏难以维生后，老蔺要干烧烤，她便重拾祖传技艺全力配合，从而助老蔺烧烤店的烤羊枪声名远扬。从乡野到省城，从唱戏到烤羊枪，她辗转漂泊，只为守着所爱的男人过单纯幸福的生活。

　　至于美菡，跟小蔺住过暗无天日的地下室，又住过隔音效果不好的合租房，但她都毫无怨言，甚至小蔺失业后交不起房租也没提分手，当两人多次尝试都无法过夫妻生活时她才选择分手搬走。后来老蔺进京拿着房产证劝她与小蔺和好，她拒绝了。可见美菡并非唯利是图的人，她在美好的青春年华陪伴小蔺度过清贫艰难的时光，而她想要的或许也只是夫妻生活的琴瑟和谐，既然小蔺让她心灰意冷，她离开小蔺去追求想要的幸福也就无可厚非。

　　人生艰难，大多数人的生活或许都不如自己设想的那般纯粹自由，可以随心所欲地行我所行、无问西东。美国作家朱迪思·维奥斯特在《必要的丧失》中表达过这样的观点：生活是受约束的梦。作为一个正常的成年人，我们知道现实不会给我们提供绝对的安全，也不会给我们提供无条件的爱。当我们在扮演朋友、配偶和父母等不同角色的时候，我们最终会懂得每一种人类关系都是受到限制的。[11]懂得生活是受约束的，明白现实并非总如人所愿，那就直面现实，正视得失，且去随方就圆。自助者天助，唯有直面严峻的现实，才能从困顿中突围而出。

结语

　　《枪王之王》这篇小说具有深厚的现实思想意义，作者聚焦当前的失业大学生群体，以小见大地反映社会现象和群体精神面貌。同时，小说也具有普遍的现实指导意义：现实生活将人百般蹂躏，但又能怎样？此路不通，那就另辟蹊径，要及时自我调整，努力开创新生活，去追求自己想要的幸福。此外，这篇小说的艺术美学也颇引人瞩目，整体叙事简净，有些语句凝练隽永而可堪反复玩味，小说中插入的若干戏曲选段让小说别具特色，也更贴近现实生活，这些都增加了这篇小说的厚重感和对读者的影响力。中国作协原副主席何建明说："一个作家，能不能成为大作家，并不是看他获了几次奖，而是看他的作品在读者中的影响力和作品是否具有历史价值。"⑫相信随着时代的变迁，这篇具有深厚现实思想意义的作品，将会以其独特的价值而历久弥新。

注释：

①茅盾：《试谈短篇小说》，《文学青年》1958 年第 8 期。

②③④⑤⑥⑦⑧⑨⑩南飞雁：《枪王之王》，《人民文学》2021 年第 12 期。

⑪维奥斯特：《必要的丧失》，吕家铭、韩淑珍译，上海三联书店，2007 年。

⑫何建明：《奋力承担文学的时代使命》，《南方日报》2022 年 5 月 8 日第 A07 版。

（选自《南腔北调》2023 年第 1 期）

洞悉女性自我意识的真相与伪装

——论陈宏伟长篇小说《河畔》的性别视角

彭永强

新时期以来，文学创作越来越呈现出多元化趋势。当然，这与文化形态的多元化密切相关、互为促进。尤其是新世纪以来，文学创作越来越明显地表现出"去工具化"的趋势与格局。与 20 世纪 80 年代之前的宏大叙事类型化写作相比，写作者越来越关注个人生活、个人体验、个人情绪、个人情趣等"小格局"，正是这样的"小"，进一步折射出了整个文学生态的繁茂与丰富——滴水之间，可见汪洋，这样的"小切口"，使得文学文本传达个人情感、体验、思辨、智慧等更加精细、准确、灵便，在一定程度上达到了"去伪存真，去繁留精"的功效。

近年来，关注"细小"的作家愈来愈受到广大读者及评论者的关注与欢迎，陈宏伟便是这样一位以透视"细小"、关注"琐碎"为能事的青年作家。自 2000 年开始写作以来，陈宏伟持之以恒地从事着小说创作。不仅在中短篇小说方面成就不凡，在长篇小说创作上同样成绩斐然、硕果累累，已出版的两部长篇小说《陆地行舟》《河畔》，均构思精巧、视角独到，极富个人色彩，为同类小说文本中的佼佼者。特别是《河畔》展现出了更大的格局，"以情喻世"的理念得以进一步光大，表达效果更胜一筹——尤其是在对女性自我意识的"去伪存真"方面，《河畔》处理得巧妙而缜密、别致而得当。

一、小说《河畔》中绰约多姿的女性形象

与人类的起源相伴而生，女性的自我意识同样是与生俱来的。著名女性主义学者波伏娃说："女人不是天生的，而是后天形成的。"在人类社会的漫长演进中，由于男女之间身体条件的差异、社会地位的变更，尤其是社会体制的导向与压迫，在为时不短的历史进程中，相较于男性而言，女性的自我意识常常处于被压抑、被遮蔽、被忽视的状态，在现代化之前的中国表现尤甚。"中国封建时代的妇女根本没有性别意识，只有角色意识，为女，为妻，为母……省略了女性作为一个与男性相对的性别群体存在的意义。"甚至在当今世界的某些区域，这样女性被遮蔽、被压制的"显性"状况依然存在。当然，在这些漫长的女性"黑暗"时期，女性的自我意识并非完全被"扑灭"，它们往往只能呈现出星星点点的散发之状，尽管会有些许光芒，但是又在数量、亮度等方面，普遍呈现着寥若晨星的态势。与之对应，文学作品作为人类社会现实的一种"投射"，对于女性个人意识的展示与张扬，在浩若烟海的众多文本中，同样呈现着被遮蔽、被忽视或者星点散发的境况。令人略感欣慰的是，随着社会现代化的步伐，女性自我意识不仅在社会现实中得到

提高，在文学作品、影视作品中同样得到展示、倡导，后者又发挥了意识形态的导向功能，进一步激发、激励女性自我保护，自我提升，自我超越。在关注女性，尤其是关注女性自我意识的众多作家中，陈宏伟是值得重视的一位。

陈宏伟擅长从个人生活的琐碎事件出发，在一点一滴的故事与细节中，通过不温不火、静水流深的叙述，塑造千姿百态的人物，并由此映现世事，解读人性。在他塑造出的形态各异、各具色调的人物中，女性形象尤为出彩，长篇小说《河畔》即一个女性形象浓墨重彩、灿若星河的典型文本。

《河畔》以一名刚出校门的大学生陈北洋为叙述主线，以他在淮河饭店十二年的工作经历为观察视角，将一个兼具行政功能、商业功能的国有饭店的兴衰沉浮纳于笔底，更为重要的是，陈宏伟通过时代大潮中的一个缩影，塑造出了一系列性情迥异、生动传神的人物形象，尤其是女性形象，传达了自己对女性身份、女性意识的深刻思考与担忧。在阅读文本之时，我不止一次地想起曹雪芹笔下的大观园，两者均是将女性的外在形象、内心波动乃至挣扎，极其鲜活地加以呈现，只不过生活在大观园里的是一群封建大家族各阶层的红颜女子，淮河饭店里则是一群"尽显"七情六欲的现代女性——当然，这里所说的"现代"，仅仅是指她们所处的时代背景，并非她们内心深处秉持的人生理念。

通过《河畔》这部小说，陈宏伟在得心应手地完成对樊露、江思雅、李艳秋、阮小琴、罗兰、白雪、许潇洒、曹蓉等诸多女性形象塑造之时，还以寥寥数语，勾勒出了阮竹枝与郭萍这两个戏份不多的女性的人生脉络。相较于小说之中数量不多、着墨亦少的男性而言，《河畔》里的女性，不仅数量多，而且人物形象立体饱满，个性鲜明，相较而言，其中为数不多的男性形象更接近于"扁平人物"。

二、隐秘的女性主角及其现实观照

从接受批评的角度而言，读者在阅读时的主动参与功能非常强大，可以说，正是读者的阅读才使得一个文学文本得以具体，使得一次完整的审美实践得以完成。文本作为一件已经创造出的"自足"艺术品，只有被读者阅读，才能成为真正意义上的审美客体，才能完成真正意义上的与审美主体的邂逅、结合、交流、质变……如此来看，作为审美客体的文学文本，是极具开放性、包容性、互动性，乃至可塑性的。每一个读者的个人生活、情感经历、处世态度，甚至阅读时的情绪状态，都在无形之中参与了这样一场无声无息的"审美建构"，文本之中许许多多尚未表达、陈述的部分，恰恰正是由读者自身的阅历、想象、评判等去丰富与完成，以"期待视域"填充文本之中的空缺之处、情节发展的不确定性、人物形象的部分模糊等，故此，一部作品在不同的读者心目中，往往会有不同的价值判断，同时，一部作品在不同的历史时期，亦会有不同的特色解读。

　　由此而论，每一位读者在阅读小说《河畔》之时，必然会参与到小说中着墨不多的人物形象，如阮竹枝、傻妞郭萍等的形象建构之中。在文本之中，阮竹枝与郭萍尽管均为次要人物，故事情节简单，形象相对单薄，甚至无法引起读者的重视。然而，以我之见，从女性自我意识这一角度而言，阮竹枝与郭萍才是这部小说真正的女主角，由于她们"潜伏"很深，我将她们称为"隐秘的女主角"。

　　阮竹枝仅仅在小说的开头与结尾出现，在作家绝大部分的叙述中，处于"失踪"状态，但我们"按图索骥"寻觅其人生的轨迹并非难事。阮竹枝是小说叙事主体陈北洋的大学学妹、学校宣传部的下属，同时还是淮河饭店总经理阮大珍的女儿，她家境优渥，为人单纯、善良，又不失童心与顽皮，尽管在物质生活方面令人羡慕，但是在感情方面屡屡受挫，堪称遍体鳞伤。在读大学时，因意外怀孕，她独自服用堕胎药险些丢命；离开校园后，又遭遇了婚姻危机，离婚后独身……从文本我们不难看出，私人生活乱七八糟的父亲阮大珍、胆小怕事的母亲，以及父母之间毫无温情的家庭氛围，均给阮竹枝带来了不可估量的负面影响——她感情生活的多次失败，按照逻辑推断应该与其成长环境密切相关。但与之同时，她的父亲阮大珍在将淮河饭店经营得一塌糊涂濒临倒闭时，却为她或者帮助她积累了常人难以想象的财富……

　　在阮竹枝的形象塑造上，陈宏伟用笔极为"节俭"，给人留下的思索却延绵不绝，称得上"简洁"与"浩瀚"的结合典范。文本中，作家只交代了她大学时因堕胎险些丢命，以及作为淮河饭店的拥有者风光而率真的片段，而其间她所经历的人生起伏、情感纠葛、家庭变故、经商历程等，皆需由阅读主体自行"脑补"。作为一名年纪轻轻、身价不菲的离异女性，阮竹枝并没有因为拥有资产便自觉高人一等，反而依旧质朴率真、心无杂质。十多年之后的重逢，她这样介绍自己："我都不好意思承认我的现实，我离过婚……你都不知道我曾经历过什么……"经历过诸多悲欢离合，她的身份发生了诸多变化，可是，性格中的率真、单纯、善良从未丢弃，"语气和神态还和当年一样率真、纯洁，时间可以摧毁一切，但她的性格丝毫没有变"。

另一个隐秘的女性主角郭萍，被她的上司阮大珍戏谑地命名为"傻妞"，事实上却有着大智若愚的睿智与格局。在一潭浑水的淮河饭店，她并没有随波逐流，与他人同流合污，而是从不参与各种钩心斗角的无聊纠纷，在男女关系上时刻保持着清醒冷静与洁身自好，兢兢业业工作，不断提升自己，并最终实现了自身价值的提升。

无独有偶，也许是无意识之中，陈宏伟在长篇小说《陆地行舟》中，同样以非常简单的手法塑造了一位个性极强的"隐秘的女主角"胡衣一，这样一位"心中自有高山丘壑、绝壁深渊"的女人，跟阮竹枝、郭萍一样，躲在众人难以聚焦的角落，孤独地捍卫着女性自我的存在。

著名文学批评家韦恩·布斯曾言之凿凿地宣称"真正的小

说一定是现实主义的"，意在凸显文学文本与社会现实的密切关系。著名学者弗雷德里克·詹姆逊则如是论述，"文化文本实际上被作为整个社会的寓言模式"，从另一个角度表达了文学作品是社会现实的镜像或者幻象的理念。《河畔》即这样一个密切关注现实、富有深刻寓意的小说文本。作为女性自我意识真正拥有者的阮竹枝、郭萍，在小说文本中并未占据主要位置，而是处于叙事的角落或边缘，以我之见，这与当今社会的现实境况极其相似、互为镜像——真正拥有自我意识的女性，并未在现实之中拥有切实的话语权力，而一些大张旗鼓宣扬"女权"者，也许正与小说中的人物一样别有心思、另有他图……

三、女性自我意识的伪装与真相

长篇小说《河畔》选择了一个独特的公共空间，作为故事发生、发展的主要场域——淮河饭店，与绝大多数文学作品的选材不同，陈宏伟关注的并非饭店这样一个公共场域的外延性，几乎没有关注饭店面向广大顾客的服务功能，而是将视线聚焦于饭店作为一个商业实体，其自身的兴盛衰亡；作为一个工作场域，其内部运营中诸多角色的人生起伏、喜怒哀乐、七情六欲等，这样非同寻常的视角，本身就佐证了作家陈宏伟异于众人的观察能力。

在小说《河畔》中，淮河饭店里为数不少的女性，都成了饭店的当权者——贪财好色、荒淫无度的总经理阮大珍的"玩物"，从某种意义而言，她们与阮大珍各取所需，通过与阮大珍的暧昧、苟合，不少人实现了转正、晋升，以及经济上的实惠等现实中的好处，而阮大珍得到了身体上的低级满足、心理上的变态需求，一旦这样的利益链条断裂，他们之间的关系必然土崩瓦解。文本之中，阮大珍因经营不善被人取代之后，迅速被他的情人们抛弃、遗忘，与之同时，她们甚至第一时间完成"华丽转身"，尝试着向下一个当权者"投怀送抱"。

从表面来看，《河畔》中不少女性都有着极强的个性，甚至敢于做出一些在大众看来特立独行、惊世骇俗的事情，譬如：作为阮总的情人，白雪竟然因为他跟另一个女性江思雅开房而去"捉奸"，而此前，江思雅也有过同样的举动；许潇洒把不同的男人当成阶梯，一步步迈向自己向往的新生活；曹蓉则为了过上更好的生活，不惜抛夫弃子……在现实生活中，白雪、江思雅、许潇洒、曹蓉这样的女性常常会成为"话题之源"，成为众说纷纭的对象，也会有不少人将她们看作女性张扬自我意识的一种典型，被一些"女权主义"者当成肯定乃至赞赏的对象。当然，从人性角度来看，这样敢爱敢恨、敢作敢当的性格，从某种意义而言有值得肯定的成分，但究其根源，她们之所以如此"英勇无畏"，其真正目的并非为女性，甚至自己的人格独立、精神自由，与之相反，她们恰恰是以身体为手段，来实现经济、权力等众所周知的目的，甚至有时仅仅因为极其肤浅的胜负之争。事实上，这些看似勇敢泼辣的女性，完全缺乏作为女性的主体意识，缺乏正视自身社会地位和人格价值的勇气及能力——这些与真正的女性自我意识不仅毫无关系，更是与真正的女性独立、自由精神南辕北辙、背道而驰。

与江思雅、白雪、许潇洒、曹蓉形成鲜明对比的是，阮竹枝、傻妞郭萍无论是在感情还是工作上，均摒弃了虚与委蛇、"感情"交易等与女性精神独立完全不符的行为——阮竹枝认清了父亲阮大珍、大学男友，以及婚姻中的丈夫等多个男人于她而言的"伪劣"属性，但并没有因此而消沉，以偏概全地将所有男性"鞭笞"，亦没有自怨自艾，自我贬低，因为遇人不淑而否定自己的单纯、真诚与良善，反而坦然地面对家庭的变故、情感的得失等，以一颗平静、淡然之心面对生活，尤其是面对两性之间的关系与交往——这些，方能代表女性自我意识的真实面目。

近些年来，尽管女性自我意识在现实生活以及文学作品中，得到了越来越多的彰显、倡导、激励，但其实质是女性作为与男性平等、对等的主体存在的自觉意识，却常常被人忽视乃至曲解，陈宏伟的长篇小说《河畔》等文学文本，以正反对照的方式，洞悉了女性自我意识的真相与伪装，并以隐喻的形式映照现实、启迪改观，更利于人们超越性别之争去深入体察人类社会的真实面貌，促进包括女性在内的人类社会的共同发展。

（选自《海燕》2023 年第 12 期）

论张中民底层叙事的审美向度

郑积梅

底层叙事主要是从文学作品所表现客体对象的层面而言的，学者王春林认为："挣扎于社会最底层的数量庞大的群体，生活每况愈下，有的人甚至连基本的温饱问题都难以解决。以这样的社会群体为主要表现对象，充分地透露出一种对底层人群的悲悯与同情，通过文学性的笔触强烈地呼吁全社会都应该来关注这些弱势人群的文学作品，即是我们这儿所谓的'底层叙事'了。"①底层叙事在中国有着悠长的历史文化传统。《诗经》中的《国风》开始关注底层民众，杜甫的"朱门酒肉臭，路有冻死骨"更是妇孺皆知。21 世纪以来，对底层民众尤其是弱势群体的人物形象塑造及其命运描写，成为一个鲜明的文学现象。

河南作家张中民有过短暂的记者生涯，记者的职业操守也深深影响到他的文学创作，那就是在作品中体现了强烈的社会责任感和忧患意识，"底层叙事"是张中民小说创作的一种标志性表现。"从根本上说，文学创作正是映现着作家思想认识立场的文化想象行为。"②张中民底层叙事关注的对象主要包括三类：乡村弱势者、城市异乡者和城市空心人。

乡村弱势者：在孤独的时间中不可承受的生命之痛

"乡村是中国文学表达的起点，更是新世纪文学表达的重头戏。"③中国是传统的乡土中国，对乡土的关注其实就是对生命之根的关注、对中国国情的关注。"乡村现实的问题既是广大乡村的问题，也与中国社会整体的发展直接相关。"④

考察张中民小说的底层叙事，不难发现乡村特别是乡村中的弱势者已经成为他最重要的关注对象。"严肃的小说作家是实实在在地思考道德问题的。他们讲故事，他们叙述，他们在我们可以认同的叙述作品中唤起我们共同的人性，尽管那些生命可能远离我们自己的生命。他们刺激我们的想象力，他们讲的故事扩大并复杂化——因此也改善——我们的同情。"⑤张中民直面乡村弱势者，特别是空巢老人和残障人，体察他们的生存状态及内心世界的疾苦，他的长、中、短篇小说几乎都以乡村弱势群体为写作对象，以此把脉各种弱势群体的内心世界和生命感受，体察他们在孤独的时间洪流中不可承受的生命之痛。

张中民把庞大的空巢老人群体作为关注对象，而且以此为契机，引发全社会都来关注这类弱势群体。中篇小说《老人与狗》描绘出了一个乡村空巢老人的身心困境，小说从一个老人和她养的一只名叫花妮的狗相依为命切入，着力呈现空巢老人孤独无助、老无所依的生存状态，儿孙回家团聚的渴望只能在梦中实现，小说以一种内在式体验和悲悯的情调直抵空巢老人心灵的空间。小说最后老人与狗双双去世的悲剧，使得空巢老人精神的苦难与肉体的疼痛直抵人心。人与狗的对话似乎增加了小说的荒诞性，这恰恰写出了现实生活中乡村生存的无奈。短篇小说《回家》选取大年二十九这个特殊的时间节点，叙述在城市打拼事业有成的刘宁回家看望母亲，并最终决定抛开外在人事的纠缠留在乡村陪母亲过年："马上要过年了，在这万家团圆的时候，我应该留下来陪您才是！什么公司合同，什么董局长，什么小蓉，所有这些统统都没有我在老家陪您重要！想到这里，他突然临时做出一个决定：我今天不回城了，留下来陪母亲过年！"作品借由"这一个"空巢老人生活的方式、生存的状态，还原了广大中国现实的乡村生活面貌：一个空巢老人独守荒凉的乡村老家。张中民的叙事实践不仅揭示了这些空巢老人的生存境况，还挖掘了空巢老人内心的孤寂和苦闷，全息式地呈现出空巢老人群体的生命图景。作家凭借道德良知和悲悯情怀，展露他们的心灵世界，挖掘他们在孤独的时间中不可承受的生命之痛，给读者带来心灵的强烈震撼。

文学承载着关怀个体与现实的功能，"叙事不仅是一种讲故事的方法，它也是一个人的在世方式；也就是说，叙事不仅是一种美学，它也是一种伦理学"[6]。空巢老人现象无论在社会学层面还是在文学层面都引起了强烈反响。

残障人也是乡村弱势群体中不能忽视的一个群体。张中民常常凭借乡村社会生活的体验和想象，深入残障人的心灵世界，关注他们的生存状态和精神的痛楚。短篇小说《大头男孩》和中篇小说《和哑巴说话》《天堂里有没有爱情》都以聋、哑、瘫等残障人为写作对象，并通过多种文体以悲悯的情怀来审视残障人日常生活中的心理渴求。《大头男孩》中的乡村男孩大头意识模糊，思想单纯，常常被同龄人欺负，孤独的他心里满是委屈和愤怒。在八岁那年又目睹父亲的惨死，大脑就更经常处于混沌状态。高耸入云的水塔成了孩子们的乐园，小伙伴们的疏离与排斥让他对高塔充满了渴望，加之因饥饿导致的对缺失父爱的渴求，让一个小男孩在一个浓雾的清晨试图攀上高塔，最后失足从高塔坠落，造成鲜活生命的死亡。小说娓娓道来，像一曲爱与美的挽歌。《和哑巴说话》中的李林、赵现、王五和刘艳梅都是勤劳善良的乡下孩子，仅仅因为是先天或后天的哑巴，就遭到来自乡邻孩子的嘲讽排斥甚至恶意捉弄。李林只有在自己喂养的几头牛那里才能感受到温情与爱。虽然口不能言，但他们聪明伶俐、心灵手巧，有着正常的是非观念与对爱的渴求，最终奋起反击无端的伤害，维护了自己做人的尊严。《天堂里有没有爱情》写的是养母的固执与偏见造成哑巴养子黄金龙与没有血缘关系的既哑且瘫的妹妹金凤的爱情悲剧。作家把黄金龙的微妙心理、苦难生活，以及单纯而朴素的人生追求表达出来，那个叫爱情的东西，在天堂村里演变成了一出血腥的悲剧。三篇小说都是以悲悯的情怀对个体生命疼痛的展现，对弱势群体命运疼痛的吟唱，对人尊严的强调和对爱与同情的呼唤。

　　作家"直面底层，直面苦难，并不仅仅限于悲情苦境的平面描述和悲剧展览，而是要反思悲剧何以发生，挖掘苦难的根源"⑦。探讨弱势群体的存在意识与当代社会发展的紧密关系，书写弱势群体人生体验的疼痛感，挖掘弱势群体在疼痛的感受中隐藏的人性的复杂，这是张中民底层叙事的原始动力，也是作家底层叙事的主体。残障人生活的乡村人性复杂的一面，被作者生动地展现出来，有力地揭示了残障人生存的疼痛与命运的悲剧。

城市异乡者：在流动的空间感受身心的痛楚

20 世纪 90 年代以来，随着城市化进程的快速发展，城市与乡村成为中国明显的二元结构，曾经代表两种不同的生活方式，城市代表着文明、富足、时尚，大量的农村人口怀揣梦想拥入城市成为"城市异乡者"。张中民敏锐地关注到中国现代化进程中的这一重要历史景观，以城市异乡者为写作对象，展开城市异乡者的生活状态与精神空间的书写。他以具有穿透力的眼光俯瞰社会世态人生，叙述城市异乡者在城市流动的空间中谋生或打拼而体验到身心俱痛的故事。

短篇小说《相遇》中的货车司机是中国无数个城市异乡人的缩影，他们在不同的城市里游移做最苦的活儿，跑最远的路。短篇小说《陈亮，快跑》，因为贫穷到广州谋生的陈亮每天凌晨两点半起床开始一天打三份工的生活，这三份工要工作十四五个小时，在订报纸的老太太眼里，他就是一个打工仔，甚至都没有和城市人申辩的资格。虽然在城市娶了娇妻生了儿子，但妻子要给儿子买进口奶粉和购房的要求，对一无文凭二无特长的陈亮来说压力很大，为了赶时间多挣钱，马不停蹄一心快跑的陈亮遭遇了车祸。中篇小说《窄门》讲述"我"——一个城市异乡人在流动的城市空间遭受的身体癌变和承受的精神孤独。"我"住在一个嘈杂的、不见天日的地下室，找不到工作的焦虑让"我"染上了烟瘾，巨大的烟瘾又侵害了"我"的身体，没钱支付住院费用。朋友的屡屡帮忙，才使"我"得到在书店整理图书的工作机会。机缘巧合，"我"开始了文学创作，在曙光微现的时候，"我"却被告知已是肺癌晚期。"我"作为一个城市异乡人，其实是现代城市精神病学的标本。长篇小说《向南方》和《远方有多远》算是城市异乡人在城市"追梦"打拼奋斗的姊妹篇，在追梦大潮中有人溺水，也有跳龙门的弄潮儿。上部《向南方》叙述姚远作为城市异乡人在南方城市的奋斗及失败的经历，是溺水者。下部书写姚远的奋斗及成功，是跳龙门的弄潮儿。"追梦"一直是古往今来文学中的经典主题，现实中充满了复杂和无奈，梦想遥远，奋斗不止，但现实冲击却连绵不断。最终姚远的梦想在忍辱负重中取得成功。这样的成功者在众多的城市异乡人中终究是凤毛麟角。姚远在初入城市时，他的居住状况和求职经历都与《窄门》中"我"的情况相差无几，这会让读者记忆深刻。"我"、货车司机、陈亮还有姚远们"都是这茫茫人海中的蚂蚁"，他们都是现代城市社会典型的心理镜像，具有鲜明的时代特色。

作家在不同的小说中反复书写城市异乡人的生存状况和挫

折遭遇，表现他们在城市的一种漂泊无依感、一种陌生感，他们是疼痛一族。"他们的痛，不是单向度和单层面的，而是在社会的每一根神经上，在人心的每一个细胞里，来自生命的深处，来自灵魂的深处，来自心灵的深处，所以真实、悲切，有强大的灼热感和穿透力。"⑧

城市空心人：生活重压下承受精神的孤独

张中民将笔墨突向当下生活，以现实主义的勇气直面被城市时尚风光遮蔽的那些苦寒、低微的人与事，捕捉生存在城市各种角落的城市空心人的痛苦经历，俯瞰了这些弱势群体在都市生活的艰难处境，他的底层叙事再现了城市空心人生存的窘迫和精神疼痛的现实图景，写出了一种当下的、具体的个人经验，对社会矛盾进行反思与追问，呈现出文学面对复杂多变的社会现实的焦虑、尊严与担当。

《万家灯火》以房地产开发商何晓鹏开发纺织厂地块与纺织厂退休工人老常的日常生活两条线索同时展开，老常住的是 20 世纪七八十年代盖起来的老式筒子楼，面积只有五十多平方米。住在这幢旧楼里的老常，像只寒号鸟那样一直在过着得过且过的日子。微薄的退休金抵不上物价的飞速上涨，柴米油盐的日常生活开支都用铅笔头在孙子用过的作业本背面记录下来，老常变成了斤斤计较的人，退休工人的窘迫生活在他一笔一画的记录中展现无遗。《空山》也与地产开发相关。从市纺织厂退休的王余在退休之初觉得自己像是走到了世界的尽头，惶恐不安，无所适从，像热锅上的蚂蚁一样到处跑着找工作，可是到处碰壁，自学成才成了策划师，也为一个即将倒闭的企业策划获得成功。生病的母亲需要吃药花钱，上大学的女儿需要各种费用，为了从地产商那里得到足以改善家庭生活的 200 多万策划费，王余不得已同意剃度出家，本来还想着酬金拿到手后再想办法还俗，没想到空门一人深似海，佛法学得入魔，他看淡了人世，最后彻底遁入空门，世上再无策划师王余。金钱的巨大压力是王余人生一波三折起伏的因由。《相遇》表达的是金钱对人心的异化，小说中的赵寻也是一个城市空心人。他作为一个农村孩子，考上大学到城市工作有权之后收受贿赂，把自己搞得身败名裂，出狱之后为了生存做起小生意。小说开头详细书写赵寻从较高社会地位坠落，褪去了身上的光环，沦为城市普通一员，为了省钱甚至连公交车都不坐，还和货车司机就运费搞价还价。权力给了他金钱，满足了他的虚荣心，金钱也害了他，最后他还是活成了金钱的奴隶。《身体里的蛇》里资深小职员孙亮潜意识中总觉得家里马桶里有蛇吐出一条索索而响的红芯子向他发起攻击。小说开篇引用冯至的一首诗："我的寂寞是一条蛇，静静地没有言语。你万一梦到它时，千万啊，不要悚惧！"马桶里怎么会有蛇呢？是城市生活的孤独寂寞分裂了孙亮的精神，臆想中的蛇成了压垮他的最后一根稻草。

这几篇小说篇幅不长，但写尽了底层小人物不堪的遭遇。叙事的夸张变形有着魔幻化、寓言化的现代审美气质，颇有卡夫卡变形计之意味。

张中民的城市空心人写出了人性深度的复杂性，是读者考察人物、环境、民生、时代精神风貌等的窗口与渠道。同时，张中民的底层叙事在烛照城市空心人个人命运的同时，也凸显了中国城市发展的一个侧面。

文本外的作家：悲悯情怀下对底层群体的文学救护

张中民通过底层叙事完成了对生活的提炼和变形，为读者营造了过目难忘的底层生存镜像。在"娱乐至死"的当下大环境中始终保持对底层题材的专注，张中民的坚守无疑是极为难得的。张中民写出了在社会转型时期底层群体的生活镜像及心灵脉动，挖掘出他们身体及精神上的疼痛感。"揭示生活中的苦难，往往能给人以直接和强烈的痛感，它能激起人们对弱者的同情和怜悯，还能引发人们对现实生活的关注和思考，因此，书写现实生存之'疼'自有其意义。"⑨

张中民的语言虽平淡朴实，但都是有情怀、有爱、有色彩的文字。《老人与狗》《回家》中乡村里母亲遥望的目光日益黯淡，《窄门》《陈亮，快跑》《向南方》中城市异乡者的追梦之路艰辛坎坷，作家渴望"哑巴"和"大头男孩"们不再遭受伤害，城市能真正成为城市异乡者的乐园。作家的底层叙事有哀伤，但不喧嚣、不爆裂，更没有咬牙切齿，但却一个字一个字敲打在读者心上，弱势群体真正的生活，在作家悲悯情怀的观照下，如同显影液里的相片，慢慢浮现出清晰的影像，一张一张排列得庄严肃穆，成为这个时代存在过的、无法湮灭的证据。

张中民的小说重构了当下弱势群体的生活，这种底层叙事以最鲜活的面貌将底层人群的生活、命运、挣扎和归宿描述得淋漓尽致，直面现实，书写当下，写出弱势群体的生存困境，作家的底层叙事呈现出鲜明的道德同情和社会批判特征，这也是对底层群体的一种精神抚慰。为弱势群体鼓而呼的写作选择，是对弱势群体疼痛的文学救护，是对一种精神力量的寻找，使文学真正回归到对人类生存的"诗意栖居"的关注上来。

注释：

①②王春林：《新世纪长篇小说中底层叙事的四种形态》，《中国现代文学研究丛刊》2011 年第 8 期。

③张羽华：《新世纪乡村文学的疼痛叙事》，《扬子江文学评论》2021 年第 3 期。

④贺仲明：《让乡土文学回归乡村——以贺享雍〈乡村志〉为中心》，《扬子江评论》2019 年第 1 期。

⑤苏珊·桑塔格：《同时——随笔与演说》，黄灿然译，上海译文出版社，2009，第 218—219 页。

⑥谢有顺：《中国小说叙事伦理的现代转向》，博士学位论文，复旦大学，2010，第 1 页。

⑦刘川鄂：《批评家的左手和右手》，作家出版社，2017，第 36 页。

⑧彭学明:《在疼痛中苏醒和超越——深圳打工文学初探》,《理论与创作》2009 年第 1 期。

⑨周哲、贺仲明:《"疼痛"的揭示与"温暖"的烛照——东紫小说论》,《创作与评论》2017 年 12 月下半月刊。

(选自《名作欣赏》2023 年第 19 期)

叩问人生　放歌心灵

——读《伊洛笔耕录》有感

赵克红

我一向认为，好的作品是有现实温度、生命气息和精神活力的，它能使人产生心灵共振，使人向真、向善、向美。当读过马夫《伊洛笔耕录》这部散论杂谈集之后，就更有了这样一种感受和体会。

伊洛大地人杰地灵，名人荟萃，历史文化底蕴十分厚重。作者马夫的家乡，就位于伊河、洛河的交汇之处。正所谓，一方水土养一方人。马夫长期工作生活在伊洛河地区，对这片神奇的土地感情深厚，无疑也得到这片肥田沃土的深情滋养。

《伊洛笔耕录》分为《人生散论》和《牧心杂谈》两册。此部书共收入散论杂谈文章 400 余篇，洋洋洒洒 60 余万字，足可看出作者在日常写作中的勤奋、刻苦与执着精神。

在拿到书稿后，我认真阅读起来，不经意之间竟被书的内容深深吸引住了。以至于到了后来，还有一种如饥似渴、爱不释手的感觉。那一个个启发人思考的题目吸引了我的注意，那一行行充满哲思与智慧的文字在我眼前燃烧跳跃，不时牵动着我的神经。

《伊洛笔耕录》立意高远，主题鲜明。常言道：文如其人。马夫的文字与他的做人十分相似。在平时的交往中，我能真切地感受到，他纯朴厚道、真诚率性，思想深刻、谦虚淡定，敢于担当、执着追求。书中所思所想，所言所写，所叙所谈，皆源自作者的现实生活及人生感悟，读来不由得让人倍感亲切，仿佛是在与一位好友茶叙、闲聊、漫谈和交心。可以说，作者使用简单明了而又充满智慧的文字，表述了对生活的理性思考和对自我心灵的放牧，因而就不能不给人以深刻的人生启迪和教益。

《伊洛笔耕录》内容丰富，涵盖面较广。认真阅读书稿后，感觉有不少文章，其正论、巧思织而为一，其神貌相近、气质有异，其各有侧重而又互为映衬。书中所选文章，多为因事说理、有感而发、直抒胸臆之作。或说事，或论理，或谈感想，或述体会，或总结生活经验，或汲取人生教训，或针对一时一事、论及一点而不及其余，或谈今论古、纵横驰骋而不遗余力。读者如果能够仔细阅读每篇文章，必定能够从作者点点滴滴的笔墨之中，看出其用心之真诚、之着力、之良苦，发现其视角之独到、目光之锐利、论述之深刻精辟。

譬如，谈论人生、谈论理想、谈论生活、谈论艺术，作者紧接地气，不避矛盾，不绕弯子，不故作高深，也不无病呻吟、隔靴搔痒，而是直奔主题、提纲挈领，抓住要害、要言不烦，让读者在较短的时间内，就能够通情达理、引起共鸣，目有所获、心有所得。

又譬如，谈论自己、谈论他人、谈论心理、谈论性情，作者总是结合自身生活实际，在深入思考中有所启发、有所感悟、有所体会，并给人以纯朴、厚道、踏实、针砭时弊、对症下药之效，使人读罢此类文章，忽有一种果然如此、相见恨晚、心中为之豁然之感。

再譬如，谈论吃饭、谈论睡觉、谈论戒酒、谈论说话、谈论待人接物等，看似生活中的小事，作者也都会紧扣问题，徐徐道来，然后进行抽丝剥茧、鞭辟入里的分析，最后还会凭借自己的生活经验，提出解决问题的相应建议或办法，谈事究理可谓尽心竭力，用心至善、至纯、至美，不由得让人深为感动、大为赞叹矣！

《伊洛笔耕录》在艺术上，有一些明显的特点。

一是文章短小精悍，意蕴深远。文学是一个自由的天地，中国散文史上早就有一些非同小可的短文，值得夸赞。例如《世说新语》、东坡随笔等，例如晚明的一些小品文等，虽都是寥寥数语，却能够穿越时空，让后世惊叹不已。当下，信息爆炸，生活节奏加快，许多人没有更多的时间沉浸在长篇大论之中，还是更喜欢读一些短小的文章。本书所选文章，事实上顺应了这样一个潮流。

二是文章思维缜密，感情充沛。"文章合为时而著。"又言："感人心者，莫先乎情。"显然，在本书作者的骨子里，浸透着中国文人的气血和担当，以及"先天下之忧而忧，后天下之乐而乐"的士大夫情怀，这就使其笔下所涉文章内容之广之深，真可谓"风声雨声读书声，声声入耳；家事国事天下事，事事关心"。可以说，马夫的每一篇文章，大都负载了不轻的思维和情感重量。

三是文章表现形式多种多样，随性自然。文章题材选取自由广泛，篇章结构驾轻就熟，起承转合不拘一格。尤其是，其在语言表达方面，娴熟精准，豁达爽朗，凝练利落，清新明快，朴实无华，给人留下了深刻的印象。因此，书中文章也就更具有了很强的吸引力、穿透力和感染力，读来使人如话家常、如沐春风、如饮甘露，痛快淋漓。

散论杂谈，是一种比较自由的写作文体，也正因为此，才少拘束、少墨守成规、少限制人们的思想自由和创作激情。在《伊洛笔耕录》一书中，作者随心所欲不逾矩，俯拾即好文章，在写作手法上，表现出了很强的自觉性和独创性。其实，评判一部文学作品是很难的，它的高与下、好与坏，对每一个个体生命来说，总会因阅历与素养的不同而显得千差万别。但是，最公正的评判者不是别的什么，而是读者和时间。不管怎么说，我认为，马夫的《伊洛笔耕录》是一部能够改善人生心理和生活状况的书，是一部能够提升人生修养和精神境界的书，也是一部与真正的人生经典有着相似功效和作用的书。但愿这样的散论杂谈愈多愈好，愈"散"愈"杂"愈好，愈"论"愈"谈"愈好。

（选自《河南工人日报》2023 年 5 月 31 日）

第三辑　对话、创作谈

通过写作达成和解

邵　丽　舒晋瑜

　　这些家族叙事的确是我家族的一个镜像，有着长长的历史阴影。我把它讲出来，写出来，才能彻底放下。

　　《金枝（全本）》是作家邵丽对故乡颍河水边生息的乡亲的一次深情注目。

　　这是一部典型的家族小说，讲述了中原大地颍河边上周村周氏家族五代人，特别是其中几代女性在时代洪流之中的选择与变迁。邵丽用她敏锐的笔触、独特的女性视角深入周氏家族几代女性的内心深处，诉说她们未被展示过的痛苦、挣扎、忍耐和抗争。这是一部女性书写的作品，也是一部深入探讨家庭伦理、关涉亲情刺痛与修复的情感之书。

　　中华读书报：父亲有两段婚姻，一段在城里，一段在乡下。有评论家注意到小说里周语同、拴妮子这对同父异母的姐妹。这段关系的处理带有中国式的家庭伦理的很浓重的痕迹。《金枝（全本）》是一种中国式的姐妹情谊的书写，而且它深具乡土性和中原乡土的特点。

邵丽：读者给我的留言中，大多讨厌周语同，喜欢拴妮子，因为是拴妮子靠着她那种不屈不挠的劲头，把这一个大家庭凝聚在一起。如果没有她，可能这个家族、这里面的亲情都分崩离析了。但恰恰是靠着这个不识字的拴妮子，完成了所有情感的联结。周语同是很自负的人，我是带着反思在写。其实在写上卷的时候，我已经在想着下卷怎么给拴妮子一个正脸。但我没想到拴妮子这么深得人心，大家特别喜欢这个人物。写到后来，我干脆采用流淌式的写法，让故事跟着人物走。

中华读书报：有评论家说，《金枝（全本）》写的是"中国式的情感"。

邵丽：我觉得应该是这样，中国人的感情含蓄、深沉，甚至有着"我就这样"的执拗。这样的感情无所谓对错，它是数千年文化的衍生品。文化是最执拗的，没人可以撼动或者改变文化。

中华读书报：您认为这是自己最适合的表达方式吗？这样的情感写作对作家来说是否也存在一定的消耗？

邵丽：我写这部小说的时候，我的眼睛每天都是湿润的，我跟着感觉走，从土地出发，又回归到土地。这是我个人的家族史，其实也是中原的文化史、血泪史，是中原大地的社会变迁史，更是黄土地滋养出来的生命之魂。

中华读书报：小说中描写大家族五代人的成长、性格或结局，而且您对小说中每个人物都给予同等的地位，虽然他们在家族里有主次、有辈分。

邵丽：对于这个家族而言，每个人都是有贡献的，或者换句话说，每个人都是不可或缺的。没有穗子，就没有最后对土地的回归；没有拴妮子，两个家庭之间也就不可能融合。这种亲情的力量虽然未必是中国文化独有的，但不能否认它是中国文化得以世代延续的重要因素。把这个关系和历史脉络捋顺了，创作起来就顺理成章了。

中华读书报：小说细致刻画了几代家族女性的内心世界，以及她们的成长与蜕变过程中所表现出的执着和力量，被认为是"一部书写在中原大地上的女性史诗"。上部主要是以妹妹周语同的主观感受眼光看待这个家庭，下部则重点描写姐姐拴妮子——其实维系家族情感的最终是这位卑微而坚忍的女性。为女性立传，女性视角的写作是否格外有优势？

邵丽：女性书写可能更细腻、更能打动人，但格外有优势也谈不上。性别对书写的影响于我而言微乎其微。这可能与我的成长有关，我是在机关大院长大的，父母都是地方领导干部。尤其是我们生长的那个年代，过分强调"男女都一样"，男女界限确实很模糊。

中华读书报：父亲周启明联系着"乡"和"城"。周启明是从乡村出来的，但他又生活、工作在城市中。您如何看待家族文化中的男性？

邵丽：从表面上看起来，在家族中男性扮演父辈的角色，好像掌握着决定权。其实如果认真看的话，父亲虽然无处不在，可他们又是虚置的。所以就问题的本质而言，父亲既是真实的存在，又是极具象征性的一个符号。人类社会是一个男权社会，无论在公共领域还是家庭这个私域，父亲都代表着权威。但父亲的权威因为过于程式化，实际上也被虚置了。说起来父亲是权力的化身，或者是权力本身。但在一个家庭的实际生活中，真正组织和管理家庭的基本上都是母亲。一方面父亲无处不在，另外一方面，父亲永远都是缺失的。

中华读书报：小说通过两个女儿的叛逆、较量，展现出家族女性在传统文化下的恪守与抗争、挣扎与奋斗，她们特有的韧性和力量撑起了中原故土的魂魄与新生。您的创作心境和状态是否也和从前大不相同？

邵丽：是的，我真实的内心世界，第一是放下，第二是和解。我不知道该为此高兴还是伤感。人打拼一辈子，往往会让周遭的环境越来越逼仄，自己的路也越走越窄。其实当你低下头来，放低你的身段，你会在更低的维度上发现更广阔更温馨的世界。

中华读书报：《金枝（全本）》的出版被誉为"重建当代家族叙事，重现黄河儿女百年心路"。如今大部分人都在城市工作，远离家族，近年来您的几部作品都专注于家族写作，能谈谈选取这一创作方向的初衷吗？

邵丽：这部作品是给我的家族一个交代，也是给自己一个交代。最近我的确比较注重家族叙事，这是我多年的一个心结。可以毫不避讳地说，这些家族叙事的确是我家族的一个镜像，有着长长的历史阴影。我把它讲出来，写出来，才能彻底放下。

（选自《中华读书报》2023 年 7 月 5 日）

关于《宝水》的若干话题

乔　叶

故乡"土气"

福克纳曾说："我一生都在写我那个邮票一样大小的故乡。"寻根究底，谁的故乡不是小得像一枚邮票呢？在这盈寸之地，优秀作家们的如椽之笔皆可大显神通。他们笔下的这枚小邮票，似乎有无限大，可以讲出无数故事；似乎也可以走得无限远，寄给无数人。票面之内信息丰富，经得起反复研析，票面之外也有一个广大的世界，载着人心驰骋翱翔。

近些年来，我越来越清晰地认识到了故乡于我的意义和价值。我的老家在河南。所谓的乡土中国，作为中国最重要的粮食基地之一的河南，在"乡土"一词上带有命定的强大基因。"土气"浓郁的河南，不仅丰产粮食，也丰产文学。新时期以来，诸多杰出的前辈都在这个领域体现出了极强的文学自觉，豫南之于周大新，豫北之于刘震云，豫西之于阎连科，豫东之于刘庆邦，豫中之于李佩甫……他们笔下的中原乡村都如乔典运的那个比喻"小井",成为他们取之不尽用之不竭的创作源泉,也通过他们各自的镌刻而成为河南乃至中国文学地图上闪闪发光的存在。

说来惭愧,作为一个乡村孩子,很年轻的时候,我一直想在文字上清洗掉的,恰恰就是这股子"土气"。如今人到中年,经过这么多年生活的捶打和文学的浸润,我方才逐渐认识到这股子"土气"是一笔怎样的资源和财富——这股子"土气",往小里说,就是我的心性。往大里说,意味的就是最根本的民族性。也方才开始有意因循着前辈们的足迹,想要获得这"土气"的滋养,被这"土气"恩泽和护佑。

这些年,我去过许多村庄:江苏赣榆,福建福鼎,浙江安吉,甘肃甘南……这些地方最基层的村庄我都去过,感受到了丰富的气息。当然,感触最深的还是河南乡村,信阳的郝堂和新集,商丘石桥镇的孙迁村,我豫北老家的大南坡和一斗水等等,无论走到河南的哪个村庄,都会让我觉得像是我的杨庄——《拆楼记》《最慢的是活着》里的那个原型村庄,都会让我有骨肉之暖和骨肉之痛。

也是这些横向的行走和纵向的惦念让我了解到,这些村庄正处在各种各样的变革中。我意识到这是一个无限多样的素材库,"闭门觅句非诗法,只是征行自有诗",在这些乡村现场,我的写作欲望总是会被强烈地激发出来。想要写,且努力去写好。我这个土生土长的孩子,欲养久违的"土气",便在《宝水》的创作过程中踟蹰寻归,幸好为时不晚。

现实主义

怎么写?

想来想去,肯定还是那四个字:现实主义。

"现实主义是乡村写作的优秀传统",人们通常都会这么说。容我根据阅读经验冒昧推断一下:在谈及小说创作方法的时候,"现实主义"应该是最高频率的词,没有之一。写作这么多年来,我越来越觉得,一切写作,都和现实有关。所有人和所有题材的写作,本质上都是现实主义的写作。因为被最高频率使用,它几乎成了一个习惯的固化定语。但其实,它岂止是一种创作路径?在路径之下,铺垫着坚实的写作态度,这种态度,意味着谦卑、忠直、敬重和审慎,意味着发现、批判、理解和关怀,意味着包容,意味着宽阔,也意味着丰饶。而在路径之上,它也是一种思考力的呈现,意味着一个总体性的认知立场。

何为现实主义的"实"?我想,这个"实",不是描摹的纪实,不是愚蠢的预实,而是最深的真实和最高的诚实。如对乡村,这个"实",固然是指乡村实体,可这个实体却也有无限漫漶的外延边缘。这个"实",固然是乡村的现实,可这个现实却也不能脱离历史的长影而孤存。因此,认识乡村,写作乡村,从来就不能仅限于乡村的事,而是对个体与整体、历史和现实、地缘和血缘、中国与世界等多方位多维度的观照和把握。这意味着作家的视域宽度、认知高度和思考深度,还意味着在合乎文学想象和生活逻辑的前提下，作家是否有能力参与宏阔的历史进程，以文学的方式描绘出富有价值的建设性图景。

主题创作

《宝水》是命题作文吗？有人这么问。因最近在做新书宣传，按惯例总是会有些标签词来定义，《宝水》的这些词是新时代、新山乡、美丽乡村、乡村振兴等等。再加上又入选了中国作协首批"新时代文学攀登计划"名单，作为一个从业多年的写作者，以职业经验我也能推测出某些人会想当然地疑惑这小说是不是主旋律的命题作文。《宝水》出版后召开过一次线上研讨会，评论家李国平在发言中提到了主题问题，他说："《宝水》不是命题作文，如果说有领命和受命的意思，也是领生活之命、文学之命、寻找文学新资源之命，作者面对文学、面对生活，反映现实、表现生命的理解的自觉之命。"这诠释非常精准。我最初想要写这部小说，肯定是属于个人的自觉性。后来这种个人的自觉性与宏阔时代的文学命题相邂逅，如同山间溪流汇入了江河，某种意义上就是作品的际遇。对于这种际遇，我从来不追逐。但既已邂逅，也不回避。回避也是一种矫情。

乡村固然一向就是一个宏大主题。有意思的是，似乎有太多力作证明，主题创作的细节更要经得起推敲。越是宏大的主题，可能越是需要小切口的进入和细微表达，才更能让人信服。有西谚云："细节之中有神灵。"常常的，细节中蕴含着难以言尽的丰富的信息量。在村里采访的日子里，我住在村民家里，吃他们的农家饭，听他们说自家事。柴米油盐，鸡零狗碎，各种声息杂糅氤氲在空气中，深切地感受到，所谓巨变都必须附丽在细节里，这细节又由无数平朴之人的微小之事构建，如同涓涓细流终成江河。

唯有生活

前些时，一个朋友忽然发来微信，说读了我刚出版的小说《活水》，感觉如何如何。我笑。把《宝水》称作《活水》的，不止他一个。倒是有趣。这固然是笔误，可为什么不止一个人这么笔误呢？如此不约而同的笔误，是不是也有可琢磨的地方呢？

《宝水》自面世以来，就有很多人问过为什么要以《宝水》为书名，我回复说，表面缘由是村中有一眼泉水，泉眼状如元宝，因此得名宝水泉，村名也便叫了宝水村。小说写的是村中故事，自然就以此取名。深层所指则是宝贵的民间智慧和人民力量。正如小说中村里的每户人家，都怀揣着对幸福生活的热望生生不息地努力向前，他们的精气神是《宝水》的灵魂。

"问渠那得清如许，为有源头活水来。"什么又是《宝水》的活水？当然是生活，唯有生活。为了创作《宝水》，在对新时代乡村持续跟踪体察的过程中，用北京十月文艺出版社总编辑韩敬群先生的话说，我也深切感受到了"生活是创作的宝水"。

比如素材。小说写了宝水村的一年。为了写这一年，我的素材准备时间用了七八年。主要的准备就是"跑村"和"泡村"。不管去哪里的村庄，不管待多久，可以确定的是，每次去到村里，就一定能有新收获。好多东西还真不是想当然坐在那想的，你只有到实地后才能知道它们能多么出乎你的意料。如果你不是走马观花，而是稍微沉浸式地去看，那就能感觉到这种新。这种新，就是属于生活本身自带的生生不息的鲜灵灵的新。

比如结构。该怎么结构这一年？山村生活的自然性决定了按照时序叙事成了必由之路。开篇第一小节是《落灯》，民间讲究的是正月十五、十六闹花灯，正月十七这天开始要落花灯、吃落灯面。最后一小节是《点灯》，民间也有讲究，大年三十那天要去上坟，要请祖宗回家过年，叫点灯。从《落灯》写到《点灯》，整个小说首尾呼应。章节题目从第一章"冬——春"、第二章"春——夏"、第三章"夏——秋"，直到第四章"秋——冬"，其间每个季节的重复衔接也是必然，小说里的树木庄稼也都需对应季节，因为生活它就是如此啊。而作为一个文学创作的乡村，这一年如一个横切面，还意味着各种元素兼备：历史的、政治的、经济的、社会学的、人类学的、植物学等。这也应是信息、故事和情感高度浓缩的一年，是足够宽阔、丰富和深沉的一年。以上所有，皆取自生活的馈赠。

还有语言。当我决定写这小说时就已经很清楚，这小说的性质决定了语言的主体必须是来自民间大地。而这民间大地落实到我这里，最具体可感的就是我老家豫北的方言。虽然人在京城，但我现在和老家人聊天依然且必然是这种语言。在写作《宝水》的这几年里，我总是随身带着一本老家方言的资料书，写小说时方言声韵就一直在心中回响。越写越能确认，这是被生活反复浸泡才能获取的语言。

"纸上得来终觉浅，绝知此事要躬行。"《宝水》的创作让我越来越真切地感受到：躬行之地，唯有生活。生活中有创作需要的一切。

（选自《小说评论》2023 年第 5 期）

一棵石榴树在流浪

——我与写作的缘起

计文君

一

从三四岁开始，我就想做一棵树。

我坐在厚厚的黑漆门槛上，认真地想：究竟做一棵什么树呢？

院子里有桐树，开淡紫色喇叭花的泡桐；有椿树，一棵是香椿，另一棵是臭椿；能算作树的，还有石榴和蜡梅；至于葡萄和凌霄，老根很粗，但不大像是树。

我选了石榴树，只是因为它最好看，一年四季都很好看。

我想做一棵石榴树。春天发芽，夏天开花，秋天结果，冬天落叶，来年春天再发芽。发芽好看，开花更好看，结果也好看，哪怕落光了叶子，那些枝干也是好看的。一年如此，年年如此，只要活着，一直好看，不会有什么别的事情发生。

院子里的石榴树，差不多有一百年了，还是那么好看。几年后，我知道了"婆婆"这个词，认为这个词是专门为了形容那棵石榴树而存在的。

我坐在门槛上托着下巴羡慕石榴树的时候，知道的词很少。在我背后幽暗的堂屋里的簸箩里，有两本翻厌了的连环画，一本《达尔文》，一本《王昭君》。祖母在她的卧室里睡觉，夏天的黄昏，天光大亮，她累了一天，要睡了，强迫我也去睡。她锁了院门，闩上了屋门，好在她的卧室和我的卧室中间隔着堂屋，我从床上爬下来，在她的鼾声中抽开门闩，拉开半扇沉重的木门，坐在门槛上，看着院子，开始想象着如何成为一棵石榴树。

这是留在我记忆里的人生最初几年的碎片。还有一个场景，是被幼儿园的老师带着出去，她只带了我一个小朋友。那是一个女老师，我并不记得她的名字了。当时父母把我送到在老家生活的祖母那里，祖母还要工作，就把我送进了商业局幼儿园。我是周托，但并不是每周都会被接回家，并没有人给我解释是怎么回事，至今我也不知道为什么幼儿园的老师会愿意带着我。那是个年轻的女老师，她给我买了一根冰棒，不是普通的白色冰棒，是粉色的，有着特别的奶香。我吃着冰棒，跟着老师去了幼儿园隔壁的木材公司。她和几个大人在院子里说话，都是男的，记忆里并不确定他们的年纪，肯定不是老大爷，只是对于三四岁的我来说，他们是很大的大人。院子里还堆着很多被砍倒的树，没有了枝叶，只是光秃秃的树干，很大的树，树皮的皴裂和横截面上的纹路，是那么好看。树的尸体都很好看。

我很想成为一棵树，因为树很好看，而且一直不变地好看。

五十岁一百岁的树和十岁二十岁的树一样好看，人却不是这样的。哪怕树成了尸体，哪怕尸体被做成别的什么东西，还是好看。我至今喜爱一切木头做成的东西。

如果今天回头对最初的这个怪念头强作解释的话，技术理性支持的社会心理学的解释，大概是幼年的我极度缺乏安全感和情感支持，触发了防御性心理机制，让我渴望获得某种独立稳定且自足的生命形态，譬如一棵树。神秘主义的解释，是我二十多岁的时候，第一次拿着生辰八字去算命，那位大师告诉我，我是木命。哦，我本来就是一棵树。当然，我最偏爱文学的解释，那是我和写作的初见，生命的可能性在想象中展现出了与现实迥然不同的模样。

我和写作的故事，就这样开始了。

二

关于我和写作的缘起，还有不同的"版本"，都是我自己给出的。有几年，我喜欢讲那个"零时刻"的故事。

"零时刻"，是阿加莎·克里斯蒂对于犯罪起因的一种想象，像是命运的某种特殊刻度，一旦运行到这一刻，即使远远早于主人公的行动，但一切已经变得无法避免。在我开始略带心虚地接受被人称为"作家"的时候，这样称呼我的人，通常会问我一个问题："你是如何开始写作的？"

我需要作出解释，就像被捕之后的嫌疑人要交代犯罪动机。

不知怎么我就想到了"零时刻"。这个与"犯罪"相关的下意识的联想，似乎很能说明我和写作之间的复杂关系。

当时我在自己的生命时间线上来回摸索，最后确定的那个"零时刻"是在1984年春天。那天应该是个周四，老师政治学习，下午两节课后，还是小学生的我就放学了。不知道为什么会站在自己家的门口，对着眼前司空见惯的街景发呆：暮春的阳光有些西斜，明亮却并不刺眼，暖和慵懒地照着，地上的影子不浓不淡。还没到下班的时间，街上行人不多，没有汽车——80年代的中原小城，汽车驶过街道，还是有些醒目的。偶尔有自行车骑过去，也是缓慢的、无声的，从画面的这边滑到那边，消失了。

我家对面是国营肉店，一排十几扇的门板，暗红色的，即使是白天，也不全都下掉，被下掉的门板就靠在没下掉的门板上。肉店里的光线并不怎么明亮，洞府森森似的。肉店员工的姿态和门板的姿态一样，对人爱搭不理的。白铁皮案子，露在光亮处的部分空荡荡的；被人挑剩下的几块板油，躺在暗影里。肉店男女员工之间的调笑却是欢乐明亮的，偶尔还会追打出来，粗壮的中年男人身上胡乱缠着深蓝色的大围裙，摘下含在嘴里的烟头，边咳边笑，喷出浓白的烟雾。

肉店的东邻，是糖烟酒公司的门市部，里面常年在卖非常难吃的泡泡糖和巧克力豆——有一年春节他们忽然卖一种很好吃的蜜枣——清亮饱满的红色枣子外有一层透明的蜜汁，后来再没卖过。糖烟酒店的门板总是下得一块不剩，清晨、午后门前要扫两遍，洒上水。此刻，那些尚未消退的水迹，划出这条街上的一块净土，玻璃柜台在西斜的阳光下闪光，柜台里的一切都显得洁净而漂亮。

与糖烟酒门市部隔街相对的，是一个卖卤肉的摊子，就摆在我家窗下。摊子上此时没有顾客，卖卤肉的年轻女子低头翻着一本卷边的杂志。祖母时常让我去买五毛钱的猪肝，给家里的猫拌食，卖卤肉的女子就跟我说话，告诉我她的弟弟也在榆树园小学上学，比我高一个年级，所以我不认识。我觉得她非常好看，有着成熟的水蜜桃一样的颜色和质地。她低头切猪肝给我的时候，鲜红的有机玻璃的耳坠子一抖一抖的，切完包在草纸里递给我，丰腴的手在毛巾上抓一抓，毛巾和她的手，都是油腻腻的。

我家的西边，是一间长年锁着的房子，窗户上糊着报纸，看不到里面。记得有一天忽然看见锁开了，门虚掩着，路过的我吓得低头紧跑，回到家半天心跳才恢复正常，只是再去看时，那门又被锁上了。我发呆的这一刻，黑色的挂锁安然地锁在红褐色的油漆门上，门前坐着一个老太太，她的孙子或者孙女在她的脚边抠着砖缝里的土，她在用线陀螺捻线，眯着眼睛，不知想什么入了神，旋转的线陀螺慢下来，打着她的腿，停了，她才回过神，匆忙蘸下口水，猛地在大腿上一搓，线陀螺又旋转成了一团模糊的白色。

再往西就是老王大爷租画书的摊子，一人多高的木板靠墙立着，上面浅浅地钉了些木条，一本一本的画书搁在上面，用棉线绷着防止它们掉下来。门口地面上是用碎砖头压着的油布，油布上的书都装了黄褐色的牛皮纸封皮，书皮书脊上用黑色的毛笔字写着书名和作者的名字。那些拿起来簌簌落着灰尘的黄皮书，我并不真的知道里面的内容，却给我一种刺激感，仿佛是开启罪恶的门。老王大爷的一条腿从膝盖处被截去了，夏天从宽大的绵绸短裤中露出圆滚滚的半截残肢，我并不觉得可怖。

老王大爷拄着拐，拿着一个布掸子在掸书上的灰尘，左手腕子上戴着一个玉镯子，戴了几十年，摘不下来了。他给我看过那镯子，对着光，里面有几缕云彩一样的东西，他说是他的血沁出来的，我相信他说的是真的。"几十年"对于年龄还是个位数的我来说极其漫长，我认为如此漫长的时间，什么都有可能，不要说在一个小小的镯子里沁出几缕云彩了。

这时候，一条黄色的土狗——它刚才在肉店门前逡巡半天无果后才决定过来——慢慢穿过街道，到了书摊前。老王大爷坐到藤椅上，似乎累了，听任那狗在他脚边嗅着，手里的掸子耷拉着，没有动。那狗却忽然沿路向西跑了，老王大爷耷拉下来的空裤腿儿，被狗尾巴扫到，晃荡了起来……

就在那一刻，我忽然很想把眼前的一切用文字保存下来，对于刚能用"记一件有意义的事"作标题写下几百字的我，这实在是个太大的企图。我不由得在心里叹了口气。三十年后，我感慨道：对平常却又神秘莫测的生命质地的渴望，对流沙一样时刻逝去的生命感觉的珍惜，让我企图用文字对抗时间和遗忘。这个"零时刻"，决定了二十年后我会突然写起小说来。虽然当时那个小女孩发出了一声力不从心的叹息。然而叹息，往往又正是希冀与渴望。

如此这般感慨了几年，我有了意外的发现，也许我与写作产生羁绊的，远比被我命名为"零时刻"的 1984 年要早，甚至早于我的出生。

我称之为"母亲的秘密"。

母亲去世四年之后，父亲也走了。我在整理父母遗物的时候，发现了一摞旧稿纸，字迹是母亲的。打开慢慢读完，感觉应该是一部小说的开端，我从来不知道母亲曾经写过小说，在我的印象里，母亲从来不曾和文学或写作有过丝毫的联系。这卷锁在抽屉深处的，曾经和户口本、粮票、存单锁在一起的旧稿纸告诉我，这个秘密是如此被珍视，自然从来也不曾真的被彻底埋葬。

这卷稿纸书写的日期在我出生之前，但是鉴于文末还有父亲的一段批注点评，我想离我来到这个世界的日子也不太远了。

很可能是我的到来打断了母亲的创作。

母亲生前是位出色的会计，算盘打得很好，曾经在地区供销系统的比赛里得过大奖，这是我所知道的。母亲做了一辈子财务工作，因为不能阻止我离开银行而万分惋惜——文字怎么也不如钞票来得那么安心。母亲对于我，就是现实世界的象征，她遵奉的生活原则，是我的律法——虽然我并不"遵纪守法"。但写作是"知法犯法"的罪行，已然进入了我的潜意识。

看来大反转果然是故事宇宙的永恒定律。多年之后，我知道，自己不仅误会了母亲，还误会了文学。

三

在我乏善可陈的档案中，童年少年，在河南两个地级市之间来回折腾，高中毕业后读了两年银行学校，回到老家安定下来，开始做银行职员。从记录中看不到我与写作有任何联系。

但从内在维度上，我时时刻刻都在隐秘地"写作"。我的世界，是语言的世界，只有被语言标识之物，对我才会显现，此外一切的人与物，都不存在。譬如夏日清晨，那些生着羽状叶和开出粉色茸毛花的树，被标识为"合欢"，这个词和那些叶子与花，才对我一起分明起来。

我所有的感官，也服膺于语言：蛋黄至今都能让我嚼出夕阳的香味，巧克力是童话的味道，《史太君两宴大观园》是黄焖鱼的味道，湿淋淋的雨夜是钢琴的，月光属于小提琴，丝绸是安静夏日午后的黑甜甜睡后醒来的舒适与忧伤……

我因着这隐秘的"写作"，在世俗与日常之下，过着纯然的"文学生活"。事实上，这恐怕是我和文学之间最大的误会了。还好，我并不曾真的起心动念要写些什么，更不曾认真想过要成为作家。

但是，1993年，一棵石榴树还是命定地出现了。

那是一篇名为《花问》、不知道该归为何种体裁的文字。故事和人物都是虚构的。散文的结构，满篇却又是对称押韵的现代"骈句"。我虚构了一个用死亡来获得自由的旧时女子的故事，又安排了一个在夜里对着石榴树发问的诗人来讲述这个故事。我从未将这篇文字作为我写作的起点，并非全然是因为"少作"太过不堪而羞于示人，更因为它只是我彼时"文学生活"诸多装饰之一种。就像暑假的午后，在院子里采了韭叶兰纤细高挑的白花，插进墨绿的瓷瓶，瓶口矮矮地配上一簇石榴花，拿去桌上放着，还取了个名字叫作"白雨惊艳"。

这篇文字还是被印在了文联主办的内资刊物《原野》上，虽然当时负责编辑这本刊物的张老师给了我些许鼓励，但我此后除一两篇这样的"装饰"之外，并没有生成过什么。

我安于"文学"生活，却并不打算真正开始写作。现实的生活中我一边应对着汇票、支票、信用证，一边刻苦地去参加各种考试，当然，没有一种与文学有关。

我这种吊诡的拧巴的"自洽"，又持续了十年。

十年后，那火红的榴花挣脱了石榴树，化身"飞在空中的红鲫鱼"。这篇文字与我的生命有了关系，它不再是"装饰"，而是最好的女朋友的眼泪和我真实的痛苦与叩问。它被印在了《人民文学》上。此前不久，我又一次见到了文联的老师们。他们显然已经不记得十年前给过他们那篇奇怪文字的我了，他们知道的我，刚在《莽原》上发表了一篇小说。那是个较大规模的"装饰"，来自那个长着百岁石榴树的院子里盘旋的旧日传说。

巨大的鼓励、巨大的诱惑，或者是命运的"明示"，我决定开始学习写作。

我以为，自己是以"悬崖撒手"般的决绝，放弃饫甘餍肥，也抛弃烦琐沉重，彻底投入澄澈轻盈的"文学"之中，代价不过是清苦而已。事实上，真正的写作是沉重的、艰苦的，一旦开启，那种轻盈的"文学"生活，也就彻底结束了。

我投身的是无边无际的现实之地，我必须直视让人战栗的痛苦与创伤、无奈与悲怆、暗夜里闪烁的卑微的希冀、晨曦里降临的冰冷绝望……

我更没想到的是，命运丢给我的是一张没有注明结束期限的学徒契约，一旦签下，我将服的是肉身与精神的双重苦役。自此，我的人生刻度变成了一篇又一篇的"习作"。它们发表出版的时间，成为我的精神日历。我不会想到，这样的时间建制，会对我的生命产生什么样的影响。

十年之后，我写完了《无家别》。小说的结尾，祖母故去，老宅即将拆毁，那棵百余岁的石榴树，被人买走了。

突然发现，"石榴树"这个意象竟然始终在我的人生里若隐若现。草蛇灰线，伏脉千里，小小一愿，竟成缘起。此时的我，算是得偿所愿，成了一棵树。

写作的我，失掉了空间化的时间感。"逝者如斯夫"对我毫无意义，我获得了植物的生命状态，只能向上生长，在每一个春夏秋冬，都像第一次发芽一样发芽，像第一次开花一样开花，像第一次结果一样结果，像第一次落叶一样落叶。

我不知道这是蒙恩祝福，还是遭遇了西西弗斯般的诅咒天谴。

但这还不是我的写作命运的全部。我选择成为石榴树，是因为它始终很美。但如愿以偿的我，并没有顺理成章地拥有婆娑枝叶与繁华硕果，也没有一个安稳的院子可以生长百年，甚至悖逆着树的本性不停迁移。每一次都是生死攸关且生死未卜的"连根拔起"，直到在一部新的作品里生下根来，暂时喘上一口气。

二十年过去了，我曾经以为的每次抵达，都最终成了"化城"，只是暂时给我庇护，让我喘口气，随即就烟消云散。另一个清晨，我在一无所有的荒漠中醒来，再度确认自己学徒的身份和注定要服苦役的命运。

四

无论是出生之前"母亲的秘密"，还是三四岁时想要成为一棵石榴树，或是十岁时的"零时刻"，这都是真实发生在我生命中的事情。因为真实，所以暧昧，充满了可供揣摩、想象和阐释的可能。

它们都有资格、有理由被追认为我与写作的缘起。

麦子落地，自然不死。只是麦粒在漆黑的现实之土里埋得太久，久到我不能确定，究竟是何时落下的哪粒麦子成了发芽的种子？不过转念又想，如何确定我与写作的缘起，并不取决于真实的人生中发生过什么，而是取决于我如何理解今日的写作以及未来写作可能的样子。

于是，在上面三个故事中，我选择了关于石榴树的那个。

埃德蒙·雅贝斯在《腋下夹着一本袖珍书的异乡人》中有句话："只有在把你变成异乡人之后，异乡人才允许你成为你自己。"

我在失去了安稳的庭院之后，才被允许充分伸展作为植物的本性。作为写作者，一部分属于自己，属于自己渴望与之建立联结的永恒之域；一部分属于时代，属于只能领受的时空命运。

一棵石榴树，从来不会愿意去流浪，那肯定不是树的选择。但这是一个让所有人都成为异乡人的时代；这是一个技术正在把所有人类都从真实的家园与附近，驱赶到远方的市场与虚拟游乐场的时代。即便你是一棵树，也别无选择。

我的故乡，有一个鲜为人知的古地名：花驿。它曾经是植物的驿站，北迁的南方植物会在这里歇一歇，长一长，再迁往他处。

我的写作，同时建构着我的花驿，一站接一站，流浪的石榴树才活了下来。我发零落的芽，开很少的花，结稀疏的果，在每一个落光树叶的冬天，满怀着对死亡的恐惧，努力向上生长。

2022年的冬天，我完成了一个中篇，又一个向死求生的故事。我使用了三十年前的旧题《花问》。这是我愧悔之余所能作的纠错，然后我开始收束写了五年的长篇。我愿意领受悬而未决的命运，祈祷我与写作，再度缘起。

（选自《传记文学》2023 年第 7 期）

城市与乡村的对峙

张运涛

我承认，当我开始用键盘堆砌文字时，我是有野心的，我企图以小博大，企图让读者从小北（成长系列小说主人公）身上发现自我，让王畈映射一个世界………八年过去了，我不承认我是失败的。我还在努力，还在构筑……

我的创作背景很狭隘，就是淮河边上的一个小村庄。淮河一路上拐了很多弯，这些弯冲积出肥沃的耕地，形成了一些叫"湾"的村庄。我就在这样的一个湾里生活了十多年。我的出生地在淮河南岸的一条叫浉河的支流边上。畈是那儿的人对田的指称，也用来借指村庄，东畈、西畈、李畈、王畈……我长到十岁，一家人又搬回到父母的故乡——淮河北岸。忘了哪个作家说的，童年生活是一个作家一辈子取之不尽的创作源泉。我理解的童年生活应该有两层意思，一是字面上的，另一个就是作家童年时代看世界的视角。像所有农村孩子一样，我们都是被放养的，没人关心我们的情感，甚至情绪。大人们关心的是你的饱暖和成绩，不可能细腻到情感这一块。我又是个男孩子，这种漠视好像更加理所当然了。于是就有了王畈的小北，他懵懂，暗自怀春，落寞开花，欣喜结果……小北最初只是作家对乡村的一种留恋，多少带有理想化的影子。

我写过一篇一万多字的散文《向城市》。城市应该是 20 世纪 90 年代以前每一个农村孩子的理想——可能现在也是这样。我们对城市的艳羡可以说毫无遮掩。20 世纪 70 年代末 80 年代初，我还没有见过任何城市。在我的想象中，哪还有比陡沟镇更大、更好的"城市"？到镇上，我们得翻过一座大坝。那大坝，高三米左右，生生把去镇上的路给截断了。坝顶上是水渠，淮河水被排灌站抽上来，送往各村。我们那个村是菜园，村民一年四季都得赶集卖菜。除了应季蔬菜，井窖里还储藏了大量的红薯、冬萝卜、生姜等，留着十冬腊月换钱。冬天挑一担菜翻大坝去赶集特别难，不仅是体力活儿，还是技术活儿。我对大坝却从没有生过恨意，心底里早已经认同了一个概念，即所有通向美好的地方都应该有这样一座大坝，或类似的阻隔物。镇上的人不种任何庄稼，不起早贪黑，却过得比我们好百倍千倍。他们即便偶有残疾，也风吹不着雨打不着，人人都有个小本本，每月去粮站领粮领油，生活无忧。

现代化的社会，人们免不了要拿城市和乡村对比。比如两者都是包子的话，那么，乡村就是素馅的，城市则是肉馅的。城市里满是欲望，乡村里都是朴素的过程，炊烟、牧童，还有节日一般的乡村电影……在乡村，一切都是慢腾腾的，甚至春天赊了小鸡可以等来年用鸡蛋偿还……

但是，那都是过去的状况了。如今的乡村呢？炊烟不见了，牧童成了城里的小工，农舍一心长成城里的高楼。大山成了采石场、水泥厂，林场成了板材厂，河岸排开了造纸厂……乡村的资源被城市充分利用。在城市化的浪潮下，乡土已经成为各级政府提高 GDP 的法宝。换来的代价是，田园诗一般的乡村不见了。乡村向城市趋近，无限趋近。

真正的乡村，要么被彻底遗忘，只剩下老人和孩子；要么被过度开发，沦为金钱的奴隶。这是城市和乡村互相打量的结果。越来越小的乡村盼着自己不断长大，"长大后我就成了你"——城市一直是乡村的理想。反过来，乡下人拼命逃离的乡村又成了城里人向往的休闲之地。如果你看到有一条公路曲曲幽幽通向山村，别高兴得太早，那里面肯定藏着商人的商机。

乡村原有的道德价值体系因此被城市化革了命。为什么现在的乡村再没有赊账这种现象？现代人急功近利只是一个方面，更重要的是，诚信的缺失。小北就是在这个背景下走出王畈的，他去城市当了农民工。我没有打工的经历，但我在县城已经生活了将近三十年，老实说，我其实还是不太明白城市。2011 年，我甚至有机会在首都北京学习了四个半月。头两个星期，我还有兴致去看一些早就心仪的名胜。后来就淡了，到处都是人，挤得你干什么都没兴致。地铁走一辆满满的，再来一辆又是满满的。挤上之后，我下意识地朝四周瞅瞅，乘客们都忙着低头摆弄自己的手机，面对面也绝不说话。怪不得城里人都显得高不可攀，人家随时随地都在思考，每个人都像成熟稳重的思想家。说实话，我不喜欢这样的城市。那地铁要搁我们老家，车厢里早笑翻了天。反正他们都是农民，不知道高贵，不知道矜持，就知道老是闷着不说话不好。

我让小北走得很远，广州、北京、青岛、上海，无论他走到哪儿，我都会用我的精气神儿去滋养他，他身上始终流淌着我对生活的理解。我一篇一篇地书写这个人物，某种程度上他身上也有我的影子。现在差不多有十几二十篇了吧？

这应该算乡土文学吧——新乡土文学——农民进城打工了，乡村城市化了，乡土文学的定义拓宽了。小北这个人物离作家自己的肉身越来越远，更多地代表了一个写作者对世界的认知。乡村与城市借由小北这个人物相互打量，或者叫对峙。他经常探头打量王畈以外的世界——当然是城市，心里既有对抗也有留恋。

不是想倒退，我只是觉得乡村更适合我。我试图把小北的每一段生活都当作对故乡和自我的一次重新抵达。通过这样的抵达，不断地修正自己对自我、对世界的认知。抵达当然也是无限的，没有终点。我想一直写到这个男人老死，这可能会耗尽我一生的精力，但我愿意与他一起体验并享受这个过程。

不敢说一定要为我的乡村建构一套新的价值体系，但我有决心在文字中建构自己的乡村，与当下的城市，还有当下的乡村，对峙。

（选自《快乐阅读》2023 年第 6 期）

我相信写作的孤独

安　庆

每当写完一篇小说，我会忽然孤独。和我的心灵对话，在我的小说中驰骋的人物似乎离我远去，尽管我还会细细地审视他们，但充满激情的融洽还是疏淡了。我是多么想和我的主人公拥抱，和他们休戚与共，永不分离。然而，不可能，写作者永远有自己的下一个目标，有另一批主人公在等待着他们。从这一点来说，作家是见异思迁的，他要去关照他的另一群充满激情的人物，去关照他的另一个"情人"。也许这就是作家的使命，永远把自己逼在一条孤独向前的路上。这种见异思迁是应该原谅的、理解的、庆幸的。我们常说到作家的创造力，作家必须走近另一个等待他的人和人群，和他们对话，和他们谋划着怎样生活，怎样安排自己的柴米油盐，去了解他们的世态人情，用炽热的情怀、滚烫的语言、流畅的叙述、独特的视角、浓厚的氛围去铺排另一批人的人生和生活走向。作家永远在旅行的途中，他们疲于奔命而又乐此不疲，充满激情，经历着一次次和主人公告别的孤独。

其实，一个作者的真正孤独并不在这里，真正的孤独应该在奔波之前或者奔波的途中，在他经历拒绝诱惑、推掉诱惑的时候，在他对生活的深层思考、对创造的煎熬之中。因为他要创造一个独立的环境，一个特立独行的主人公，一个渗透人性深处的命题，而且又要把这些融入一个看似正常的状态。这是一个多么有难度的工作，作家简直要绞尽脑汁，而且必须在每一场拼搏中竭尽全力，换回一场精心独到的叙述和看似真实的细节。作家永远都是一个有企望的人，对自己的作品的企望、对创造的场景和主人公的企望，甚至对读者的企望。

一个真正追求灵魂和精神写作的人不追求市场。但这种拒绝是一种代价，他的坚守往往充满了艰辛，这种思考渗透了一个作家的痛苦。我相信一个写作者孤独地思考才有深度，但很可能在困境中扶窗遥望远处的繁华和欢乐的人流会黯然神伤。追求常态的生活是每一个人的理想，然而，作家最后拒绝了诱惑，抚平了汹涌而上的痛苦；他不会毁掉自己的坚守，作家的内心是高远的，这种高远使他回到平静之中，也正是因为这种孤独，他才有了不同于常人的想象，有了一个又一个独到的创造，有了一个又一个鲜活的人物和鲜活的场景，有了动人的细节。多年以后，当他再回眸自己的创造，他的内心是多么幸福。

我曾经说到写作的疼痛，禅悟的疼痛、生活的疼痛、写作之前之中之后的疼痛和主人公共有的欲罢不能的疼痛。一个内心没有疼痛的人不会产生创作的激情，不会激起内心的波澜，一个不把自己的心放进去的作者写不出带有激情和温度的作品。温度来自作家的体温，来自作家精神和灵魂的深处，我不相信游离于激情和内心之外的创作。疼痛来自一个作家的良知，来自他对生活、对创作的思考。这种疼痛使他思考生活、思考人生，更思考人性。我始终认为生活、人生、人性是创作的三个层次，而每一个层次都带着作家的痛。疼痛，避免了一个作家的浅薄。

一个疼痛的人怎么会不孤独，我写作是因为我还有孤独。当我爱不释手地爱上一篇或读完一篇小说时，我首先相信这个作家是一个内心有疼痛的人，是一个常常孤独的作家。我体验到了小说的温度。疼痛和孤独成就了一个作家，成就一部作品的深度。

我相信写作的孤独，相信孤独中的思考和孤独之后的爆发。孤独让一个人、一部作品有了深度。深度才能动人！这是我的追求。

（选自《快乐阅读》2023 年第 9 期）

说几句有关写作的话

奚同发

我之所以喜欢写小说，就是觉得可以任由思维飞扬。现实中顾忌太多的事，在小说中可以忽略。而对于一个写作者来说，谈写作也是一个不好表达的问题，这牵扯到技术层面、生活积累、思想认知等。文学写作不是一个可以用量化来解决的科学问题，虽然也存在着各种可以抽象出来的规律与逻辑，但我们在写作的实践中往往又是反规律和反逻辑的。由一个写作者来谈写作，总有"只缘身在此山中"之感，不仅难以谈出"旁观者清"的明白，甚至谈着谈着常常走神。

我之前曾写过一篇创作随笔，核心是说写作本身是需要有一种感觉的。而这种感觉就有些天分在里面。人类作为一种族群生活在大地上，即使双胞胎、三胞胎之间也是存在差异的。这种差异是不是上天有意地把人以群而分呢？也就是说，你适合写小说，他适合弹钢琴，她则适合拉小提琴，或生就一个可以发出天籁的金嗓子。有点越说越远了。那就回到我的中篇小说《烟花》来谈写作，或许就简单多了。

《烟花》最初发表于《延河》，而后《中篇小说选刊》

转载。

写《烟花》的机缘是因为我拨打别人的电话号码，常出现空号的提示音。昨天还在联系，今天怎么可能空号？后来有人告诉我，有的人是为了换号码得优惠，而有些人则是为了让另一些人找不到自己……当然，还有其他原因，比如，一个朋友的号码突然提示空号，过些天他又打来电话，原来他做了这样的接听设置——他心情不好，躲起来了，谁的电话也不想接。

城市中人们的交往竟然这样吗？突然就可能让对方在你的世界里消失？那么，这样的消失是否影响交往中的信任？如果你刚说完一句话就消失了，那人家到哪儿去找你兑现呢？消失与信任度成为我近些年写作的一种陷落，《没时间，忙》如此，《那一夜，睡得香》《口了还将 GO ON》等亦如此。当城市让更多人集中在一起，彼此陌生地面对，其文明到底如何呈现？难道就是几栋摩天大厦和恣意纵横的道路？

于是，我躲进屋里写小说，《烟花》就是这样彷徨的一种文字流动。

我的写作大多如此，就是有一个导火索，然后就等着那个炸药包慢慢地组装成功，再于某一刻引燃，等着那个"炸"的效果上演，小说就完成了。当然，其中还会有许多问题。

比如，炸药包用什么原料？组装成简易的背包形，还是核弹形？这里就可能出现一些区别。像农民种庄稼。你能否拥有一片属于自己的土地，并在这片土地上好好耕耘，经年累月，既熟悉它，又找到了合适的种子，种出来别人没有种过的东西？

写作的个性化与此类似。一个作家找到他要写的人物，也就找到了最有个性化的表达。准确地说，也就是找到了自己的写作领地，像莫言笔下的高密、孙方友的陈州、墨白的颍河，这些地域上的各类人物就在他们的笔下开花结果……

再比如，写得太顺手了是好事还是坏事？是否有必要挑战写作难度？对于我来说，如果什么时候写作太顺手了，就会停下来。否则，可能在重复走着比较熟悉的老路了。写作，其实也是一种极限挑战，不仅是挑战别人，更多时候是自己独自面对自己的内心。

再比如，我们总要面对写作的"质与量"问题，这就会让我想到西医的血清化验。抽一管子血，然后分析里面的白细胞和红细胞的数量，再得出结论。这是否像判断一个公园里的男女比例，你统计了公园西角 50 人的性别，公园东角的 50 人会与此一样吗？肯定不一样。或许西角的都是男性在甩霸王鞭、打门球，东角的都是大妈在跳广场舞。由此来确定公园的男女比例显然不准确，甚至大错特错。写作初期，肯定要不停地练笔。但写作达到一定的数量，是否能引起质的变化，这不好说。我个人认为，写作的提升来自思考，来自对创作的体悟，而不是一篇接一篇地创作。正像往一个盒子里放西红柿，放的数量再多，它也不可能变成黄瓜。如果不能在写作本身上完成质的改变，数量是解决不了问题的。这样我们就很容易理解，有些作家写的作品虽然少，但影响很大；有些作家发表的作品成堆，却让读者难以记起一篇。显然，质量与数量有多大的关系，这不是一个数学问题。

其实，写作就是你自己去写，凭感觉写，或许就找到那种写的感觉了。要不，你也试试！

（选自《快乐阅读》2023 年第 5 期）